巴诺王

尹文武 著

中国青年出版社

图书在版编目（CIP）数据

巴诺王 / 尹文武著. -- 北京：中国青年出版社，
2025. 5. -- ISBN 978-7-5153-7804-6

Ⅰ . I247.7

中国国家版本馆 CIP 数据核字第 20253Q17V1 号

巴诺王

尹文武　著

责任编辑：岳　虹

特约编辑：新美·李昌鹏

封面设计：吴梦涵

出版发行：中国青年出版社

社　　址：北京市东城区东四十二条21号

网　　址：www.cyp.com.cn

编辑中心：010-57350401

营销中心：010-57350370

经　　销：新华书店

印　　刷：三河市华东印刷有限公司

规　　格：880mm×1230mm　1/32

印　　张：10.75

字　　数：220千字

版　　次：2025年5月北京第1版

印　　次：2025年5月北京第1次印刷

定　　价：58.00元

本图书如有印装质量问题，请凭购书发票与质检部联系调换。联系电话：010-57350337

目 录

金缕玉衣

一语成谶

尹二林在秋天说的那句话，一语成谶。

那时候，我、铁疙瘩、麻雀正在"躲猫猫"。这是尹家凹人长期保留的娱乐节目。现在想来，这个节目也没有什么娱乐性，就是一个人先藏起来，其他人去找，找到了，这一场"躲猫猫"就算结束了，又换成其他人藏，另外的人找。

晒坝是玩这种游戏的理想之地，因为晒坝宽，能藏的地方多，找的难度相对较大。我和麻雀连仓库后面的柴堆都找过了——那里是我们公认的最隐秘的地方，但还是没有找到铁疙瘩。往常，藏的人有了难以发现的好藏处，会做一些提示，比如咳嗽几声，让游戏进行得更顺畅一些。今天铁疙瘩没有提示，我们就觉得索然寡味。我和麻雀慢慢回到晒坝，有一点要放弃的意思。原来铁疙瘩就站在晒坝边。我和麻雀很生气，"躲猫猫"这种游戏的前提是要有人藏；现在倒好，藏的人在晒坝边站着，让我们在旮旮角角做了半天无用功。我和麻雀想和铁疙瘩理论，就听到了队长尹二林说的那句话。队长那句话是冲着我爹说的，所以我最先改变了和铁疙瘩理论的想法，准备站在我爹这边，与我爹肝胆相照。麻雀上前推了铁疙瘩一把，铁疙瘩没有反应，一丁点惭愧的意思都没有。一个巴掌是拍不响的，麻雀要与铁疙瘩理论的必要性也打了折扣。铁疙瘩正竖起耳朵听我爹和队长顶嘴，眼睛贼溜溜地盯着晒坝。也不知这小子是关心焕然一新的晒坝，还是更关心吵架（听大人吵架也是我们喜欢的娱乐节目之一），反正他的心思不在"躲猫猫"上。铁疙瘩的行为直接影响了麻雀，麻雀的眼睛也跟着贼起来——这是麻雀最让我看不起的地方，什么都喜欢刻意模仿。

尹二林冲着我爹说的那句话是："小个屎，就算两场丧事一起办都摆得下。"

尹二林说的是晒坝。之前我爹说的也是晒坝。

尹家凹的晒坝是有广泛用途的，除了晒队上的谷子、苞谷、高粱、黄豆之外，还有一个不可取代的作用，就是办酒席。哪家有了大事小事，就把办酒席要用的粮食、鸡鸭鱼肉、油盐酱醋搬到晒坝靠山这面的一排房子里。那里曾经是队上的食堂，食堂取消后还隔三岔五地发挥余热。房子是现成的，灶也是现成的，能做全队两百多口人的伙食，当然是办酒的最佳场所。

那时候已经进入秋季，苞谷挂须了，谷子抽穗了。人们都在急劳劳地等着粮食快点收回来，因为家中有限的粮食也急劳劳地进了人们的肚子，然后成了粪便排泄在猪圈里。女人是有事情干的，就是放牛，家家都喂牛，牛是能算工分的。男人出一天工得十五个工分，女人出一天工得十二个工分，牛犁一天地得三个工分。

从给苞谷和谷子薅二道草到掰苞谷、打谷子，有十多天的闲暇，女人们就是要用这十多天的时间把牛屁股养圆，这是评判一个女人能耐的指标之一，搞不好死的时候还会被唱丧的人唱进你的功劳簿里。我么奶奶就得到过如此殊荣，她的棺木两边各有一人，一个是我的伯娘，一个是我的叔娘，木匣子左边的叔娘先开始唱："我的吗……么娘……唉——，你走得吗……好匆忙……唉——"

右边的伯娘接过唱声："你喂的吗……水牛……唉——，屁股吗……圆圆的……唉——"

左边的叔娘又接过唱声："我们吗……哪时唉——，才赶得上吗……么娘……唉——"

然后两边同时唱："把我家吗……水牛唉——，也喂成吗……屁股圆圆的唉——"

男人们没有事，就喜欢到晒坝来抽叶子烟、拉家常。尹二林当了队长后，寨里的男人就没得闲了。农闲的日子，尹二林总会找些事做，他的口头禅是："嘴是越吃越馋，人是越耍越懒。"今年，尹二林要重新修整晒坝。之前的晒坝是用沙泥找平的，沙泥也是泥，是泥就会有湿气，晒的谷子或者苞谷就很难干透。尹二林从县水泥厂弄来了三十包水泥——他是去水泥厂看望在那里上班的三爸时弄来的。他三爸肺部出了毛病，当侄儿的当然要去看。看过后他就想，既然这一趟已经花了车费，不如就为队上办点实事。社员们把沙泥挖开，先铺了一层煤灰——尹家凹的晒坝有一千多平方米，三十包水泥是不够的，队上就用煤灰凑数。我们住的房子的地板，就是用煤灰和石灰做的。这两种灰都有水泥的一些功效。尹家凹一河两岸都产煤。煤属于那种鸡窝煤，达不到国家开矿的要求，这样一来，小煤窑就很盛行。每家除了煮猪食、烧柴火外，做饭菜用煤火，冬季取暖也用煤火。煤灰本来也可以作肥料，但肥力有限，比不上柴灰和猪粪、牛粪、马粪。这样，煤灰就没有多大用处了，一年四季烧出来的煤灰就被堆在各家各户的院坝边上。尹二林因地制宜，让各家把这些有损村寨形象的煤灰挑到晒坝上，铺平，变废为宝。

我爹抹完最后一块灰浆，站起来，往前看看，又往后看看，很满意——几天秋太阳后，尹家凹也有水泥晒坝了，再在上面摆酒席就干净多了。沙泥晒坝平时看起来也是干净的，但一办酒席，汤汤水水撒到地上后就成烂泥膏了。满意过后，又有了那么一点遗憾。我爹说："晒坝要是再往前后扩大一点就好了。"尹二林坐在晒坝边抽叶子烟，吧嗒吧嗒地，没有理会我爹。我爹又重复了一句，尹二林就冲我爹说了那句话。

尹二林一生说了多少话，没有人统计过，因为那些话中的绝大部分在时间的长河中，都成了废话，废话当然就没有统计的必要。但是尹二林的这句话，很长一段时间里改变着尹家凹人的命运，让尹家凹人惶恐和不安。

尹家凹人是有统计的习惯的，未必记在本本上，很多都是记在心里。哪天你一口气上不来了，一寨的人就会聚在一起，开始数落你在世时说过的话和做过的事。哪些是好事，哪些又是坏事。哪些话成了铁板钉钉，做到了，言行一致；哪些话是空话大话，是小和尚念经——说是一套，做又是一套。统计过后，又作了人性化处理，去粗取精，去坏存好，让唱丧的人翻来覆去讲你在世时的好处，让大家对你依依不舍，觉得你走了是全寨很大的损失。然后，大家会对着白布盖着的你，说一声"唉"。既表达了上面提到的那些心情，也有一笔勾销你在世时说错的话、做错的事的意思。

说实话，我不喜欢麻雀眼睛贼，但我喜欢铁疙瘩眼睛贼。铁疙瘩眼睛一贼，肯定又会有什么让我们惊喜的事发生了。他就是不按规矩出牌的那种人。比如，有一天放学，铁疙瘩带着我和麻雀沿着田埂走。我们上课的时间是早上十点，放学的时间是下午三点，放学后总会闲得没事做。走田埂打发点光阴也没有什么不好，但是我们在抽穗的稻谷上看到了两只蚂蚱，一只爬在另一只身上。铁疙瘩说："光天化日之下公然做'那事'，简直是恬不知耻。"说完，手一伸一缩，把两只干坏事的蚂蚱"就地正法"了。我和麻雀就学铁疙瘩。田里有许许多多的蚂蚱，但我和麻雀的手笨，总是在快捉住蚂蚱的时候，让蚂蚱跳开了。那天铁疙瘩捉了半书包——他的书早放进我的书包里——回寨子后我们就到麻雀家炸蚂蚱来吃。麻雀妈抠门，杀年猪炼的猪油放变味了都舍不得吃。

水泥晒坝打好后，铁疙瘩没有让我们失望。他制作了一辆车，一块木板，钉上四个像拳头那么大的滑轮，前两个滑轮套在一根木棒上，木棒的中间又垂直钉上一根木棒，穿过之前在木板上抠出的圆洞，再在这根木棒的顶端钉一块圆形的木板，做方向盘。铁疙瘩对我们说，他制作这辆车花了一整天的时间。铁疙瘩的爹是木匠，潜移默化下，铁疙瘩做有关木料的活路不在话下。那时候，我们都没有见过汽车，铁疙瘩应该也没有见过。他说，城市里的汽车无非就是他这辆车的样子，只不过大一点。

我们在晒坝上开车，水泥地面上跑得哗哗哗的响。我们的车不能自己走，需要人在后面推。先是麻雀坐，我推；然后是我坐，铁疙瘩推；最后是铁疙瘩坐，麻雀推。铁疙瘩让我们先坐，其实不是谦让，他是想让我们在他不凡的智慧下相形见绌。轮到铁疙瘩坐的时候，尹二林来了，要赶我们走，说晒坝有其他用途。铁疙瘩不干了，他推我时的大汗还挂在脸上。他不干，我们就不干，我们都听他的。我坐过了也推过了，站在旁边看。尹二林追，铁疙瘩就不停地转弯，麻雀也跟着转——向左拐，向右拐，小幅度地拐，大幅度地拐。尹二林毕竟骨头不灵活了，追不上他们。

最后我们还是被赶走了——赶走我们的是各家各户的桌子和凳子。大人们把自家的八仙桌和条凳搬到晒坝，这是有人家要办酒了。我们不关心是谁家办酒，我们关心的是食堂的那排房子什么时候生火。没过多少时间，寨上的两个大人各挑了一挑豆浆到了晒坝，我们知道晚上有豆腐可以吃了。但现在离吃豆腐还有一段时间，我们又开始上演尹家凹的保留节目。其实，这会儿我们对"躲猫猫"并没有多少兴趣，主要是有点事做，时间可以过得快一些。那样，我们的整个食道系统就少受一些馋虫的折磨。

差错总是在轮着铁疙瘩藏的时候出现。我们在晒坝都找尽了，也没有找到他。铁疙瘩个儿特别小，有"躲猫猫"的天然优势，但他再小也应该是藏不住的。晒坝除了靠山的这边有一排房子是曾经的食堂外，两侧还各有一排房子是仓库，以前用来装生产队的粮食。现在，收秋后的粮食当天分给各家各户，仓库就空了。仓库是木头做的，地板也是木头做的，地板和地面之间有半米高的空隙，主要为了防潮。空隙靠山的这边光线暗，躲的人都喜欢藏在这里——找的人是从有光的这边过去的，眼睛很难适应不断加重的黑暗；而躲的人却看得很清楚，还可以根据找的人走动的路径反方向移动。因此，找总比藏要难，所谓"明枪易躲暗箭难防"。问题是，我们"躲猫猫"就是搞个形式，不需要结果的。我们找不到的时候，藏的人就应该咳几声，或者笑几声，做个提示。就像我们的算术老师提问："二乘三等于多少？"麻雀回答不出，他的算术历来不好。老师会提示："三加三等于几？"麻雀乘法不会，加法还是能弄懂的，马上答："六。"老师说："这就对了嘛。"铁疙瘩不提示，我们就懒得找了，跑到食堂后面的窗户旁，看屋里的豆腐做好没有。突然，我和麻雀的背上各挨了一巴掌。我们转过身来，铁疙瘩上气不接下气地告诉我们，他看到死人了。他说，死人就在后坡上。他问我们去不去看，他带我们去。

尹二林的三爸尹登奎死了。

尹家凹人死后有两个最重要的程序，一是雕刻师给死去的人"穿衣"，所以尹家凹人把雕刻师也叫成"穿衣人"。二是等到了"良辰吉日"大家把死者抬上坟山去，入土为安。尹登奎是尹家凹唯一有正式工作单位的人。他在县水泥厂上班，所以是可以埋在县城的公墓的。县水泥厂并不在县城，厂区在离县城有两公里的朝晖生产队，所以，尹登奎也可以选择埋在朝晖生产队的坟山里。尹二林把他三爸尹登奎从县医院拉回尹家凹，是多种选择中最麻烦的一种。尹二林先叫了辆拖拉机把他三爸拉到新场公社，再叫寨里的青壮年抬回尹家凹。这事说起来简单，做起来却很难。公社离尹家凹有八公里，从公社出发，要经过新中、四坪两个大队，再到尹家凹所在的平岗大队，最后才能到尹家凹。三个大队中，新中是一块平坝；四坪在一条山陵上，是全公社最高的地方；尹家凹属于乌江河谷地区，处在公社最低洼处。所以，抬尹登奎，得先上山，到达四坪大队的上坪生产队后，再沿着大偏岩一路直下。抬尹登奎的有四个人，其中就有我爹，路途艰辛，两人一班轮换着抬。我妈在晒坝里帮忙，快天亮的时候才回到家，见到我爹后就说出了她的疑问。我爹骂我妈："妇道人家，懂个哪样？"我妈还以为我爹会说"叶落归根"的道理——寨上有人就是这么说的："别看他登奎吃国家饭，死了后还是要回尹家凹的。"

我爹回答："就是去了另一个世界，大家对你都会有评判的。"我妈才醒悟过来。这几天，尹家凹人都在猜测尹登奎该穿哪一种"衣服"。

尹家凹人死后穿的"衣服"有三种：最贵重的一种是金缕玉衣，次之叫银缕玉衣，最差的是桐缕玉衣——分别是金丝楠木、银杏树、桐子树雕刻而成的。

一大早，铁疙瘩来叫我，说雕刻师要去量尹登奎的身材了。我本不想去，我怕死人，一看到死人，就想到鬼，但想到人多，就算有鬼也不能把我们怎么样，况且离上课时间

————————————————巴诺王

还早，就去了。雕刻师有一把两米长的卷尺，用来量死人的身长、肩宽、肚围、臀围。人们里三层外三层地围着。铁疙瘩身材矮小，一下子就挤进去了。我挤不进去，就在外面等他。

上学的路上，铁疙瘩告诉我和麻雀，说尹登奎肯定能穿金缕玉衣了。我和麻雀看着他，意思是要他说个一二三。铁疙瘩说，尹二林这些天，天天去雕刻师家。我和麻雀都觉得这根本不算理由。尹二林每天是去雕刻师家送饭菜。人死饭甑开嘛。有人死了，全寨都不用开伙，在死的人家帮忙，在死的人家吃饭。但雕刻师工种特殊，帮忙只能是在自己家里，饭菜得办酒的人家按时送去。

前面说过，尹家凹人是有统计和总结的习惯的。此刻，尹二林就在为他三爸作总结：他三爸就是他爹的三弟，很小的时候就出去逃荒，吃了很多苦，最后能在县水泥厂上班已经是很不容易。当然，尹二林不会忘了三爸参加工作后第一次回家时的情景——买了二三十斤水果糖，见人就发，还买了十多条名字叫"朝阳桥"的烟，让寨子里的人来家里随便抽。尹二林之所以事无巨细地把这些想起来，是他觉得他三爸有可能穿上雕刻师的金缕玉衣。他三爸的好是对全寨人的好。

给死人"穿衣"是尹家凹人最隆重的一个仪式，要敲锣打鼓，还要放鞭炮。雕刻师有一段唱词，但我们听不清。雕刻师唱得声音很小，速度还很快，听起来就像蜂桶上蜜蜂的嗡嗡声。我们猜测，唱词和妇女唱丧的内容应该差不多。

我们心不在焉地上课，迫不及待地等到放学，一路小跑到尹登奎身旁——如果去晚了，就看不到给死人"穿衣"的宏大场面了。尹登奎身边并没有我们想象的那么多人，就两个负责烧香点烛的。我想死人肯定已经穿好衣服了，不敢走近看——人一少我就怕。我朝晒坝走，那里有我们的晚饭。铁疙瘩和麻雀不怕。铁疙瘩走近尹登奎后，还揭开了盖在他身上的白布。快到晒坝的时候，他俩追上我，说要是早知道是这样，和我一起走就好了。我问："尹登奎没有穿金缕玉衣？"铁疙瘩说："什么金缕玉衣，什么都没有！"铁疙瘩说他揭开白布的时候，不小心摸到了尹登奎的肉，"快腐烂了，一股奇臭味。"他俩不说还好，一说我就恶心了，站在路边吐了一地。

晒坝里也没有多少人。晒坝前面有一块田，田的前面有一小块平地，已经搭起了一个窝棚，和尹登奎住的那个差不多。人们都去窝棚了——艄公肖朝江翻船死了。这事是昨天临近黑夜的时候发生的，艄公送一个人去河对面的毕节，回来的时候就翻船了。艄公在河岸边修有一间房，晚上就睡在那里看船。第二天吃午饭的时候，艄公的孙女给他送饭，才知道艄公已经出事。落水的人会被河水带到下游，还要等身体泡胀后才能漂起来。我们去上课的时候，寨上的人从下游的旋塘把人拉了回来。

铁疙瘩和麻雀又要去看。我站在晒坝上，怕得身上凉飕飕的，也只能跟着他俩，挤在他俩中间。铁疙瘩进窝棚看了，出来后终于恶心得吐了。他一吐，我和麻雀也吐。铁疙瘩回过气来后说："见过死人，没有见过这种死人。"铁疙瘩双手围成一个圆，说："又白又胖。"

名人牌坊

抬死人上山是要选日子的，尹家凹人叫"看期辰"。尹登奎和肖朝江选的日子是同一天。

食堂被一分为二，中间用布帘隔开；晒坝也是一分为二，中间用条凳隔开。左边是尹登奎家，右边是肖朝江家。上山的头一晚是正酒，亲戚朋友都会来送逝者一程。两台丧事一起办，晒坝的局促就显现出来了。晒坝前面和水田之间有一块小土坝，都被肖朝江家摆上了酒席。我爹故意坐在小土坝的酒席上东张西望，看尹二林在哪个位置。我爹从茶壶里倒了一大碗土酒，一仰脖子灌进了肚子。我爹总是这样，得意的时候喜欢大口灌酒。我爹心想，你队长不是说晒坝宽得很嘛？我爹就是这个时候觉得尹二林对不起肖朝江的。如果尹二林不说那句不吉利的话，艄公会死吗？

艄公的死让尹家凹人有了另一个期待，他们在想尹登奎和肖朝江会不会穿一样的"衣服"，如果有区别，分别又该穿哪一种。

尹二林逢人就讲他三爸的事情，意思已经很明显，提前造势，让全寨的人到时候不至于太意外。尹家凹好多人是吃过尹登奎的水果糖、抽过尹登奎的"朝阳桥"香烟的，但毕竟时间远了，时间远了就淡了。人们更多的是回忆起肖朝江的好处。尹家凹虽然属于安顺，一河之隔的对面却属于毕节，行政隶属上是两个地区，但空间的距离明显摆在那儿，所以一河两岸通婚的较多。这样一来，搭乘艄公的船的人就很多。艄公出事的那天晚上，尹二林家嫁到河对面的侄女来尹家凹看尹登奎，临黑的时候肖朝江送她过河，回来时就翻船了。那时候，艄公这个职业是为了让自己寨上的人在河两岸来去方便，艄公是按工分计算报酬的。河对岸也有码头，也有艄公。尹二林家侄女虽说是尹家凹人，但嫁到对面的大河边去了，就是大河边的人了，过河就应该是对面的艄公的事。结果肖朝江送了，就出事了。尹二林家侄女讲肖朝江的好就具体了，活灵活现，让尹家凹的妇女都抹了眼泪。

人一感动，理性就缺乏了。尹家凹人觉得，如果两个人中只有一个能穿金缕玉衣的话，这个人就是肖朝江了。

人死了，尹家凹人就说是到另一个世界了。尹家凹人说，每一个地方都是一个世界，人生活的是一个世界，眼睛闭了不再睁开的时候是到了另一个世界。所以尹家凹人

————————————————— 巴诺王

是不怕死的，从一个世界到另一个世界，就好比换个单位，换个环境。尹家凹人唱丧，就有欢送的味道。

我问我爹，尹家凹人真的不怕死吗？我就怕死，也怕死人。我爹说，怕有什么办法，紧挨大河，又是产煤区，煤洞压死的，落河死的，一年都有好多人。我爹还说，横竖都会死，所以人还是人的时候，就要多做善事，多积善德，到了另一个世界才会得到认可。

乌江水急，一路走来都是浪花朵朵的。过河的时候，艄公必须要逆行划到很远的上游位置，再把船头转与河流方向垂直，借着水的冲力，船到对岸的时候正好能进到码头。危险就在转向的时候，稍不注意就会翻船。艄公撑一天船，得到的工分和寨上一个男劳动力一样多，所以除了尹家凹的人，一河两岸没有人愿做艄公。大河边村人采取轮流的方式，一个劳力划一个月，轮到了哪个，都会牢骚满腹。尹二林侄女过河的那天，因为晚了，对面的艄公就下班了。对面的艄公出工和队上干农活儿出工时间一致，有时候还会晚一些，队上收工的时候，艄公也收工了，都不愿多干。尹家凹的艄公不这样想，干活儿不仅仅是得工分的事情，事实上是为自己干，或者说是为自己的未来干，这是一笔功劳账。

有段时间，尹家凹人为争做艄公差点打起架来，因为干这个活儿有一河两岸的艄公作参照，容易出成绩。有人也提出了轮流干的想法，被尹二林制止了。尹二林说："三百六十行，行行都能出状元。"

尹家凹曾经出了一个穿金缕玉衣的艄公，这是尹家凹人想当艄公的一个原因。不过这事同样很久远了。我们只是从老人的口中知道他的事迹，他的名字就刻在尹家凹的名人牌坊上。

这些天尹二林忙了，每天要去后坡的窝棚看他三爸，又要去寨子前面的窝棚看肖朝江，还要到晒坝安排两家的酒席。尹二林是像干队上的事一样来干这些事的，作为一队之长，什么时候都要带个好头。尹二林的心也更累了，他的想法和寨上人的想法终于有了一些出入。寨上的人认为艄公的功劳是大于尹登奎的，但尹二林不这么看。饿饭那年，尹二林三爸给尹二林家带了两盒饼干，说："城市粮食虽然也缺乏，但饼干多，都吃得厌烦了。"尹二林家人口多，这两盒饼干，救活了他家好几条人命。尹二林三爸回县城的时候，饿昏在尹家凹后面的大偏岩下——这两盒饼干原来是三爸家一家人的口粮。想到这些，尹二林的眼睛就汪起了水。尹二林每天也要去牌坊看一下。他想，如果他三爸能顺利穿上金缕玉衣，名字就可以刻在牌坊上了。

尹家凹的名人牌坊上有三个人的名字。也就是说，尹家凹建寨两百多年，只有三个人穿过金缕玉衣。第一个叫尹印雄，他是尹家凹的第一任寨主。尹氏家族从今天的江西吉安一路逃荒至贵州，在一个叫小祖庙的地方停了下来。小祖庙建在一个山坡上，这是尹氏家族寻找的理想之地——一路走来，吃了不少土匪的苦。小祖庙是后来取的名字，不仅因为那里有一座庙，还因为小。庙小了就容纳不了所有逃荒的尹氏家人，有一房人就随尹印雄到了今天的尹家凹。尹家凹在一个低洼处，后面是陡峭的岩壁，前面就是乌江，江对面一个斜坡是原始森林，正是躲土匪的好去处。建寨鼻祖尹印雄享受金缕玉衣，那是众望所归。

听老人讲，尹家凹其实出了许许多多的名人，比如被土匪杀死的尹国光。

尹家凹是一块宝地，只不过之前没被人发现罢了。乌江从上游狂泻而来，到尹家凹的时候，向外凸着拐了个弯，把大量肥沃的泥沙沉积在尹家凹这边，造就了良田万亩。后来，尹印雄老祖先又在团山堡一带发现了煤层。有水、有地、有矿产，尹家凹人自给自足，丰衣足食。四坪一带的人，原本生活在一条陵上，土地贫瘠，后来慢慢从山上搬了下来，挨着尹家凹的地方就有了小长岗、渡口、泡木井、吕家寨等寨子。地方富了，土匪就来了。尹家凹人在团山堡和后坡修了碉堡，成立了护寨队，尹国光任护寨队队长。那时候小长岗、渡口、泡木井、吕家寨等地深受匪患之苦。从小长岗过来的土匪第一次踏进尹家凹的土地，就被尹国光的护寨队打败，尹家凹长时间保持风平浪静。大约过了一年光景，败在了尹国光手下的土匪为了报复，勾结尹家凹的小长毛，从吕家寨坐木筏沿江而下，到了尹家凹码头，又沿田埂而上，里应外合，偷袭得手，杀死了尹国光。

尹家凹人讲尹国光的时候，就像在讲一个英雄，实际上，尹家凹人确实把他当成英雄看待。但是尹国光的名字就没有上名人牌坊，也就是说，他死去的时候没有穿上金缕玉衣。铁疙瘩曾经反问过讲故事的老人："讲了半天，他为什么没有得到金缕玉衣呢？"这也是埋在我心里的问题。这只能说明，能穿金缕玉衣是多么不容易的一件事。

尹家凹第二个穿上金缕玉衣的人叫肖大明。他是一个医生，其实也算不上严格意义上的医生。他喜欢上山采草药，帮人医病。尹家凹的肖姓是从河对面的毕节过来的——尹家有一房没有儿子，就招了上门女婿。肖姓后来在尹家凹繁衍，有了八户人家。肖姓都懂些医术，属于江湖郎中的那种。到了肖大明的时候，有了中草药铺。肖大明爱去河对面的毕节采草药，这样就要过河。以前，这一带的人过河都用木筏。木筏行进的途中会和浪花发生碰撞，产生更大的浪花，浪花溅在人的身上，过一次河会把衣裤弄得半湿。春夏秋还不怕，到了冬季，衣服湿了就受不了。肖大明就发明了一种船。船自古就有，但肖大明发明的船有特别之处，前后都比较宽，行船的时候稳当。另外，肖大明发明的船不用双桨，只用一根桨，叫"桡片"；船尾有一根很长很粗的木头，叫"方向"，作用和名字一样，就是为了掌控方向。"方向"是掌舵的，"桡片"是控制速度的。船身是柏木板做的，成弧形，板与板之间用抓钉钉牢。船建好后，还要用桐油刷上几遍，防漏水。现在，我们那里还在使用这种船。河对岸渐渐也有了人居住，两岸之间就有了来往。肖大明在两岸来往采草药的时候，顺便摆渡送人。可以说，肖大明是尹家凹第一个摆渡人，也是尹家凹的第一个医生。

尹登奎或者肖朝江，究竟谁能穿上金缕玉衣呢？尹家凹人都有不同的猜测，但最终的决定权在雕刻师那里。

每位雕刻师一生可以雕刻若干银缕玉衣和桐缕玉衣，但只雕一件金缕玉衣。当雕刻师把唯一的金缕玉衣给了他认为的全寨最德高望重的逝者的时候，雕刻师的雕刻事业也就结束了，转由徒弟顶替。所以，每件金缕玉衣的送出慎之又慎。尹国光和肖大明生活在同一个时期，既然那个时候的雕刻师把金缕玉衣给了肖大明，尹国光自然就没有了。这件事让尹家凹人有了既生瑜何生亮似的感慨，但也让尹家凹人不断纠正自己的看法。综合比较，是不是肖大明更优秀一点，或者说让大家受益更多一点呢？有了这种思路，人们在做事时目标就更明确一些。尹国光虽然有勇，但他死之后，也还有许多更勇敢的人，这也是尹家凹之后再没有受到土匪骚扰的原因。而肖大明有所不同。尹家凹本来就在偏僻之地，病害之苦大家都吃过。在肖姓未到尹家凹之前，尹家凹人因得不到及时医治病死的不在少数。而肖大明来了以后，尹家凹人的病得到了医治。

尹家凹两百多年的历史，共出了五位雕刻师。除了现任的雕刻师尹金贵的金缕玉衣还没有送出去之外，之前也还有一位雕刻师的金缕玉衣没有送出，这个人就是尹金贵的师父。他是不是已经有了人选，没有人知道，反正他的金缕玉衣还没有送出，他就先去另一个世界了。

现在有人大胆猜测，尹金贵有可能会连他师父留下的金缕玉衣也一起送出，换言之，在他的任上，可能会有两位穿金缕玉衣的人。这样，尹登奎或者肖朝江穿金缕玉衣的可能性就更大了。

肖朝江也算是肖大明的后人，也会点医术，经常上山扯些草药。他有一味老蛇药，被这一带的人传得神乎其神，被蛇咬的人敷上后能消炎、止痛，直到痊愈。这个时候平岗大队已经有了西医，但西医能医治常见的疾病，唯一不能医治蛇咬。尹家凹在低洼处，热，蛇多。肖朝江的作用因此不可替代。

当初有人提出轮流摆渡，尹二林就一锤定音，说："摆渡是肖家最先开创的，还是应该姓肖的优先吧？"尹二林是希望肖朝江把肖家的事业继续发扬光大。

人们望眼欲穿地看着尹金贵从家里出来，左右手各提一个布袋。尹金贵先去后坡，人们把狭窄的路让出来，有的爬到路坎上，有的跳到路坎下。坎上坎下的人们并没有看雕刻师，而是盯着他手里的布袋。布袋是蓝色卡其布做的，已经黝黑，但不影响布袋的分量。尹二林从窝棚走出来，递给了雕刻师一支纸烟，眼睛同样盯着雕刻师的布口袋。雕刻师给死人"穿衣"的事情被憨胖替代了。憨胖年纪已经很大了，但智力仅相当于几岁小孩的水平。十多岁的时候，他就给尹家凹死去的人穿衣服，所以一有死人，他就在雕刻师家等着，雕刻师走到哪里，他就跟到哪里。而且，给死人"穿衣"的事情还不能跟他争，一争他就和你急，你和他是说不清的。

尹登奎得到的是一件银缕玉衣。穿完衣服后有一场法事，如果是平时，看雕刻师做法事也是令尹家凹人沉迷忘返的事。人们已经知道了尹登奎的结果，现在他们更希望看到晒坝前面那个窝棚里的结果。未知才能吊起他们的胃口，他们渴望的是看到结果和自己的猜测之间是否存在差异。他们想干的事和干成的事，与雕刻师认为的该干什么和怎么干的差距，让尹家凹人朝着某个方向乐此不疲。

人们陆陆续续从尹登奎那里撤了，还是站在路边。雕刻师从后坡下来，人们又把狭窄的路让出来，还是爬到路坎上，或者跳到路坎下。现在，所有的眼睛都盯着雕刻师手里唯一的布袋。尽管尹家凹人有这样和那样的猜测，最终的结果还是大同小异，艄公肖朝江得到的也是银缕玉衣。因为艄公被水泡得太胀，憨胖给他穿衣服的时候，弄得大汗淋漓，给艄公穿袖子的时候，几次和艄公抱在了一起。

还是名人牌坊

埋了艄公后，我爹就把家里的一根柏木解成了板子。墨线弹好后，我爹和我妈用锯子沿着墨线路开锯。柏木是我妈准备做棺木用的，她很心痛，说我爹不该自告奋勇地去干这么危险的活路。我妈毕竟是从外面嫁过来的，她觉得尹家凹人的一些想法怪怪的。况且艄公肖朝江刚翻船而死，这也让我妈有所顾虑。我爹骂了我妈："这活儿总要有人干。我看你这也怕，那也怕，今后去了'那边'有的是苦给你吃。"我爹说的那边指的就是另一个世界。

和肖朝江争做艄公的人，也包括我爹。队长尹二林一锤定音后，我爹说，如果哪天肖朝江不干了，他就顶替，谁也不能和他争。

尹家凹人说话是算数的。两台丧事一起办的这段时间，总会有人要过河，这就得依靠对面大河边的艄公。对面已经表现出了不耐烦，通过来尹登奎或者肖朝江家吃酒的亲戚传达了情绪。尹家凹人就看着我爹。我爹说："看什么看？把两个老者抬上山去，我就撑船。"

读完五年级后，我就到了尹金贵那里学雕刻。我们那时

巴诺王

小学只有五个年级，也就是说我已经小学毕业了。后来在人口统计的时候，我的文凭一栏填的是"初小"。我无法理解什么叫"初小"。工作人员解释说，是差一点就是初中生的意思。我觉得很有道理。

我爹亲自把我交到雕刻师手里，说："'墨斗'家的孙子，错不了。"雕刻师一脸严肃，他什么时候都是这个样子，我们也觉得，雕刻师这么重要的职业，就该是这个样子。不过到我去拜师的时候，我还是希望雕刻师和蔼一点。我离成年还有几年，干一天雕刻能得到半个劳动力的工分，基本上算自食其力了。我爹倒不需要我干活儿来养活家人，他觉得我们家就该出个雕刻师。

暑假还没有过完，铁疙瘩也来学雕刻了。以前的雕刻师，没有收两个徒弟的先例。铁疙瘩一来，我就有压力了。雕刻说白了也是木工活儿，铁疙瘩的爹是尹家凹的木匠，我在这方面自然是比不过他的。

白天，我们把金丝楠木、银杏木或者桐子木锯成长一寸、宽半寸的小木块，然后用推刨把小木块推光滑和圆润。推木板时，木板放在木马上——木马其实是比一般的条凳更高一些的凳子——先用抓钉把板子固定，然后来来去去地推。我就是这样干的。但锯成小木块后，我就没有办法了，推刨大，木块小，使不上劲。铁疙瘩左手拿小木块，右手拿推刨，干起来却很协调。晚上，我们给推好了的小木块打眼，四个角各打一个针眼，用麻绳连起来，就成"衣服"了。

那时候队上的苞谷已经分给各家各户，晚上我就回去帮我妈剥苞谷。尹家凹人掰苞谷是连苞谷叶子一起掰回来的，所以得把叶子剥下来。苞谷叶子是牛冬天的粮食。

我的手在雕刻师家已经打起水泡，剥苞谷的时候很疼。我妈看出来了，要我去睡觉，说："明天还要去雕刻师家推木头呢。"意思是怕我累着。我固执地和我妈一起剥苞谷。我妈没有生我的气，但是偷偷地骂了我爹，说："还是个小娃娃，就去干这种苦力，总有一天会干成瘩痨的。""瘩痨"是长身体的时候用力过度造成的，据说得这种病后个子长不高。我不怕得瘩痨——我的个子已经比铁疙瘩高很多了。他都不怕，我怕什么？但我又是真真切切地不想干雕刻了。铁疙瘩的出现，我的笨手笨脚就暴露无遗了。

我爹很晚才扛着桡片回来，他总希望在艄公的职务上做得比上一任好一些。在这点上，我觉得我爹比肖朝江要聪明得多，没有了桡片谁都划不走船的，所以完全没有必要在河边守船。当然我爹的聪明也不过是五十步笑百步，晚上是不摆渡的——河水急，光线不好，很危险，所以也没有必要非等到这么晚才回家。

我爹放下桡片，并没有急着帮我妈剥苞谷。他一把揪住我，问我为什么不住在雕刻师家。我说我不想干雕刻了，我爹给了我一个响亮的耳光，说："三心二意的能干成什么事？"我爹对待我主要靠打，不像别人的父亲那样以教育为主。他说再好的教育都是没有用的，吃得苦中苦，方为人上人，打一顿是一顿的，让我长记性。和往次一样，我的屁股被打得皮开肉绽。我妈到猪圈边找了苦蒿，我爹接过去，搓碎后敷在我的屁股上。我爹做了恶人还想做好人，我觉得我爹有些假惺惺。

晚上，我和铁疙瘩就睡在雕刻师家厢房里。厢房里堆满了雕片，有金丝楠木的，有银杏树的，也有桐子树的。银杏树的雕片最多。我们睡的床是那种能挂帐子的木床，床的上方横着搭有一块木板，原来是用来放衣服的，现在放的是金丝楠木的雕片。铁疙瘩和我先后发表了对尹家凹下一个穿金缕玉衣的人的看法。我们的看法很难取得一致，但讨论来讨论去，最后都认为，不是尹二林就是尹中华。队长的三爸死后虽然没有穿上金缕玉衣，但队长到时候穿金缕玉衣的机会增加了。现在尹二林逢人说的话也变了，不再说他三爸送乡亲水果糖和纸烟的事了。他说他三爸毕竟少小离家，对家乡的贡献不大，能穿银缕玉衣也不错了。

如果按对全寨的贡献，尹二林认为自己是穿金缕玉衣最有力的竞争者。这也是铁疙瘩的看法。

尹二林是饿饭那年开始当尹家凹的队长的，他最大的成就是让尹家凹没有饿死一个人。

但我更看好尹中华。

尹家凹到现在为止，穿上金缕玉衣的共三个人，一个是老寨主，一个是医生兼摆渡人，这两人前面都介绍过了。还有一位是私塾先生，他叫刘仲强，也是一个上门女婿。他是尹家凹第一个识字的人，也是第一个会算数的人。他在尹家凹开了私塾，有钱无钱的人家都可以去听课，所以尹家凹人无论男女老少都能识字和识数。第一次人口普查的时候，尹家凹人不仅都能写自己的名字，而且每个人都能把出生年月日工工整整地写在自己家的墙壁上或者皱皱巴巴的挂面纸上，让工作人员大为吃惊。这都归功于私塾先生刘仲强。

有一技之长才能穿金缕玉衣，这是尹家凹人长期以来达成的共识。其实这事问问雕刻师就知道了。雕刻师不说，尹家凹人也不问，都按自己的想法不断地去做。就像我爹，虽然管理能力不及尹二林，也没有尹中华的学识，但他坚信他在最艰苦最危险的摆渡岗位上是能干出成绩的。他甚至认为自己的木工活儿也不在尹木匠之下。有了这种想法后，我爹就有些怪尹二林。说实话，我其实也和铁疙瘩想法一样，认为队长尹二林是下一个能穿金缕玉衣的不二人选。但是既然我爹和队长关系不好，我就放弃了这种想法。

我爹与队长尹二林的磕磕碰碰，和我爷爷有关。

我爷爷才是尹家凹正宗的木匠，不仅能打家具，还能修大房。尹家凹三分之二的房子是我爷爷修的，也就是说，我爷爷二十岁正式掌墨后，尹家凹新修的每一幢房子都出自他手。我爷爷死后，尹家凹又新修了几幢房子，按尹家凹人说，比"墨斗"修的差远了。这是对我爷爷最好的评价。我爷爷靠一个墨斗把木匠活儿做绝了，"墨斗"这个外号是尹家凹人给我爷爷的终身荣誉奖。听我爹说，我爷爷把墨斗挂在支起的木棒上，左眼一闭，右眼就能看清地基是不是做水平了，到立房的时候，用同样的方法就能知道木头柱子是不是与地面垂直。要知道，对修房子而言，差之毫厘失之千里，如果做不到绝对的水平和垂直，时间一长，房子就错位了，会往倾斜的那边越走越偏，最后会连门都关不上。所以，尹家凹人把修房子的木匠叫掌墨师，能掌墨的才是最好的木匠师父。

那些急于修新房的人，都惋惜我爷爷的英年早逝。

我爷爷是吊颈死的。那天，我爹我妈还是像往常一样收完工回家做饭，等我爷爷。我爷爷去公社挨批斗了。他是我们尹家凹的第一个"阶级敌人"。我爷爷每次挨批斗回来都萎靡不振，我妈认为我爷爷是饿得。那时候不光是我爷爷萎靡不振，全寨人都萎靡不振。我妈把家里仅有的一个鸡蛋打了，和着麦麸熬成粥，给我爷爷开小灶。我爹和我妈等啊等啊。可以想象，饿着肚子守着一碗粥等人是件多么痛苦的事情。我爹在家里来回踱步，我妈说："少走来走去的了，越走越饿。"我爹有气无力地说："我去睡觉还不行吗？"说完就去睡了。尹家凹的房子基本上都是长三间：从正面看，好像只有三间房屋，其实，除了正中的那间祭祀祖先的堂屋不设隔断外，左右的两间都从中间隔断，又各成了两间，实际上长三间的房子有五间屋。我家长三间房子的右边还搭了一个偏房，作厨房用。我爹和我妈睡左边那个已经隔断了的房屋的里间。我爹从厨房去睡觉得穿过堂屋，他就在这儿看到了我爷爷。我爷爷双脚悬空，吊在他亲手做的房子的中梁上。中梁离地面有六米多高，已经饿得瘦骨嶙峋的他将绳子拴在中梁上不知费了多少劲。

我爷爷留有一封遗书，说这个世界既然容不下他，他就去另一个世界了。遗书是用毛笔写在草纸上的，字体就像他做的木工活儿一样工工整整。就这些字而言，他没有丢私塾先生刘仲强的脸。

后来，我爹在家里的无数场合上说，如果我爷爷不是用这样的方式去了另一个世界，他早穿上金缕玉衣了。换一种说法，我爷爷不负责任地一走了之，就算穿的是桐缕玉衣，也是雕刻师多方面考虑才勉强给的。我爹认为，我爷爷以死逃避现实的态度是我们家的耻辱。

全寨人都饿得清口水长淌的时候，我爷爷用他做木工活儿的凿子把粮仓底部的木板戳了一个洞，准备上交的粮食就从洞里漏了出来。这是我爷爷的优势：木匠不用出工，一年按规定缴纳一百八十元的手艺费给队上，就可以按男劳动力拿工分了。我爷爷并没有急着将粮食带回家，而是叫来了憨胖，要和憨胖"躲猫猫"。憨胖是那种叫他做什么就做什么的人，虽然饿得走不动了，还是欣然答应。我爷爷躲，憨胖找。我爷爷就躲在他下午戳的那个洞里面，憨胖很容易就找到了，从后面拉住我爷爷的衣服，说："你跑不了了。"我爷爷当然不会跑，他顺势将事先垫好的石头拉开，苞谷哗哗哗地就漏出来了。憨胖估计装满了衣服包，急着想跑回家去炒苞谷花吃。尹家凹人把柴灰和苞谷同时放进烧热的锅里，不断搅动，苞谷均匀受热，膨胀爆炸后就成了大颗大颗的苞谷花。吃几粒苞谷花，再喝一碗水，肚子就半饱了。尹家凹的粮食是按人头和工分分配的，憨胖不出工没有工分，只能分到人均分量的百分之三十。他本来饭量又大，见了粮食就像见了爹娘一样。我爷爷叫住了他。我爷爷说："今天的事怎么说？"憨胖说："见者有份。"我爷爷说："你吃饱了，别的人饿死了怎么办？"憨胖说："我一家一家地送。"我爷爷点了点头，纠正了刚才憨胖说的话，说："这不叫见者有份，叫家家有份。"憨胖走后，我爷爷还是不踏实，又叫回他，说："如果有人问起还把粮食送给谁，谁问的你就说送给谁。"

最后不知道风声是谁走漏的，社里先抓了憨胖。憨胖咬定都是他一人干的。但公社问起憨胖是怎么发现粮仓下面的那个洞时，憨胖把和我爷爷"躲猫猫"的事说了。这事怨不得憨胖，他这种智商的人，做到这种程度已经不错了。我爹就没有埋怨过憨胖，倒是经常埋怨我爷爷。我爷爷作为"阶级敌人"被斗了一个月后上吊了。临上山的头一晚，雕刻师亲手为我爷爷穿上桐缕玉衣，回头对我爹说："对不起了。"然后摇摇头，回家去了。

我爷爷上吊自杀，成为尹家凹最懦弱的人。我爹好长一段时间都是夹着尾巴做人，见着人把头弯了又弯——不是身为"阶级敌人"的儿子的缘故，而是因为家里出了个懦夫。

肖朝江死后，我爹义无反顾地去干觥公这个行当，就是要向尹家凹人表明：我爹虽然是懦夫，但我是勇敢的。

铁疙瘩晚上把金丝楠木雕片平铺在床上，我们就光起身子睡在雕片上。铁疙瘩说："虽然我们不能穿金缕玉衣，但每件金缕玉衣的材料我们都睡过，这是做雕刻师好的地方。"睡在雕片上，并不像我们想象的那么舒服，早上起来，我和铁疙瘩的背都烙起了长方形的印痕。

尹金贵的师父急匆匆地去另一个世界的时候，尹家凹人说，既然金缕玉衣还没有送出去，就自己穿着走吧。当时还是徒弟的尹金贵说，没有这样的规矩。直到那时，尹家凹人才知道雕刻师是不能穿金缕玉衣的。这种规定有道理——当裁判员的不能同时当运动员，不然就有失公平。但是这样就公平了吗？铁疙瘩就觉得不公平，这天他显得很落寞，他说："卖盐老二吃淡饭，弹花师父无被盖。"

我说："人人都能穿就不值钱了嘛。"

事实上，我比铁疙瘩更落寞。不管怎么努力，我每天做的雕片，无论数量还是质量，都不及铁疙瘩做的。

那天晚上睡觉前，铁疙瘩没来由地说了句："我觉得只要够标准，人人都可以穿金缕玉衣。"

我想说"标准也是有比较的"，见铁疙瘩已经把头蒙在被子里了，就没有说出来。这是他不想和我再说话的表现。

因为挨得很近，我会隔三岔五地回趟家。我一回家我爹就很不高兴，说我又想偷懒了。我把铁疙瘩的能耐对我爹说了。我爹说："你小子知道不，他爹都是跟你爷爷学的木匠手艺。徒弟家都超过师父家了，你给老子争点气行不？"我爹还说："不争气也不要给老子说丧气的话。"我爹还恨铁不成钢地"唉"了一声。

我爷爷成为"阶级敌人"后，天天挨斗。斗完后，队长尹二林还要叫我爷爷把手艺传给他人——这叫敌人拿特长搞破坏，我们却要拿特长搞建设。铁疙瘩爹跟我爷爷学完木匠活儿后，把全队的锄头、犁头的活儿都包了。要不是我爷爷死得早，以铁疙瘩爹的悟性，学会修大房那是迟早的事。

第四个名人是个憨包

尹二林和尹中华扳上了。

尹二林的队长职务上任没有多久就差点被免，在公社没少挨批评。全公社的亩产，尹家凹是最低的，公社怀疑尹二林私分了队上的粮食。尹二林确实也这么干过，但他不敢大张旗鼓，他分的是队上的红苕。就是这些红苕和憨胖偷的苞谷，救了全寨人的命。尹二林一家是饿得最惨的。憨胖把偷的苞谷给他家送去的时候，尹二林没有要，他说："队长带头这么干还成什么体统？"如果不是他三爸带回来的两盒饼干，尹二林一家恐怕就没命了。

　　尹家凹每一家在火塘屋都挖有一个地窖，放上一些干谷草，红苕就放在地窖里。全大队就尹家凹没有饿死人，公社认为是不正常的，当然要来查尹家凹的粮食。尹家凹人又把红苕拿出来放进柜子，连夜背到河沙坝。尹家凹的河边有几十米的河沙地带，每家私分到的红苕就泡在河沙里。河沙坝好挖，红苕晒一天太阳还看不出泡过的痕迹。

　　要不是我爷爷这个"阶级敌人"被揪了出来，也不知公社的检查组还要查多久。尹二林在这点上也觉得对不起我爷爷，他自始至终都没有为我爷爷说过一句公道话。人死后，队长的公道话也没有用，只有雕刻师的话才是最管用的。我爹让我去学雕刻，就是希望我能为我爷爷说句话。

　　我爹让我去学雕刻的前一晚上，和我一夜长谈。我爹找我谈话的目的，当然就是希望我去学雕刻。但那时我不想学，我爹就给了我另一条路，就是读书。尹家凹人上初中得去公社，每天来来去去上坡下坎要走五六个小时的路程，等于把时间全耗在路上了。所以我更不想读书。学雕刻算是没有办法的办法了。但我爹又想让我心甘情愿，就苦口婆心地给我讲道理，讲着讲着，我好像就顿悟了。

我爹说："你爷爷是最勇敢的人。"

我回答得有些心猿意马："你不是说过爷爷是懦夫吗？"

我爹说："为了全寨人连死都不怕了，还是懦夫？"

我想，我爷爷当初在粮仓戳洞的时候，并没有预料到会死。

我爹说："如果你爷爷不上吊，不知尹家凹还要挖出多少'阶级敌人'，得到憨胖苞谷的人恐怕一个都跑不脱。"

这么说，我爷爷确实成了全寨的替死鬼。

我说："那又怎么样？反正都过去了。"

我爹说："所以你得去学雕刻，只有雕刻师才能为你爷爷平反。"

现在，全公社的粮食还是不够吃，能吃上苞谷饭就算好的了。尹家凹人吃的是两糙饭，就是一半苞谷一半米。尹二林认为他自己已经做得很好了，但他还要好上加好，要让自己哪天去另一个世界的时候，能把金缕玉衣毫无悬念地穿在身上。

每年，冬春之交和夏秋之交都有短暂的农闲，尹二林就组织全寨的社员搞外快。冬春之交是织网打鱼，还有就是用炮炸鱼。炮的制作很简单，放好炸药、雷管和引线，简单包装好就成了。炸鱼之前，先用油粑打窝。炸鱼是很危险的，引线长了，丢下去后鱼就跑了，引线短了又可能伤到人。这个活路尹二林包了。你别说，尹家凹每年都会有一两次炸鱼，每次能有四十多斤渔获。尹家凹还不足四十户人家，平均每家能分到一斤多，这让我们贫瘠的肠子时不时地多了点油水。

夏秋之交，是蚂蚱最多的季节。蚂蚱喜欢在谷穗中间跳来跳去，待谷子成熟的时候，还会糟蹋粮食。捉蚂蚱是尹家凹最热闹的事情，大人小孩齐上阵，一天可以捉几背篼。随后，尹二林按照各家捉的多少以及人口多少，再分给各家，既保证了多劳多得，又兼顾了见者有份。油炸蚂蚱是我们最喜欢的食品之一，之后我们再也没有吃过这种东西。捉蚂蚱是铁疙瘩的拿手好戏，但铁疙瘩不和全寨其他人一起捉蚂蚱。他每次都叫上我，两人单独行动。他说："自己捉的，为什么还要进行二次分配？"

尹中华在尹家凹开了补习班，晚上免费为全寨的小孩补习语文和算术。那时，尹中华在平岗小学教的就是语文和算术。第一天补语文，第二天补算术，以此类推，一直补到年关。尹家凹的小孩的平均成绩，在平岗小学是最好的。得到实惠的不仅是读书的小孩。木瓜说起来应该算我么公，他白天干农活儿，晚上跟着学生学习，成了尹家凹除了尹中华

巴诺王

老师之外识字最多的人之一。后来，公社推荐人到大队工作，就选中了他，再后来，他又去了公社，直到退休。

不管怎么努力，尹二林的地位也是无法和开寨鼻祖尹印雄相提并论的。况且，尹二林在饿饭那年多少还犯有浮夸风的毛病，怎么说都有瑕疵。我爹对这种说法非常赞同。尹中华就不一样了，刘仲强虽然为尹家凹人普及了文化知识，但刘仲强的私塾终究是收钱的。虽说不交钱去听课也不会被赶走，但别人交了钱自己没有交，终究还是不好意思。尹中华办补习班的用意很明显，他希望自己比尹家凹的第一个知识普及人刘仲强做得更好一些。

尹中华的补习班，尹二林也去听，知识嘛，多学点总没有坏处。但每次听完课，他的压力就更大了，有了压力后，动力就更足了。尹二林得想尽一切办法让尹家凹人得到实惠。蚂蚱越捉越少，尹二林就带着社员捉麻雀。麻雀和蚂蚱一样，也是会祸害粮食的。捉麻雀也和捉蚂蚱一样，既除祸害，又改善生活，都能起到一箭双雕的作用。秋天的麻雀也是很多的。每个劳动力带着自己家筛米的筛箕忙碌在田间地头，先挖好一块平地，用一根木棒撑住筛箕，在筛箕下面撒几粒苞谷，待麻雀去吃苞谷的时候顺势一拉，麻雀就被捉住了。

麻雀比蚂蚱善飞，捉住麻雀不是一件容易的事，所以这事没有坚持多久。倒是尹中华的补习班，一直坚持到尹家凹整体搬迁。

尹家凹的下游要修水坝了，坝修在旋塘镇那儿，坝修好后就要蓄水发电。工作组在尹家凹做了最高水位的标记，标记在尹家凹的后坡，也就是说，尹家凹整寨都将成为水淹区。

这一年尹家凹又死人了，是被煤窑压死的。尹家凹的煤窑关停了好长时间。后来许多地方的煤窑都是政府强制炸封的，尹家凹的不是。以前尹家凹有很多小煤窑，下雨后，雨水从煤窑流过，水就成了五彩斑斓，流进水田后，谷子就长不出来了。我爷爷死后，有两个小煤窑压死的人，雕刻师给他们穿的就是桐缕玉衣。从此，再没有人去挖煤了。尹家凹一河两岸都是产煤区，到了冬天就到河对面的大河边去换煤。大河边地势陡，没有田，尹家凹人用三斤米就能换一百斤煤。

尹家凹马上都要被水淹了，那些埋在地里的煤也会被淹。有人觉得可惜，又去挖煤了——把大家丢弃的东西捡起来有何不可？全公社好多地方都不产煤，去挖煤的人，想在搬家的时候把煤一起搬走。挖得心切，就怕旋塘那边提早关闸，其实人都还没有搬走，怎么能关闸呢？挖煤的时候，每挖进一步，都会加撑木，用木头架子把洞上边撑住。那个挖煤的人就想多挖点，没有加撑木，结果煤洞塌方了，人埋在了洞里头。

尹家凹一有死人，总会恐慌一阵子，都在猜测紧接着又会有哪个人死。尹家凹人不怕死，怕的是猜测哪一个人会死。尹二林在秋天说的那句话应验后，一有死人，每个人的脑子里都会把全寨人过一遍，觉得每个人都有每个人的好——恐慌就是过这一遍时产生的。

憨胖去刨死人，这也是憨胖的专利。憨胖有一身力气，挑挑抬抬尚可，犁地薅草插秧这些活路就不会做。他的力气喜欢用在死人身上，比如给死人穿衣，那是谁都不能和他争的；比如落河死的人，被水泡大后，得两人以上才抬得动，但憨胖会背，一个人就能背动。肖朝江死后也是憨胖背回来的。

听到有人死，憨胖竟然有些兴奋。憨胖和被煤窑压死的那个人犯了同样的错误，都不知道欲速则不达的道理，只知道赶进度而忘了安全。事实上，塌方的地方土质是松的，更加危险。憨胖最后也被压进去了。尹家凹又一次两场丧事一起办了。

挖煤死的那个人没有幸免，雕刻师给了他一件桐缕玉衣，成为尹家凹第四个穿桐缕玉衣的人。这也是尹家凹人共同猜测的结果。轮到憨胖的时候，大家觉得，应该也是和挖煤人差不多，毕竟智障嘛，有一件桐缕玉衣也不错了。我爹就是这么想的，我也是这么想的——莫非憨胖还会超过我爷爷？其实，在上山的头一晚，我和铁疙瘩都知道了结果。一件桐缕玉衣、一件金缕玉衣，是我和铁疙瘩亲自用麻绳连接起来的。当时我们也纳闷，当挖煤人穿上桐缕玉衣，我们就更纳闷了。

纳闷过后，全寨人又开始兴奋：憨胖都能穿金缕玉衣，那么金缕玉衣对每个人而言不再是遥不可及的事了。他们不自觉地把自己做的事和憨胖做的事进行比较，竟然发觉憨胖一生都没有做过一件出格的事。

我和铁疙瘩也兴奋。按照雕刻师的规矩，师父该隐退了，我或者铁疙瘩将成为尹家凹的第六任雕刻师。

挖煤人和憨胖上山的第二天，师父就办了传艺仪式，就师父、我、铁疙瘩三人。尹金贵的女人算我们的伯娘，伯娘也回避了。师父在堂屋的香火前摆了八仙桌，桌上放有煮熟的一块腊肉，行话叫"刀头"，这是拿来祭奠祖师爷的。都说雕刻师有两场法事是关键，其中一场叫"下刀法事"，就是每一根用来做雕件的木头下刀前，都要先做的法事。

师父也叫我回避。我失望极了——我的雕刻生涯就此结束了。

我站在师父家猪圈旁，百无聊赖地看两头半大的猪睡觉。我觉得我和猪差不多。尹家凹人说，人来到世间做的每件事，天都是知道的；去了另一个世界做的每一件事，天也是知道的。但是这个世界和那个世界之间是隔离的，所以从这个世界过去的时候得有人推荐，这个推荐的人就是雕刻师。雕刻师给要过去的人穿的衣服就是功劳簿，相当于推荐表。我爹觉得，推荐表也可能有弄错的时候，比如我爷爷的桐缕玉衣。我爷爷一生做好事无数，在生死存亡的关键时刻还把全寨的困难一人扛了起来。这些，想必天都是知道的。但芸芸众生，天有时候也管不过来，得雕刻师去纠正。但是我已经没有机会帮我爷爷纠正了。

恍恍惚惚中，铁疙瘩叫了我的名字，我没有反应过来。铁疙瘩再叫我的时候，我反应过来了，没有理他，我不想要他的同情。

铁疙瘩似乎比我还失望，他说："该师父教你'穿衣法事'了。"

师父晚上吃饭的时候给我们讲了他的用意。他说："为什么要你们一个负责雕刻，一个负责法事？就是希望你们师兄弟永不分离。"

得到雕刻手艺后，铁疙瘩第一件事就是去找队长尹二林。他说，他没有做什么贡献，不能平白无故地拿工分。整个尹家凹的人，都在想着搬家的事，没有人把铁疙瘩的话记在心里。我没有学到"下刀法事"，不能做雕刻，所以就跟着社员出工。这段时间，铁疙瘩去了街上，又跟着铁匠学打铁去了。

从金缕玉衣作坊到金缕玉衣有限责任公司

几个月后，铁疙瘩带着打铁的一整套工具回来了。他在他家长三间房子的左边搭了一间偏房，用河沙坝的河沙做了模子。打铁坊风风火火地开张了。铁疙瘩打铁坊的产品是长一寸宽半寸的铜片、铝片和铁片。铁疙瘩拉我入伙，他说师父让我们师兄弟永不分离，所以他得把我拉进来。铁疙瘩的金属片连接起来后也是"衣服"。他把铜片连接起来，叫金缕玉衣；把铝片连接起来，叫银缕玉衣；把铁片连接起来，叫铁缕玉衣。

我拒绝了铁疙瘩的邀请，我说师父没有教我们这种做衣服的方法。

尹家凹活着的人要搬家，死去的人也要搬家。铁疙瘩的第一件金缕玉衣兜售给了尹登奎的儿子。当初尹登奎被人跋山涉水从县城拉回来，无非是希望得到雕刻师的一件金缕玉衣。尹家凹的坟山大都在旋塘水坝的最高水位之下，也就是说，这些坟都是有可能被淹的。尹登奎的儿子住在县城，没有搬家这些烦恼的事情，专心致志地来迁他爹的坟。死人搬家和活着的人一样，既然要搬到新家，就得添置一些新的东西。

尹登奎已经腐烂了，他穿的那件银缕玉衣也差不多都腐烂了。他儿子的意思是希望换一件新的，铁疙瘩就推荐了他的三种金属衣服，说："木做的都会腐烂，金属做的不会腐烂。"铁疙瘩还用了激将法，说："如果你选铁的和铝的，那不要钱。铁的会锈蚀，铝的太轻，穿起来到了另一个世界也不威武。"尹登奎的儿子问："铜的多少钱？"铁疙瘩的喊价是一千。尹家凹平均每家的搬迁款也就三千块钱左右，除去搬家的人工工资，拿到手的补助不过一千多元。尹登奎的儿子嫌贵，说："铜做的，值不了这个价钱。"铁疙瘩说："我又不是卖废铜烂铁，不能按斤两算。"最后，铁疙瘩的第一件金缕玉衣以六百元的价格成交。铁疙瘩卖了好价钱，尹登奎儿子花钱买了心安理得，双方都很满意。尹家凹的人不甚满意，说铜做的应该叫铜缕玉衣才对。铁疙瘩说："雕刻师说它是什么，它就是什么。"

铁疙瘩卖出了第一件"金缕玉衣"后，又来找我，说如果我和他合伙，到时候按对半分成。我说："尹家凹的雕刻师是从来不收钱的。"铁疙瘩说："我连工分都没有，如果不收钱，我喝西北风啊！"

我说："师父没有教我们这样做，还是老老实实做雕刻才对。"

铁疙瘩认为我是老古板，脑筋永远不会开化。我确实是脑筋僵化了，认定的事，牛都拉不回来，所以，铁疙瘩要我教他"穿衣法事"的时候，我决然地拒绝了。

铁疙瘩说，如果他做"衣服"，我来做法事，就再完美不过了。

我说："你不是完美了，你是完蛋了。"

我也只是这么说说。以我的能力，是说不服铁疙瘩的。

尹家凹的人都说，铁疙瘩一身浓缩的都是精华——当然这话有些贬义，他的歪脑筋多得到尹家凹人的一致公认。

铁疙瘩家的风箱呼呼地转，煤火旺旺地燃，我们收工回来从他家门口经过，都能听到熔化的金属水倒进模子里发出的嚓嚓声。

没有我的"穿衣法事"，我认为铁疙瘩的所有努力都是徒劳。尹登奎的儿子毕竟不是在尹家凹出生的，他可以无视尹家凹人长期形成的规矩，但尹家凹人不可能无视。事实上，我又错了。我在前面说过，尹家凹有总结的传统，一总结，就想起了历历在目的往事。所以，到了各奔西东的时候，伤感来了。最伤感的，是离到了另一个世界的老人越来越远了。坟只能迁到更高一点的地方，这些地点工作组都做有标记。想着这些老人来到尹家凹的种种不容易，就想在迁坟的时候有所表示，这些人买下铁疙瘩的金缕玉衣后，把"穿衣法事"也省了——都是些骨头棒棒，也不存在穿衣，金缕玉衣就和骨头放在一起，聊表孝心。

铁疙瘩几乎赚走了尹家凹人一半的移民补偿款，后来搬到了旋塘街上。旋塘本来不大，因为旋塘发电站修成后，有了几千的电厂工人，街道就繁荣了。铁疙瘩的金缕玉衣作坊就挨着电厂。他在旋塘街上卖出的第一件金缕玉衣是卖给电厂的财务总监。财务总监是副厂长的后备人选。电厂厂长的老父亲过世了，这个财务总监绞尽脑汁，想不出送什么好。

送钱似乎太赤裸了，送烟酒和猪牛又太俗了——那时候农村倒时兴送猪牛下祭，厂矿当然要有别于农村。铁疙瘩审时度势地把金缕玉衣推销给他，卖出的价钱是两千元。财务总监没有讨价还价，他只希望铁疙瘩的金缕玉衣不要降价，是一件保值增值品。

我家搬到四坪大队的上坪生产队，那里离尹家凹很近，现在的尹家凹已经成了乌江河水中的一部分。铁疙瘩的金缕玉衣有限责任公司成立的时候，村里的土地分给了各家各户。但村里的年轻人也不愿种地了，蜂拥去了改革的前沿阵地。这一年，我爹神经出了点问题，按我们那里的说法是脑筋有点不管事了。他经常朝大偏岩走，走出去后就忘了回家的路。我妈说我爹可能是搬家的时候把脑筋累坏了。我妈也老了，而我妈的话我爹历来不听。我不敢跟着寨上的人去沿海打工，留下来照顾我爹。

有天，我在地里犁土，我妈跌跌撞撞地来叫我，说我爹又去大偏岩了。我收拾好犁头，准备赶着牛回家。我妈说牛她先看着，叫我赶快去把我爹找回来。我妈看起来很着急，我觉得完全没有必要。每次我爹从大偏岩下去，走到河边就不走了，我总能把在某块石头上坐着的我爹叫回家。我妈说："这次和往次不一样，你爹说他要去旋塘。"走旋塘，要从上坪的后山走，经过新中，再翻几座大山。这就是我妈担心的——旋塘在尹家凹的下游，两者的直线距离很近，但河两边是陡峭的悬崖，是走不过去的。我妈的意思，我爹可能要去跳河，脑筋不管事的人做出什么事都是有可能的。

我追上我爹后，叫他回家。他不回，说要去旋塘。河水涨起来后，尹家凹的河面上有人用网箱养鱼。养鱼的人每天把鱼拉到旋塘去卖——旋塘有工人，销量大。我和我爹就是坐渔船去的旋塘。我爹老了，几十年的光景，他去过最远的地方就是我们的乡街，想去更大的地方看看，心情可以理解。我们在旋塘水电站大坝前的码头下的船，然后爬一道山路，再下山，就到旋塘街上了。到山顶的时候，我叫我爹看大坝——又高又雄伟。我爹的毛病就犯了，他不停地说："断了，断了。"我想我爹说的是水断了。大坝下游的水很少，是从大坝旁边的涵洞冲出来的。我爹还是说："断了，断了。"我问我爹："什么断了？"我爹不说。我想来一趟旋塘也好，那里的电站职工医院是我们周边最好的医院，我准备带我爹去看看。

医生说我爹是脑萎缩，症状是痴呆，遇着刺激他的事情时还会有狂躁的表现。从医院出来，就要经过铁疙瘩的金缕玉衣有限责任公司。公司很简陋，厂房是简易公棚，但公司门口的空坝里到处挂着大大小小的铜质的金缕玉衣。

我见着了铁疙瘩，还见着了麻雀。麻雀是我们小时候经常一起"躲猫猫"的伙伴。我和铁疙瘩跟着师父学雕刻那会儿，麻雀去了公社读中学，读完了初中又读了高中。当初，我和铁疙瘩就像法官一样给麻雀下了判决，以他的算术水平，是永远考不上大学的。麻雀高中毕业后去广东打了一段时间的工，铁疙瘩差人手的时候，就把他收编了。麻雀的故事成了我们周边人读书无用论的例证——他们说"读书少的管着读书多的"，用这个例子顶撞着父母，理直气壮地把故土打成背包，朝着东南沿海的方向绝尘而去。

麻雀的特长是模仿，并"模"以致用。他把铁疙瘩的金缕玉衣加以改良，做成古代盔甲的样式。他还杜撰了尹氏家族的历史，写在每一件金缕玉衣的包装盒里。他说尹氏祖先是明朝的一位将军，在和清军的战斗中溃败，率残部流落到今天尹家凹这个地方。按他的说法，我们都是将军的后代，穿金缕玉衣就是为了缅怀祖先金戈铁马的峥嵘岁月。

我爹已经不认识铁疙瘩和麻雀了，经过我再三提醒，我爹就笑了——在我最后一次提示后四五秒钟后才笑的，这说明我爹的反应还是比正常人慢半拍。我爹一笑，就说明他想起什么来了。我爹要我带他去看金缕玉衣，麻雀很想为自己表功，把金缕玉衣的说明书给我爹看。我爹的毛病就犯了，又闹又叫。铁疙瘩还以为我爹想要一件金缕玉衣呢。

现在，铁疙瘩的金缕玉衣可以作为礼品送人了，分大、中、小三号，包装盒非常精美。每一块金属片之间是用橡皮筋连接起来的，所以高高矮矮、胖胖瘦瘦的人穿上都会合身。

铁疙瘩一说，我爹就更狂躁了。

净身出户

师父尹金贵快不行了。搬到各地的尹家凹人只有到有人
要去另一个世界的时候，才会聚在一起。

离开了尹家凹的那种氛围，我们几乎都没有总结的习惯
了，甚至大多数时间都懒得去回忆往事。我家搬到上坪后这
么些年，我都记不起我做了什么，除了种庄稼收庄稼，好
像什么也没有做。听到尹金贵快不行了的时候，我才想起他
是我的师父。去了趟旋塘后，我发现如今雕刻事业的发展根
本不以师父尹金贵的意志为转移。这也许是他今生最大的
遗憾，也是我的遗憾。如果当初师父尹金贵把"下刀法事"
和"穿衣法事"都分别教给我和铁疙瘩，铁疙瘩乱规矩的时
候，我想我还是有能力和铁疙瘩扳扳手腕的。

我到师父家的时候，铁疙瘩和麻雀也来了。他俩带了一
件铜做的金缕玉衣来。师父已经说不出话了，看到铁疙瘩，
师父的眼睛睁得很大。铁疙瘩没有忘记和难得聚在一起的尹
家凹人一一打招呼，他说："要走了的人，看到他做的金缕
玉衣眼睛都会睁得很大。"据铁疙瘩说，他现在的一件金缕
玉衣，价值在一万五以上。他说这还是出厂价，他每年打造
的限量版价格已经炒上了六位数。他说："就像在尹家凹时
炒苞谷花那样，价格一天天地膨胀爆炸！"

师父的眼睛睁着，没有闭下来的意思。有人拿食指放在他的鼻孔前——已经没有气了。师父身体的温度逐渐下降，铁疙瘩示意麻雀赶快将金缕玉衣给师父穿上，说："趁身体还有点温度穿上，待身体僵硬了，就特别合身。"麻雀不忘在这个时候鼓吹他捏造的故事，他问大家："尹金贵穿上金缕玉衣后像不像一位古代的将军？"假话说多了，就像真的一样。麻雀说："我们尹家本来就是明朝一位将军的后人。"搬家之后，家家都有了电视，时不时地会看到一些古装片。尹金贵病危的这段时间又没有剃胡子，穿上金缕玉衣后，别说还真有几分像将军。连年纪大一点的都吃不准了，纷纷往年轻人的身上看。现在年轻一点的，除了铁疙瘩和麻雀，就是我了——其他人都出去打工了。

我对麻雀说："别胡扯了。"

麻雀说："你只晓得学语文和算术，应该去学学历史。"

师父的眼睛怎么抹都不闭，铁疙瘩说："这样更好，人人都闭着眼睛过去，突然来个睁着眼睛的，一定会让那边的人佩服得五体投地。"

我没有和铁疙瘩瞎扯，我想我是知道师父的想法的。我去脱师父身上的金缕玉衣，师父的身体冷了，脱不下来。

铁疙瘩说："我说错了没有，师父穿起来是不是特别合身？"

我用剪刀把连接铜片的橡皮筋剪开，铜片从师父身上叮叮当当地掉下来，师父的上眼皮也慢慢地掉了下来。

麻雀把掉在地上的铜片捡起来，责怪我说："这是限量版的你知道不？"

师父上山的时候，连一件桐缕玉衣也没有，在尹家凹的时候，这叫"净身出户"。尹家凹两百多年的历史中，净身出户的只有一人，那就是"小长毛"。

小长毛当了土匪，后来又被土匪杀死在大河边的森林里。家人把小长毛抬回尹家凹，雕刻师也过来看了，没有说话，一转身走了。

"做了大逆不道的事，当然是要净身出户的。"尹家凹人说，"去那边的时候，见着光着身子来的，先让你在这个世界和那个世界的中间地段过人不是人、鬼不是鬼的生活，表现好了，能赎清你的罪孽了，才给你开门。"尹家凹有时晚上会听到一些怪异的声音。妇女爱说成是鬼叫，男人们说："难道你们听不出那是小长毛的声音吗？生不如死的叫声。"

我很害怕师父过去后的生活会是小长毛那样，但又无能为力，就把气出在铁疙瘩身上，说："师父就是你气死的，如果不带你那狗屁金缕玉衣来，师父恐怕还要活很久。"

文化传人

一年后，铁疙瘩、麻雀和我都成了金缕玉衣的文化

巴诺王

传人。

县里提出"文化搭台、经济唱戏"的发展构想，我们紧挨着乌江，县里的宣传干事就到处搜寻有关乌江文化传承的资料。

我到县里的时候，铁疙瘩和麻雀已经先到了。县里已经多次和铁疙瘩接洽，在县郊划拨了四十亩土地作为铁疙瘩金缕玉衣有限责任公司的工业用地。现在县城里到处都是金缕玉衣的广告，主干道的灯杆都是金缕玉衣的造型。

我能去县城还得感谢铁疙瘩。旋塘本来也是我们县辖的一个镇，这地方地处三个地区的交界处，电站建成后，划归了另一个地区。这样一来，铁疙瘩的企业严格说还不能算我们县的，但穿金缕玉衣的传统属于尹家凹。所以，宣传干事就问："现在我们县里还有没有会做金缕玉衣的？"铁疙瘩说有，然后就讲了我的名字。

我是在我家的地里被吉普车接走的，我妈还以为我犯了什么事——前几年公安来上坪抓偷牛偷马的，也是开吉普车来的。我也不知道是什么事，刚开始很着慌，到了县里的时候反而平静了。这天，县里有一个文化传人的颁证仪式。我觉得我、铁疙瘩和麻雀三人都不配文化传人的称号：铁疙瘩和我虽然是雕刻师父的正式传艺人，但是铁疙瘩没有把文化传承下来，我觉得他就是乱整。我算是半途而废，目前做的活路只与土地有关，和雕刻搭不上关系。至于麻雀，就更不用说了。那天，我们三人都有一个发言。铁疙瘩讲的是金缕玉衣的市场前景，麻雀讲的是他对金缕玉衣的改良和创新。轮到我的时候，我觉得没有什么可以说的，就讲了尹家凹尹印雄、肖大明、刘仲强和憨胖四个穿过金缕玉衣的人的故事，还讲了师父怎么教我们做雕刻。我内心平静，娓娓道来，为满身泥巴的我赢得了许许多多道貌岸然的掌声。他们问我是不是读过高中，我说："没有，只读过小学，户口上填的是初小。"有个宣传干事很不好意思地说了一句："高手都在民间。"

我、铁疙瘩和麻雀都领了任务。铁疙瘩和麻雀负责按真人标准的十分之一、八分之一、五分之一和三分之一四种规格生产金缕玉衣，作为我们县的特色旅游商品。据说今后还要生产更多规格的金缕玉衣，以满足不断增长的市场需要。我负责按师父教我们的传统方法雕刻金缕玉衣、银缕玉衣和桐缕玉衣。其实我和铁疙瘩都清楚，铁疙瘩在雕刻上比我更有悟性。但我还是爽快地答应了，我现在确实想做这件事情。

这是我第一次求铁疙瘩，我说："既然你不做雕刻，那就把'下刀法事'传我吧。"我又说，"师父教我们雕刻不容易，不能让这个手艺失传。"我还说，"作为回报，我也可以把'穿衣法事'教你。"

我机关枪似的一口气把我想说的话讲完。铁疙瘩笑了，他说："只有'穿衣法事'，根本没有什么'下刀法事'。当初都是师父偏心，师父总说，主宰'法事'的人才是主宰雕刻的人，但他就是不教我。"

我以为铁疙瘩是怕我抢他的生意，故意这么说。铁疙瘩像小时候我们保证时那样赌了咒，说我是真的辜负了师父的一片苦心。

但铁疙瘩提醒我，做什么都要有人信才行，信仰没有了，就什么都没有了。铁疙瘩还说："就算你现在雕刻出来金缕玉衣、银缕玉衣和桐缕玉衣，你相信还会有人穿吗？"

我说，我信。

把金丝楠木、银杏树和桐子树买回家，我想，尹家凹雕刻师的真正传承人又有了。

我把三种木质的雕片做好的那段时间，上坪寨死了人，我去了死者家。我去的目的是一种提醒，这一带好多年没有穿雕刻师传下来的这种"衣服"了。那天，我伤透了心，回来后就吐了，我见到恶心的事总是这样。我到了死者家的时候，死者已经穿上铁疙瘩的公司生产的"金缕玉衣"了。

金丝楠木、银杏木、桐子木雕刻的三件衣服做好后，我把它们挂在堂屋里，就出去做农活儿了。我想等哪天有空送到县城的宣传干事那里去，算是对他们让我坐吉普车的回报，这也是我做的三件雕衣的唯一去处了。

晚上我回家来，我爹已经把金丝楠木做的金缕玉衣穿在身上。见了我，我爹有点不好意思，嘿嘿嘿地笑了几声，就脱了。吃完晚饭后，我爹提了一个要求，说能不能穿银杏木做的那件银缕玉衣睡一晚上。我想，睡一晚上也不会掉什么东西，有什么不可呢？

第二天我起床后，去取穿在我爹身上的那件银缕玉衣时，发现我爹已经去世了。我爹最后被埋在我家对面的沙岗上，那里能够看见乌江，河中间，曾经是尹家凹人生活的地方。

埋我爹的时候，我做了尹家凹人的最后一场穿衣法事。法事中有一段唱词，我以雕刻师的名义唱给我爹听：

眼睛一睁你来了，

眼睛一闭你走了。

请穿上我给你特制的衣服，

你做的好事、善事和问心无愧的事，

都写在这件衣服上，

都记在我们的心里。

去吧，去吧，去吧，

安心地去吧，

你所做的一切都是我们的榜样。

去吧，去吧，去吧，

安心地去吧，

我们都会步你的后尘……

　　金丝楠木和桐子木做的衣服，我一道放进我爹的坟墓里。我对我爹说："去了那边，留个纪念吧。"又说，"要是遇到我爷爷，他老人家如果觉得穿那件桐缕玉衣委屈的话，就给他换这件金丝楠木做的衣服吧。"我好像听到我爹应了一声，又好像听到我爹一声叹息。

匠王

1

石匠顶不住生活的压力，去县城砌房子了。升降机把四四方方的砖提上指定位置，石匠只管往上面摆。石匠以前打石磨、石狮子，修石房子、石坎子。许家寨有取之不尽用之不竭的石头，石匠还没有成为石匠之前，就很有眼光地看中了石匠这个行业。法那乡街通往许家寨的毛马路开工的时候，石匠预测，道路开通的那一天，就是石匠行业迎来春天的那一日。不久的将来，汽车、拖拉机会取代搬运工，拉着那些石头轰轰烈烈地奔赴新岗位，成为石机器，成为艺术品，或者继续守家护院。石匠本人也会拉起一支庞大的队伍，砸钢钎、抡铁锤、战天斗地，到处都是忙碌场面。

事实上，毛马路修通后，石匠生涯就到头了。代课老师穆贵缨，教书之余给石匠泼了一盆冷水。

许家寨有一条朝东的泥巴路，大约八百米，与毛马路交会，交叉口的西北角是分到各家各户的土地。穆贵缨用别处的土地和这家换换，又和那家换换，一亩多地连成一片，全成他家的了。穆贵缨要在这片土地上修房子。"这得是多大的房子呢？"石匠在家矜持地想，这也许就是一个新的开端，许家寨人要修房子，牛家寨、李家寨的人也要修房子。他对自己说，如果穆贵缨来请，工钱应该给予适当优惠。石匠的儿子棒棒糖，是穆贵缨的学生——该收的要收，这是原则；该让的也要让，这是必要的礼数。第二天，一辆拖拉机突突突地扬着尘土来到许家寨，在毛马路与土路的交叉口扭一个弯，先后退再往前，又扭一个弯，再后退。两盘之后，横在马路上，拖斗慢慢升起来，铁撑杆渐渐露出来，"哗"一声，将一车红砖横七竖八地倒在了穆贵缨家的土地上。

石匠在家听到拖拉机的轰鸣声，站起来朝毛马路方向张望，看不清楚。他寻着腾地而起的灰尘来到交叉口，问："穆老师要修砖房？"

穆贵缨说："也不能给村小丢脸不是。"交叉口旁唯一的建筑就是村小，那是许家寨最好的房子——砖房，外面还贴了白瓷砖。

石匠认为代课老师太过高调。他带着惆怅回了家，喝了杯茶后，心情跟着思路朝豁然开朗的方向走，就想通了："代课老师不修石房，不等于其他人不修。"这样的想法维持了半年。这半年，周边村寨修了不少房子，有十几幢。因为穆贵缨带了一个不好的头，准备修房的人都到穆贵缨家去参观，一番比对，最后都去修了砖房。穆贵缨搬进新房的次日，石匠的耐心到了极限，赌气进城了。头天在穆贵缨家吃乔迁酒，代课老师用算术本教石匠算账，她说："现在最贵的是什么？是人工。有了公路，交通工具代替了人力，就减少了人力成本。"得出的结论就是，修砖房其实比修石房子还划算。石匠把一碗苞谷酒咕噜噜倒进嘴里，摇摇晃晃开了黄腔。他骂出资修路的人，也骂出力修路的人，还骂穆贵缨："懂点算术有哪样了不起？横算竖算，修石房子就是不划算。"

鲍春花赞成石匠进城，她说："不出去又怎么知道外面不好呢？当初代课老师不想让木匠进城，可现在她修砖房的钱还不是木匠赚来的？"

石匠把背包挂在肩上，说："不要拿我和木匠对比，他算个啥，不就是个棺材匠？还不是卖老蛮力。"

在许家寨，许木匠是第一个放弃手艺的人。

2

许家寨把木匠分三种，做木房子的叫大木匠，做家具的叫花木匠，做棺木的叫老木匠。许木匠以前是花木匠，给出阁的姑娘打陪嫁，婚床、衣柜、方桌、椅子、洗衣架、木桶、甑子……广东家具店开到乡街后，木匠的生意没有了，木匠迫不得已改做棺木，成了老木匠。

成了老木匠还是没有生意。农村人进城找了点钱，老人

　　　　　　　　　　　　　　———————— 巴诺王

病重了也送到城里的医院，把生命的最后一刻安慰性地交给先进医疗器械，等一口气上不来了，殡仪馆的驾驶员早嗅觉灵敏地跟来了。殡葬车顶的喇叭反反复复不嫌累地说话："文明殡葬，功在当代，利在千秋。"然后，按照相关规定，把死去的人拉到火葬场，洒上汽油烧了。殡葬中心的玻璃柜里就摆着各种各样的棺木，不过是袖珍版的，烧过的人就剩几捧灰和几根骨头棒棒，放进去恰到好处。木匠去沿海之前参观过那里。找木匠打棺材的人几乎没有，来殡葬中心买棺材的人却络绎不绝。木匠伸着脑袋，想找到个中原因。服务员说："要哪种？实木的、强化木的、水晶的、塑料的，一分钱一分货，总有一款适合你。"

木匠气愤道："你这是玩具，不是棺木！"

服务员说："你说是或不是不要紧，销路才是硬道理。"

木匠扭头，说："没有见过棺材做成巴掌大的。"

木匠现在给一家全屋定制家具厂送货，也安装。安装的时候也用铅笔、尺子、锯子，也算没有离开老本行。不过，板与板之间的连接不再用凸头和凹槽，改用射钉枪，高科技，咔嚓咔嚓咔嚓，又快又牢。射钉好像是气压压出来的，木匠的气比射钉枪还足。

3

砌砖对石匠来说确实是小菜一碟。他不用拉线，在两根承重柱之间，凭肉眼就能砌得又快又直。县城里的钞票，从金库出来，到了银行，到了包工头手里，被石匠源源不断地分走极小一部分，然后带回许家寨。鲍春花数着远道而来的钞票，满心喜悦，说："如果早点出去，第一个修砖房的人可能就不是穆老师咯。"受此鼓励，两人度过了一个难忘今宵。

石匠以前修房子靠的是锤子和錾子，一锤锤，一錾錾，敲的是石头，敲出来的是艺术。现在修房子靠的是砖刀，砖与砖之间用灰浆粘接，砖有标准的尺寸，所以只管往上面摆。石匠每天睁一只眼闭一只眼，看砌得直不直，也藐视这项没有技术含量的工作。抢工期追进度时，石匠发现了自己的短板——恐高。那时候大楼已经修到十多层了，太阳就在头顶，毒辣辣的光穿过脚手架的缝隙。石匠一阵昏眩，歪了一下身子，像一个不胜酒力的醉汉。他定了定，坚持住了。进城后，石匠一门心思想把自己家的老房子铲掉。老房子是木房，年深月久，朽了。他要修新房子，但不修砖房，就修石房。他想修三层，这是底线，至少要比代课老师家高一层。不是只有代课老师一个人会计算，他对自己说。石匠现在的工钱是一天一百元，满打满算一个月是三千元。他在计算题里很不情愿地给自己放了两天假，这样，一个月也能有二千八百元，除去生活杂费，一年可以赚两三万。砌砖三年就能修一幢气派的石房，石匠想。他已经想好了，到时候自己修，还可以节省一些工钱，把省下的资金用在外观装修的刀刃上——他要让许家寨的人评一评，砖房美观还是石房漂亮。石匠开着小差，想着一幢还没有动工的石房子，从这幢正在垒高的房子上掉了下去。掉下去的瞬间，他的心还在想象着许家寨鹤立鸡群的三层石房子。脚手架的材料是钢管，被石匠的头撞得叮叮当当。

4

许家寨的风俗，在外面死的人是不能抬进家里的。天气闷热，石匠本应安详地躺在一口太阳光照不进去的棺材里。此时，在院坝里临时搭建用作遮阴的太阳布下，石匠被一块白布盖着，身下是一张破旧的凉席。来吊唁的人四周瞧瞧，没有见到预想的棺木，免不了酸楚，说："要是木匠在就好咯。"

穆贵缨在一群妇女的期盼中给许木匠打了电话，木匠在电话里说："火烧房子了不是？"木匠进城后，脾气越来越暴躁，除了偶尔问问儿子许望海的学习情况，一般不主动给代课老师打电话。

穆贵缨说："石匠死咯。"

木匠说："石匠死了我也不能帮他复活。"

穆贵缨说："你是不能帮他复活，但你不回来，他连一口棺材也没有咯。"

石匠家屋子周围，七弯八拐的木材零零星星倒有一些，那是作烧柴用的，就是没有做棺材的木料。匆匆从沿海赶回来的许木匠没有征求穆贵缨的意见，提起斧头把自己家地里的一棵泡桐树砍了，把锈迹斑斑的推刨、凿子、锛、锯子重新磨亮，拍去墨斗、角尺上的灰尘。加班加点，一天半的时间，一口崭新的棺材就在木匠的手里诞生了。人们相互评说，顺便问起城市里的情况。木匠满脸堆笑，有问必答，有时候看看问话的人，有时候不看。看或不看，大家都知道那是木匠全神贯注地思考如何做棺材时的附带动作。木匠回来后还没有来得及换衣服，穿的还是全屋定制家具厂里的工装。他在工装外面又套了一条有兜的围腰，角尺、凿子、木锉就装在围腰的兜里。这些工具有条不紊地游走在他的双手间。棺木涂上土漆，许家寨人都称叹，说："木匠的手艺还是没有还给师父嘛。"

木匠拍拍棺材说："家伙，去了那边，希望你还做石匠。"

泡桐木材质轻，拍起来咚咚咚响，很像是石匠"嗯嗯嗯"的回答。

穆贵缨喜欢许家寨妇女围观木匠做棺材的样子，赞扬的表情写在脸上，很受用。

5

石匠的道场做得最简单，就算如此，阮家寨的掌坛师也

———————— 巴诺王

不打算接这趟生意。鲁骗匠到了阮家寨，告诉掌坛师石匠死了的消息。正在生闷气的掌坛师说："又不是我害死的。"

鲁骗匠说："这不是来请掌坛师念经嘛。"

掌坛师说："做道场又不是骗猪骗鸡，一个人就能做？"头一天，最后一个徒弟背着背包和掌坛师告别，说以后念经就不要找他了。掌坛师成了光杆司令，他的四个徒弟置信仰于不顾，相继脱掉袈裟，乐此不疲地加入浩浩荡荡的打工队伍。金钱难道真有这么重要吗？

鲁骗匠说："石匠好歹也是匠人，如果我们这些匠人都不帮匠人，也太说不过去了。"

掌坛师说："做大一点的道场需要七个人，小一点的也得五个人，这你又不是不知道？最不济，四个人总该要吧？大锣、小锣、点子、铰子、铙、钹、铃、鼓……哪样不需要人手？"

鲁骗匠说："去了办法总会有的，实在不行，能省的都省掉，对活着的人有个交代就可以了。"

到了石匠家，见一群妇女和到处乱窜的细娃嫩崽，掌坛师问："男人们呢？"

鲁骗匠说："长期在家的，现在就剩下我了。"

掌坛师说："那你就是招客师咯。"

办酒席都得有个管统筹的负责人，称为招客师。这活路不是谁都能干得下来的，要心细、安排得体、不造成人力物力浪费，还要有威望和体力、指挥得动人，必要时候自己还要能上。四周是一片茫然的眼神，鲁骟匠勉为其难地点点头。

方桌已经摆好，香烛已经点上。掌坛师坐在靠椅上，问鲁骟匠："把你的办法讲出来听听。我可讲清楚，我不是千手观音，没有三头六臂，一个人可做不了几个人的事情。"

鲁骟匠说："铙就我来打吧。你知道，我们骟匠是敲马锣的，也算乐器嘛，总会相通的。"

做道场的时候，掌坛师领念，但还得有人跟着附和。当初鲁骟匠说有办法，也只是说说，走一步看一步呗。掌坛师左右看看，目光最后停留在棒棒糖身上。

掌坛师问："读几年级了？"

棒棒糖答："六年级。"

掌坛师又问："认得多少字？"

棒棒糖说："学过的都认识。"

掌坛师把一本经书递给棒棒糖，头转向鲁骟匠，说："这是没有办法的办法了。"

经书上的字是毛笔写的繁体字，棒棒糖不认识。已经忙得不可开交的鲁骟匠说："难道你还没有《新华字典》吗？"

6

穆贵缪留木匠住了一个月。这一个月里，木匠天刚擦亮

巴诺王

就出门了，他去许家寨的山林里逛，这棵树看看，那棵树看看。在木匠心里，这些茁壮成长的树都有可能成为一口不错的棺材。所以他说，每个人都应该有一棵适合自己的树。晚上，木匠把许家寨上点年纪的人过了一遍，又把在山林里见到的又粗又直的树木过一遍，然后在心里把某棵树像许配姑娘一样许配给某人。新的一天到来，木匠又到了山林，又看到了一些又粗又直的树，觉得头一天的那些许配不理想，再重新许配。许家寨有一些坡地，退耕还林后种了许多柏树，现在有手腕子粗了。木匠带着镰刀走进这片柏树林里，他要修理柏木树的枝杈，枝杈大了，做棺材就会影响品相。

这些天有一种说法，许家寨村小要撤并到法那中心小学。穆贵缨天天关注新闻，隔三岔五去乡教辅站。那些要被当作废品卖掉或直接被丢进垃圾堆的教育类报刊，都被她拯救了出来，甚至还去乡政府找熟人收集党报党刊。她看得极仔细，怕在疏忽之间错过最重要的内容。

吃过晚饭后，木匠在火炉边闭目养神。他的脑袋里想的都是这些天看到的树木：哪棵直，哪棵弯曲幅度大一些，哪棵粗，哪棵又细一些。人老了腰都会弯，如果树的弯曲度和腰的弯曲度一致，在棺材里，树的纹理和人的身体就会融为一体。人有魁梧的，也有文弱的，多粗的树做出来的棺材才和人的身材匹配？就像穿衣，衣服大了不行，小了也不行，本来大了的硬改小，明眼人也能看出师傅之前的慌乱、局促和不知所措。

穆贵缨在翻看刚从乡政府找来的最新的报纸。火炉被当成餐桌，没有炉火的炉面浸满油渍，亮晶晶能照得出人的影子。头上是十五瓦的电灯泡。穆贵缨突然兴奋起来，她说："旗。"就是新婚之夜，穆贵缨也没有这么兴奋过。木匠睁开眼，问："什么七啊八的？"

穆贵缨说："我说的是旗帜的旗，五星红旗知道不？"

报纸的一个角落里，在介绍一个叫《旗》的电影。电影讲述云贵高原的一个山区，一个学校只有一个老师和一个学生。那个学生是个智障，什么都不认识，只认识五星红旗。

穆贵缨问木匠："你知道我们学校有多少学生不？"

木匠说："还不是就那几个。"

穆贵缨说："二十八个，不少了。"

《旗》里面的那个学校，虽然只有一个学生，但一直没被解散，还得到政府的关注，社会各方的关心、帮助和支持。三月开学的时候，许家寨村小还有三十一名学生，中途有两个跟父母进城了，有一个转学了。每走一个学生，穆贵缨的心就会咯噔一下。她一直没有弄明白，一个村小，究竟多少学生才是最低标准。因为这个叫《旗》的电影，她晓得了，只要有学生，学校就不能被解散。穆贵缨要喝水，她

巴诺王

兴奋的时候就想喝水。木匠心领神会地倒水。接过木匠递过来的水杯，穆贵缨破天荒地亲了他一下——从火炉对面一下子伸过头来，亲在他的额头上。水杯咣当一声掉在地上，碎了。

木匠说："你看你，慌慌张张的。"

穆贵缨哈哈大笑。一个水杯好几块钱，要是平时，穆贵缨不仅不会笑，脸还会拉下来。家里一共买了三个陶瓷水杯，人手一个，现在全报销了：一次是一个学生转学，穆贵缨砸碎了一个；一次是穆贵缨批改试卷，有个学生考了满分，穆贵缨高兴，突然站起来，碰碎了一个。

木匠很心疼地用扫帚清扫碎陶瓷，穆贵缨说："慌扫什么，听我讲。"

木匠说："天天在学校讲，还没有讲够？"

穆贵缨说："百年大计，教育为本，知道不？"

星期天赶场，穆贵缨去买粉笔、墨水。村小的粉笔、墨水不多了，之前不敢多买，都担心造成不必要的浪费。穆贵缨还去了教辅站——乡政府创新地选择星期天上班，满足利用赶场天办事的村民。心情舒畅的穆贵缨心想，政府就是实事求是，以人为本，这又增强了她去教辅站的信心。穆贵缨向教辅站提出，许家寨村小需要增加师资力量。她的理由很充分：二十八个学生，年龄各异，班级不同，却只有三个代课老师。教辅站的人各忙各的，没有人接她的话。

许家寨村小还是解散了。七月初，村小学期考试的最后一天，乡教辅站正式下达了通知。教辅站的人用最简洁的语言表达了对穆贵缨的感谢，穆贵缨坐在教办角落里，一言不发。教辅站的人走后，穆贵缨把全校二十八个学生留下来。她说："除了毕业班——下学期本该升初一——其他的同学下学期全部并入中心小。这是我给你们上的最后一课。"教室里鸦雀无声。穆贵缨突然想起都德，她在黑板上写了五个字，要大家记住，"许家寨小学"这个名字今后没有了，但学校还在。有个学生把五个字读出声，然后全班整齐地跟读："许家寨小学。"

收拾东西的时候，穆贵缨见到国旗，又想起《旗》那个电影：学校就一个老师一个学生，但每周一坚持升旗。穆贵缨想在许家寨村小升最后一次旗。国歌响起的时候，已经出了校园的二十八名学生又回来了，他们看见穆贵缨在不停地眨眼，好像有什么东西在眼眶里。

许家寨的妇女喜忧参半。忧的是小孩读书的路远了；喜的是穆贵缨终于失业，从代课老师变成了和她们一样的农村妇女。夜深人静，她们把这一消息告诉给远方的男人，走在路上的人，都能听到路边房子里传出的打电话的欢笑声。

7

没有了石匠提供给养，鲍春花放弃了养尊处优的想法，把房子后面的荒地用木栏围起来，改成养鸡场。没有男人的寨子荒地多，正好养鸡。散养的鸡，肉香又有嚼头，能卖上好价钱。鲍春花还把弃用了的牛圈重新收拾了，变废为宝，改成猪圈。鲍春花养了一头母猪，下了十个崽。两个月后，鲁骟匠来帮她骟仔猪。

牛圈改成的猪圈，圈门两边立两棵木头，木头边上有槽，木板横着插进槽，就拦住了猪。鲁骟匠把木板一块块取出，仔猪从干草中露出脑袋。鲁骟匠左手拉住一只，仔猪嗷嗷叫。鲁骟匠一把将仔猪拉到准备好的长板凳上，左腿踩着仔猪的头，左手拉住仔猪的腿，右手取出阉割刀。阉割刀装在鲁骟匠背上的葫芦状刀具袋里。鲁骟匠反手抽刀的动作极其潇洒，很像武打剧里经常见到的某个场景。他叫鲍春花帮忙拉仔猪的另一条腿，说："腿不张开，骟起来就碍手碍脚。"鲍春花照做了。鲁骟匠手起刀落，两粒白生生的蛋滚进长板凳下的脸盆里。

骟完仔猪，天就黑了。按照惯例，鲁骟匠该在鲍春花家吃饭，但做什么菜，鲍春花颇费周章。鲁骟匠说："我来炒猪蛋吧。"十只仔猪，八只公的，骟下来十六个蛋，炒出来正好有一钵。鲁骟匠的爆炒猪蛋确实好吃，脆而不腻。鲍春花吃了一个，又吃了一个。他们还喝了酒，酒是鲁骟匠提议喝的，他好这一口。鲁骟匠已经口齿不清，他说："其实骟牛马和骟人一个道理，把那股骚气骟掉了，做什么事就都踏实了，沉稳了。"那时计划生育抓得正紧，寨上经常为男人或者女人谁去办结扎手续争来吵去——鲁骟匠很得意自己想出的这个比喻。鲁骟匠走到哪儿，总不忘为自己做广告。进城的人越来越多，此长彼消，留在寨上的人就越来越少。他担心，迟早有一天，农村将会成为空寨，骟匠也会无事可做。按照惯例，提刀弄枪的匠人是不在外面留宿的，但鲁骟匠留宿了——他喝醉了酒，烂醉如泥地睡在鲍春花家沙发上。

鲍春花乐此不疲地养猪，喂鸡，卖仔猪、卖鸡、卖鸡蛋，收入不菲。鲁骟匠还是每天敲着马锣出门，晚上总会带回来一些猪蛋。炒好后，他会请鲍春花过来一起吃。两家房子隔着一块菜地，菜地是鲁骟匠家的，他怕栽种的蔬菜被家畜和鸡鸭糟蹋，就在菜地的周围修了一堵半人高的围墙。所以，鲍春花去鲁骟匠家，需从她家院坝再转到鲁骟匠家院坝。鲁骟匠喂了一只花狗，每次鲍春花从院坝边上来，花狗都会象征性地叫几声。鲁骟匠骂："天天见都不认识了！"花狗知趣地跑到另一边，趴在地上，摇着尾巴，示意刚才不问青红皂白的吠叫确实是一个错误。这天，鲁骟匠没有敲马锣出门，一早起来他就拆墙，用拆下来的墙砖在菜地上铺出一条路。鲍春花晚上再到鲁骟匠家吃猪蛋，从她家的侧门跨几步就到了鲁骟匠家的灶房。花狗没有再叫。

鲍春花养猪喂鸡的间隙，经常去村活动中心打发光阴。

那里是女人的集散地，也是闲言碎语的集散地，这家长，那家短，一天就悄无声息地过去了。从村活动中心能看到寨子东面的两幢贴瓷砖的建筑，一幢是已经没有了学生的村小，一幢住着失业了的穆贵缨。鲍春花说："其实那两幢砖房没有什么了不起。"吃猪蛋上瘾了的鲍春花又长胖了一些，她说出来的话和她的身材一样敦实。这话很快就传到了穆贵缨的耳朵里。

穆贵缨从代课老师任上下来后，也学鲍春花，把房子至村小的这片土地围起来，改成养鸡场。在院坝边，穆贵缨修了一个猪圈，也养了一头母猪，几个月后，母猪也下了崽。

这天，她去请鲁骟匠，让他抽空把她家的仔猪骟了。鲁骟匠不在家，他家的花狗警惕地把她拒之于院坝外。花狗站在院坝边的石梯坎上，一夫当关，穆贵缨只要上前一步，花狗就扑。汪汪声把在另一块院坝晒太阳的鲍春花吵醒。长胖了的鲍春花除了养猪、喂鸡，就喜欢睡觉。天气好的时候，她习惯躺在躺椅上，让阳光瀑布般洒遍全身。

鲍春花睡眼惺忪地爬起来，懒洋洋地问："找骟匠吗？"

穆贵缨说："我家母猪下崽了。"

鲍春花没来由地又是一句："鲁骟匠么是一个怪人。"

穆贵缨问："咋个怪法？"

鲍春花说："骟匠么，是一个会讲狗话的人。"

鲍春花伸了个懒腰，扭一下脖子，站直，话就顺溜了。她说："每种动物都有自己的语言，人只会讲人话，所以对于其他动物讲的就听不懂。鲁骗匠能讲狗话，还能讲猪话、羊话、牛话、马话，只是猪羊牛马这些家畜讲的话，骗匠说得不利索，就像我们听得懂电视里的人说话，真要学着说就结结巴巴。"

鲍春花说话向来夸张，现在连她儿子棒棒糖也不相信她了。许望海质疑棒棒糖："如果鲁骗匠能说狗话，那不就是狗人咯？"

许望海是从他妈那里知道鲁骗匠会说狗话的。穆贵缨斩钉截铁地告诫："不要去鲁骗匠家那边玩了。"

既然鲁骗匠是狗人，就不能算严格意义上的人，应该介于人与非人之间，按许家寨的说法应该叫幽灵，和鬼差不多。这听起来有点让人害怕。

许家寨有句谚语，叫"跟好人学好人"，那么跟着鲁骗匠就只能成为狗人。这是穆贵缨最为担心的。但不让许望海去鲁骗匠家那边，他也就不能去紧挨鲁骗匠家的棒棒糖家。穆贵缨怕小孩玩高了，一不小心跨到鲁骗匠家去。

8

石匠死前，棒棒糖是一个人睡；石匠死后，他还是一个人睡。深夜，棒棒糖起夜，茅厕就是猪圈。棒棒糖穿过堂屋，迈过门槛，走过院坝。到了猪圈，他就看到了他爹。他爹说："我死了，你妈是别人的了，你也是别人的了。"他爹还说："儿啊，你要好自为之。"

棒棒糖喊一声："爹。"突然起了风，他看到他爹像风筝一样，飘一下，又飘一下。棒棒糖的那泡尿没有尿进猪圈，直接尿进了裤裆里。

棒棒糖跑回房间已经大汗淋漓，大声叫他妈。

鲍春花被吵醒，骂："深更半夜的，叫魂不是？"

棒棒糖说："我看到爹了。"

鲍春花说："挨刀砍脑壳的，晓得我们孤儿寡母难，就不会一走了之了。"

棒棒糖晚上不敢吃饭，也不敢喝水——他怕起夜。上了床，他就用被子蒙着脑壳睡。他白天一个人在家也怕，每一个周末和节假日的到来，他都惶惶不可终日。许望海听了棒棒糖的苦衷，说："有我呢，怕什么？"

许望海还把老师讲的话活学活用："既然是同学，就应该发扬革命传统，互相帮助，互相照顾。"

经常看小人书的许望海，从嘴里放出来的东西与从屁眼里放出来的东西真是天壤之别。穆贵缨喜欢吃炒黄豆，还喜欢吃一道其他人家从来没有吃过的菜——就是把干蚕豆炒熟后放些清水，盖住，待蚕豆泡软和后，用糟辣椒拌起来吃。吃这两样东西有一个坏处，就是爱打屁。许望海的屁又响又脆。

　　许望海在小卖部买了两瓶啤酒，来到村活动中心后面的银杏树下。银杏树上挂满了各种祈福的红布条，树身有三人合抱粗，周围砌了一米高的护台。两人把酒瓶放在护台上，很像回事地作揖，再拿回酒瓶碰了一下。酒花冒出来，两人赶紧喝。味道没有想象的好，许望海嘴咧着，眼睛拉成一条线，强忍着进入肚子里的"马尿"不吐出来，说："从此我们就是兄弟，不求同年同月同日生，但求今后不分离。"两人的同盟关系就缔结成了，其中一条就是周末和节假日轮流到某一家做作业。这得到了鲍春花和穆贵缨的默许。鲍春花除了在村活动中心闲白儿的时间，关注的是猪和鸡；穆贵缨关注的也是猪和鸡，除此之外，就是看小学课本。

　　现在，如果许望海不能去棒棒糖家，就轮流不起来，同盟关系就有可能不攻自破。两人担心之余，顺藤摸瓜，就摸到了破坏他们同盟关系的罪魁祸首。棒棒糖遗憾地说："如果鲁骟匠不是狗人就好了。"

　　许望海学着小人书里某个人物的口气："要以事实为依据，是不是狗人要调查取证。"

9

　　调查鲁骟匠那天是星期六，也只有周末，棒棒糖和许望海才有时间。一大早，棒棒糖和许望海就听到了鲁骟匠的马锣声，就是说鲁骟匠风雨无阻地按时出发了。他一般要在周边村寨转上一天。骟匠说起来也算是提枪弄刀的行业，所以一般是没有人家留宿的。他俩不担心鲁骟匠不回家。

鲁骟匠家的狗，毛色白黑相间，像太极图案，也像奶牛。鲁骟匠叫它"花帮帮"。鲍春花说，"帮"就是鲁骟匠对狗的称呼，也是狗话。鲍春花还说，鲁骟匠对他家的花帮帮比对他死去的老婆还好，晚上都是抱着花帮帮睡的。许家寨人将信将疑。现在全寨很少有人家养狗了。养狗是为了看家护院，青年人都进城了，连自己家的地都懒得种，哪还有人去干偷鸡摸狗的事？不喂狗，一天还少了几顿狗食。

"真是狗人。"棒棒糖说。在他看来，狗人养狗，是最好的逻辑。

调查就从鲁骟匠家的花帮帮开始，许望海和棒棒糖想从它身上找到些蛛丝马迹。鲁骟匠出门的时候，花帮帮都被铁链子拴在院坝边的一棵李子树下。棒棒糖当即对他妈的话表示怀疑——鲁骟匠对花帮帮就是这样的好法吗？两人经常在许望海家玩，早跟花帮帮混了脸熟，花帮帮也没有把许望海和棒棒糖当外人看。当然，它对他们也不热情，趴在坎子上，一会儿睁眼，一会儿闭眼，很瞧不起他们的样子。他们推理，这可能是他俩不会说狗话的缘故。

从花帮帮身上没有找到任何线索。时间尚早，许望海提议"丢钱窝"，棒棒糖认为也只有这样了。这也是他们的同盟条约之一——闲的时候要一块儿玩。这种游戏很简单，在地上挖一个小洞，在规定的线外将硬币丢入洞中为赢。好多年没有玩这种游戏了，两人都很生疏，重复了很多次，谁都没有成功。许望海认为是缺少惩罚，动力不够。棒棒糖说："哪个输了，到时候就负责放哨。"

天色已暗，一阵马锣声由远及近，棒棒糖和许望海紧张起来。鲁骗匠家房子后面有一棵梨树，棒棒糖爬到树上，从上面可以透过鲁骗匠家缝隙很大的木板壁看到堂屋和灶房。许望海躺在梨树下，嘴里嚼着一根干草，右脚骄傲地搭在左脚上，尽情享受"丢钱窝"的胜利果实。

"有了。"棒棒糖小声地说，然后用手招呼许望海赶快上树。

鲁骗匠已经进了灶房，从塑料袋里倒出一小盆白生生的东西。天黑了，棒棒糖和许望海在暗处，也在高处；鲁骗匠在矮处，也在亮处。鲁骗匠的一言一行尽收他们的眼底。

"呃——呃——呃——"鲁骗匠的下嘴唇不停抖动，已经被解开了铁链的花帮帮摇着尾巴跑进灶房，和棒棒糖、许望海一样目不转睛地看着鲁骗匠。

鲁骗匠从盆里拿出两个白生生的东西，说："帮帮，帮帮。"声音好像是上嘴唇和下嘴唇硬生生碰撞出来的。

"狗人，狗人。是狗，还是人？"听得出来，棒棒糖的声音在颤抖，把许望海弄得也十分紧张。

巴诺王

盆里的那些白东西是猪蛋，就是猪的睾丸。鲁骟匠把一个猪睾丸往上抛，花帮帮跳起来，在空中用嘴接住，吃了下去；鲁骟匠再抛，花帮帮再用嘴接，再吃下去。鲁骟匠不给了，花帮帮不尽兴，摇着尾巴讨要。鲁骟匠用手往门外招，说："花花，去。"棒棒糖奇怪，说："一会儿'帮帮'，一会儿又是'花花'，什么意思？"许望海好为人师地说："有什么奇怪了？就像你有学名，还叫'棒棒糖'。多个外号有什么了不起！"

棒棒糖嘴巴动了动。许望海忙把脸低下去，怕棒棒糖也提他的外号。其实这个时候棒棒糖也把头低下去了，因为花帮帮出去了，鲁骟匠在爆炒猪蛋，没有什么看头。

大约半个钟头，棒棒糖和许望海的心又提起来了。鲁骟匠去了坎子上，叫鲍春花的名字。鲍春花三两步就到了鲁骟匠家灶房。饭桌已经摆好，两人边吃边笑，还喝起了酒。在许家寨，猪蛋据说只能是成年男子吃，鲍春花吃了，看表情吃得还很香。棒棒糖尤其担心，担心他妈是不是也成了狗人。

棒棒糖不忍心看下去，提议要走，许望海也有这层意思——鲁骟匠和鲍春花吃得没有停下来的意思，两人等不了了。鲁骟匠究竟是不是狗人，两人也不好说。好长一段时间，棒棒糖和许望海都处在惶恐之中：如果鲁骟匠是狗人，按许家寨人"跟什么人成什么人"的说法，鲍春花就会变成狗人，接下来就该轮到棒棒糖，许望海也不可能幸免。

<h2 style="text-align:center">10</h2>

鲍春花回到家，见一大锅面条，心里很愧疚。她去鲁骗匠家吃饭，忘记棒棒糖了。棒棒糖自己煮面条吃，把水烧开后，不知道该放多少面条，就猜着将一把都放进去了。一把面条是两斤，煮出来就有一大锅。鲍春花喊棒棒糖，棒棒糖不答应。其实他醒着，但就是不答应。

鲍春花说："还不是怪你——大晚上，乱跑。"

棒棒糖鼻子哼了一下："只晓得说别人。"

许望海回到家就翻锅倒灶。穆贵缨问："跑哪里去了？"

许望海支支吾吾。

穆贵缨立即就像老师一样说："小孩子不能说假话，要说真话。"

许望海招了，他说："我们看到鲁骗匠和棒棒糖妈吃猪蛋。"

鲁骗匠不是狗人吗？穆贵缨心里顿了一下，有些不相信。

许望海说："他们还划拳喝酒。"

穆贵缨没有花多少时间，就理清了鲍春花的心思。说实话，穆贵缨对鲁骗匠没有太多的好感，而现在她心里有股劲，这股劲包含了太多的内容。在没有多少农事的村庄，人总要靠一股劲活着，有时候那股劲没准和谁就较上了。

第二天，穆贵缨去周边村寨转悠。在李家寨，她听到了马锣声。整整一个上午，她都是在用耳朵走路，寻着想找的那个声音走。现在，那个声音就在前面，就这样，穆贵缨遇到了鲁骟匠。

鲁骟匠想不明白穆贵缨为什么来李家寨，他问："弟妹，你？"

论年龄，骟匠确实比木匠大。以前，鲁骟匠叫穆贵缨"穆老师"；现在，他觉得叫"弟妹"更好，亲近一些。

穆贵缨说："我家仔猪该骟了。"

鲁骟匠说："你也没有必要跑这一趟嘛，一个寨子，说一声就是。"

穆贵缨说："那天我去你家，你不在。你不是经常不在家嘛。"

鲁骟匠说："白天不在，晚上总是在家的。"

穆贵缨说："如果我家仔猪再不骟，以后就卖不出去了。"

中午，风不知跑哪儿去了，闷热。两人一起回了许家寨，穆贵缨一直冒汗。骟完猪后，鲁骟匠留在穆贵缨家吃晚饭。饭间，鲁骟匠问："弟妹就不想当老师了？"

穆贵缨说："村小不是都撤了吗？"

鲁骗匠说:"其实教师队伍缺编很多。"

穆贵缨心想,莫非你有办法?

鲁骗匠头一仰,又一杯酒下肚,接着说:"我和书记、乡长都很熟的。"见穆贵缨不明白,鲁骗匠又说,"他们也有七大姑八大姨不是?他们不也要骗猪骗鸡?"

走南闯北的鲁骗匠是个见人熟,但他把匠人的作用夸得过大。穆贵缨以宁可信其有的心态说:"那我敬鲁师傅一杯。"酒喝得越多,鲁骗匠的大话就越多。穆贵缨醉了,耳朵里嗡嗡嗡的——她做了一个梦,许家寨村小又开始办学了,嗡嗡声其实是读书声,是学生在操场上的吵闹声。鲁骗匠也醉了,像在鲍春花家一样,躺在穆贵缨家沙发上睡了一晚上。

习惯听着马锣声醒来的许家寨人,第二天大多睡沉了。鲍春花倒是起来得早。一晚上没有听到鲁骗匠家这边的动静,她睡不着,早早起了床,端了一个凳子坐在院坝里,百无聊赖地送走晨曦。朝阳升起来的时候,看着鲁骗匠偏偏倒倒地回来了,鲍春花故意走到鲁骗匠家院坝边。

鲍春花说:"都在外面留宿了?"

鲁骗匠说:"醉酒了。"

鲍春花说:"醉人了吧?"鲍春花已经呼吸到了鲁骗匠污染的空气,又说,"哪个好心人看上你了,还请你喝酒?"

活动中心地势平,有一块宽敞的坝子,高大的银杏树和两幢房檐很宽的平房可以大面积遮挡阳光，但挡不了肆无忌惮乱跑的凉风。坝子周围还栽种了很多树，香樟、柏木、桂花，每棵树周围，用砖头和水泥灰浆围成半米高的护树圈。妇女们搭着脚或坐在护树圈上，收敛或张扬，姿势各异。她们动手也动口，拉鞋垫，打毛衣，还是那家短这家长。每个人似乎都是演说家，插话、争执、附和，争先恐后，叽叽喳喳，不成体统。穆贵缨醒来后，在村小转了一圈，因为有了期待，心里喜悦，就想往人多的地方走，一边走一边回想昨天晚上鲁骗匠的话，就到了村活动中心。鲍春花就站在不远处，看到穆贵缨，她突然有了演说的动力。她的语调不低："骗匠已经不是狗人了，完全就是一条狗，和狗睡，吃狗食，还会汪汪汪叫。"一群妇女"啧啧啧"，嘴巴惊讶得合不拢了。

穆贵缨很瞧不起地在心里说："素质低。"

鲍春花看到穆贵缨的嘴动了，以为穆贵缨在偷偷还嘴。她猜测穆贵缨骂的是什么，然后再回骂回去，如此反复。所以，这也是一场鲍春花自己和自己的对骂。

11

许家寨离法那乡有三公里路，去中心小学读书后，棒棒糖和许望海每天要有一个小时左右的时间耽误在路上。学校上课时间是八点，他们七点就要出发，算上洗脸和过早，基本上都是六点半起床。那时候天还未亮，但他们从不担心睡沉了起不来。鲁骟匠的马锣声就如闹铃，总会准时响起。"咚……咚咚……咚……"一长两短一长，循环往复，再大的瞌睡也会被吵醒。鲁骟匠敲马锣追求观感，敲出最后那一声"咚"后，他会把马锣抛到空中去。马锣顺时针旋转起来，最后的那声"咚"就会清脆而辽远。马锣声就像以前穆贵缨敲出来的上课铃声。上课铃是一截铁轨做的，挂在操场边的柳树上。穆贵缨敲最后一下铃总会多使上一些力，铁轨在空中振动起来，与空气产生摩擦发出嗡嗡嗡的回音。最先敲铃的是另一位代课老师。那会儿从乡政府传出消息，说许家寨村小有一个代课老师转正的名额——这位代课老师来得总是最早。穆贵缨家搬到交叉口后，离村小更近。穆贵缨充分发挥近水楼台的优势，无论那位老师来得有多早，到学校时都会失望地看到敲铃的铁棒捏在穆贵缨手里。更令他绝望的是，办公室已经被穆贵缨打扫好了，水也已经被穆贵缨烧开了。这位老师后来辞了职，走的时候，她对穆贵缨说："我从来没有对自己的教学水平怀疑过，但我对时间失去了信心。"

每天上学，许望海就在交叉口等棒棒糖，然后朝北，结伴朝中心小学而去。两人最大的梦想都是进城读书，而今，现实与梦想的距离越来越遥远。棒棒糖是完全没有可能了——石匠死后，已经没有人带他进城。除了石匠死的那次，许木匠平常日子都不回许家寨，正月出门，腊月回家——差不多一年回家一次。石匠死的那几天，木匠说要带许望海去城里读书，许望海兴奋不已，但木匠到现在都没有履行承诺。

许望海说："我们都是孤儿了。"

棒棒糖不理解。

许望海说："我爹差不多一年回一次家，你爹是永远不回家。有什么区别？"

棒棒糖说："那么我们是同病相怜了。"

许望海说："当然。"

许望海对木匠更不满了，他说："希望我爹死在外面还好点，免得时不时地还有一些实现不了的盼望。"

棒棒糖突然说："我不读书了。"

许望海说："为什么？"

棒棒糖说："你可以继续读，你还有进城读书的机会。"

许望海说："不读书你能做什么？"

棒棒糖说："当掌坛师。"

许望海说："不要以为你帮你爹念过几天经你就能当掌坛师。"

棒棒糖说："也许我就是为当掌坛师而生的。"说完就朝阮家寨方向走。

掌坛师并不想收棒棒糖这个徒弟，他说："学掌坛有什么意思？学会了的都会走呢。"他还在生进城打工的徒弟的气，又说，"掌坛师有什么用？别人死了，掌坛师可以帮别人念经。自己死了，哪个帮掌坛师念经呢？"

棒棒糖说："自己给自己念呗。"说完，自己也觉得说错了。

掌坛师自言自语："自己给自己念，我怎么就没有想到呢？"

掌坛师糊了一口纸棺材，摆好方桌，点上香烛，手持祭鼓、竹卦，煞有介事地说："某某某，我们来为你掌坛祭祀了。"

棒棒糖"啧啧啧"，心想连姓名都取得像真的一样。

掌坛师把一堆书抱到厢房，有《金刚经》《地母经》《观音经》，还有《灶王经》《玉皇心印妙经》《大乘经》《往生咒》《因果忏》《大悲忏》《报恩忏》，说这些经书都要念。晚上，棒棒糖住在师父家的厢房里，用字典查经书里不认识的字，标上拼音。一周后，一本经书上的字他都能认全了。师父说："不仅要认识，还要熟悉，最好能背诵。"棒棒糖又开始背经书。

经书念完，掌坛师对棒棒糖说："你出师了。"

棒棒糖跪着谢师。掌坛师的眼泪就出来了，他说："我也该谢谢你，我的心愿了了。"

掌坛师所说的"某某某"其实就是掌坛师自己的名字，

棒棒糖学掌坛的这段时间，已经提前把师父的经念了。棒棒糖出门，走到院坝边。掌坛师又叫住他，大声说："把屋里的经书带上。"

棒棒糖说："我带走了，你呢？"

掌坛师说："师父领进门，修行靠个人。我老了，今后左邻右寨的人全靠你咯。"

出师后，棒棒糖在乡街开了一个店铺，取名"佛观"，除了做掌坛，还经营花圈等丧葬用品。

12

鲍春花也有恐惧的时候，她的恐惧是从一只思春的猫叫春那天开始的。鲍春花的卧室在里屋，窗后就是她家的养鸡场。一只猫跳到养鸡场边的立柱上，喵，喵，喵，如小孩的哭声。窗子是用木条隔成的方框，正中的那个框比较大，鲍春花睁开眼，从正中的那个方框就看到了猫。猫的眼睛绿绿的，也在看鲍春花，很想从方框里跳进来的样子。鲍春花起床拉亮坎子上的灯，听到风呼啦啦跑，又躺回床上，眼睛一闭，就梦到了石匠。石匠说的就是鲍春花之前说过的话："许家寨那两幢砖房有什么了不起？"又说，"以后我要修一百幢石房，修一千幢石房。我要让大家看看，究竟石房漂亮还是砖房漂亮。"鲍春花又醒了，睁开眼，那只猫还在窗后的立柱上。她走到窗口对着猫吼，叫它离开；猫睁着绿油油的眼睛，又开始喵喵喵地叫。半夜，鲍春花实在太困了，再一次睡着，又梦到了石匠。石匠说："你得给我说清楚，为什么天天吃骗匠的猪蛋？"

鲁骗匠上猪圈撒尿，看到了鲍春花家坎子上的灯亮着。他想着这样费电，便从厨房几步走到鲍春花家，帮鲍春花把开关拉了。灯一拉灭，鲍春花吓得不轻，说："哪个？"

鲁骗匠在门外说："是我呢，鲁师傅，鲁哥。"

进门后，鲍春花脚有些发抖，指着卧室方向说："猫。"

鲁骗匠听到了思春的猫叫，就说："你在家是一个人，我在家也是一个人，现在我就陪你了。"鲍春花很快就闭了眼睛。鲍春花睡着后会痉挛，脚会蹬，身体会抖。

鲍春花又圈了一块空地，养了二百多只小鸡仔。她想，心思多花在劳动上，晚上就会睡得沉。夕阳西下，夜晚如约而至，和夜晚一起到来的还有鲁骗匠和他带回来的猪蛋。鲍春花已经学会了爆炒猪蛋，鲁骗匠提供完主食材后，就坐在鲍春花家沙发上看电视，心里很惬意：人生比的是什么？不就是比谁坚持得更久！他掰起手指算，石匠死了，木匠进城了，教书匠失业了，只有他硕果仅存，依然还是骗匠。

鲍春花家的鸡仔长大。鲁骗匠俨然是主人，不用和她商量，提起骗刀就要去骗公鸡。他对公鸡说："不骗你们，你们的心思就在别的地方，不长肉。"

鲁骟匠骟鸡的动作千篇一律，一把抓住芦花公鸡，两膝夹住，左手抓住鸡腿上部，右手将鸡翅膀交扭，扑扑地拔去肋下的软羽，又是手起刀落，"沙"的一声，血腥味就从创口喷薄而出。芦花公鸡咯咯咯地叫了几声，很痛苦的样子。鲁骟匠还没有完，用竹弓把刀口撑大，左手持马尾套杆，右手持银勺，左右开弓用力勒断，将两粒粉白色的像花生一样大小的东西取出来，最后用锅底灰涂抹伤口。被阉的芦花公鸡扑扑翅膀，抖抖羽毛，垂头丧气地朝院坝边去了。

剩下一只公鸡，鲁骟匠不准备骟了。他对鲍春花说："怎么也该留只种鸡，不然，母鸡怎么办？"

鲁骟匠晚上在鲍春花家住，早上回自己家，喂过花帮帮，然后敲着马锣出门；傍晚，鲁骟匠敲着马锣先回自己家，放好工具，喂过花帮帮，再去鲍春花家。

鲍春花问鲁骟匠："把我家当旅馆了是不是？"

鲁骟匠说："房挨房的，不都一样吗？"

鲍春花说："如果还想来，就把东西收过来，我家不欢迎三心二意的人。"

鲁骟匠收过来的东西只有花帮帮了，把它拴在鲍春花家院坝边的李子树上。那只没被骟掉的公鸡，很看不惯花帮帮，对花帮帮又扑又啄。大公鸡是自由的，完全可以跑开，没有必要以死相拼。花帮帮的颈子上有铁链，施展不开，大公鸡好像看出了破绽，总是飞到花帮帮的尾部去啄花帮帮的背。花帮帮几次往后退，表示停了，可大公鸡不干，敌退我进，把花帮帮逼到墙角或者铁链长度的极限位置，不依不饶。花帮帮只好猛回头，吓一下公鸡。公鸡飞起来，颈子上的红羽毛也立起来，再次向花帮帮背上啄去。花帮帮颈子上有一个铃铛，铃铛响得有多急促，花帮帮就有多狼狈。

鲍春花不明白，为什么鲁骟匠不把骟匠的工具也带过来。鲁骟匠晚上还是住鲍春花家，早上回自己家，拿了工具，敲着马锣出门；傍晚先回自己家，放好工具，再去鲍春花家。

13

已经念初一的许望海打架了。同班一个同学问他："听说你们寨子有狗人？"

许望海说："晚间新闻了。"

那个同学又问："听说还有两个寡妇也是狗人，一个真寡妇，一个假寡妇。"那同学刚说完，许望海一拳就打了过去。那同学是个大块头，许望海怕吃亏，又在那同学的头上补了一下。

穆贵缨赔了两千块钱医药费。以前任代课老师的时候，都是她请家长，现在被老师请，面子上很过不去。学校领导

巴诺王

说："许望海的这种行为，往小了说，是家长管教无方；往大了说，是侵犯他人人身安全，是犯罪。"连连赔不是的穆贵缨生气到了极限，第一次对木匠发了很大的脾气，她说："再不回来，我带着儿子改嫁。"木匠赶了回来。寒假才开始，他要带许望海进城。

走的那天，穆贵缨气消了，问："就不能多住几天吗？"

木匠说："你都失业了，可以和我们一起走。"

穆贵缨说："如果走远了，教辅站的人来了怎么办？"又说，"是金子总会闪金光的。"她还在想着重执教鞭的事。

木匠最担心的是自己的手艺没有传人，他准备趁着假期给许望海报一个美术培训班。木匠在全屋定制家具厂上班之余，也学画画。他画龙，画凤。他想，自己老了，还有儿子。总有一天，许家会开一个棺材铺，就开在县殡仪馆旁，和殡葬服务中心比一比。

从许家寨到乡街的交通工具是非法营运的摩托车，木匠和儿子坐在驾驶员后面，一溜烟消失在毛马路上。穆贵缨看着扬起的尘土，眼睛一片迷蒙。

许望海在乡街上和棒棒糖告别。在乡街开了"佛观"的棒棒糖天天盼望死人。进城的年轻人越来越多，把老人也接进城了。他的愿望在昼夜更替中，一天天落空。现在，许望海也要跟着他爹进城了，这对棒棒糖的触动很大。他说："你爹还是没有死。"棒棒糖终于把这道算术题算清楚了，一年和永远还是有本质的区别。

14

许望海跟着木匠进城后，鲁骟匠每次从穆贵缨家门口经过，都会把马锣敲得很响。好几次，穆贵缨都以为鲁骟匠是在暗示。代课的事是不是有眉目了？她在养鸡场养鸡都会走神，养着养着就到了村小。

穆贵缨梦游是几天后的事情。许家寨有一条叫翠河的小河，是乌江的支流，下游修了水库，上游的水位就高了。睡梦中的穆贵缨冒着大雨去了翠河，她准备在河边接过河的学生。

隔壁刘庄一个高中生高考失利后跳了翠河，家里人到乡街上请棒棒糖做掌坛。棒棒糖背着经书和工具到了刘庄，见到胀鼓鼓的尸体，吓得魂飞魄散，背着经书和工具上气不接下气地回到乡街。

有人问："掌坛师还怕死人？"

棒棒糖说："没有见过死人像这样胀鼓鼓的。"

之后，就出现了村小闹鬼的事情。有月亮的晚上，鬼借着月光，深更半夜来到村小，把教室搞得梆梆响。有时候鬼还会敲挂在柳树上的那半截铁轨，声音清脆，传得很远，搞得一寨人都无法入睡。许家寨人猜想，一定是跳河的那个学生死不瞑目。鬼会乱蹿，遇着人就吃，许家寨人晚上不敢

——————————————巴诺王

串门，也不敢到村活动中心吹闲牛了。

鲍春花和鲁骗匠早早入睡，慢慢进入梦乡的时候，月亮升起来了。月亮光到了窗沿，一会儿，又肆无忌惮地探到床沿。鲁骗匠醒了，他说："我要去捉鬼。"

鲍春花也醒了，揉揉眼说："你是狗咬耗子——多管闲事。"

鲁骗匠说："一个寨子，就我一个大男人，我不去谁去？"鲍春花一个转身，给了鲁骗匠一个后背。

鲁骗匠先在毛马路上观察。他看到穆贵缨点着蜡烛，在村小的教室里移桌子。

鲁骗匠进了教室，问："弟妹，你这是做什么？"

穆贵缨说："你应该叫我穆老师才对。"

鲁骗匠去扶穆贵缨回家，穆贵缨身子一甩，说："哦，你就是我的学生，对不对？"

鲁骗匠说："我现在就是你的学生。"

穆贵缨说："你脑壳不好使？"她想起《旗》那个电影。

鲁骗匠说："我脑壳不好使。"

穆贵缨说："你认识旗，旗帜的旗，五星红旗知道不？"

接下来是课间休息，鲁骗匠说："我想喝水。"

穆贵缨在教室里找，教室里没有水。鲁骗匠指指旁边的那幢建筑，说："那里有水。"

鲁骗匠跟着穆贵缨到了她家，穆贵缨叫鲁骗匠先坐。鲁骟匠坐在火炉边的条凳上。穆贵缨倒水回来，眼睛睁大起来，想了又想，没有把水递给鲁骟匠，自己喝了一口，说："你不是我的学生，你是我家木匠。"

鲁骟匠说："我就是木匠。"

穆贵缨说："你回来为什么都不提前讲一声？"

鲁骟匠说："我回来的时候你去上课了嘛。"

穆贵缨说："哦，那些小调皮，一放学就把教室弄得乱七八糟。"

清晨，一晚没有睡觉的鲁骟匠萎靡不振地回到家。等在院坝边的鲍春花说："我以为你被鬼吃了呢。"

鲁骟匠说："穆贵缨精神有问题。"

鲍春花说："我看你精神才有问题。"

鲁骟匠还是每天敲着马锣出门，晚上回来。经过穆贵缨家的时候，他会敲门进去看一看。鲍春花去赶场，经过卖铁货的店铺，鬼使神差就买了一把骟猪刀。买下后，她都不明白是不是帮鲁骟匠买的。回到家，她想清楚了，以后自己家的猪或鸡就自己骟，坚决不请鲁骟匠了。一连几天晚上，鲁骟匠去鲍春花家，都被她拒之门外。

打雷了。打雷的天气鲍春花就心烦意乱。雨下下来的时候，养鸡场的鸡纷纷朝圈里跑，没有被骟掉的那只公鸡乘人不备又爬到一只母鸡身上，用喙凶恶地啄住母鸡的头，屁股乱颤。鲍春花的骟猪刀，最先用在了这只光天化日之下

巴诺王

欲行不轨的公鸡身上——她不是骗，是直接把公鸡的脑袋割了。鲍春花说："公的都不是好东西。"

鲁骗匠敲着马锣回来，把工具放好，提着一大包猪蛋，犹豫着去不去正在气头上的鲍春花家。他又想，只要有猪蛋，哪有哄不好的鲍春花？果然，鲍春花高兴地去做饭了，鲁骗匠坐在沙发上得意。鲍春花做的晚饭很丰盛——杀死的那只公鸡有炒有炖。她还主动提议喝点酒，鲁骗匠也认为丰盛的饭菜是该配点酒。鲁骗匠醉了，鲍春花也醉了。这次鲁骗匠是真醉，鲍春花是假醉。他们各喝了三大碗，鲁骗匠喝的是真酒，鲍春花喝的是事先准备好的水。鲍春花就想把鲁骗匠灌醉，她想起那只思春的猫——那天晚上，鲁骗匠乘人之危战胜了她。清醒着的鲍春花想，没有人能一辈子都是赢家。

鲍春花把鲁骗匠弄到在沙发上，捆了他的四肢，欲好好地教训他一下。就在这个时候，她看到了刚才杀死公鸡的那把骗刀。鲁骗匠想翻身，左手提了一下，提不动；右手提了一下，提不动；双脚也提了一下，还是提不动，嘴巴"嚯嚯嚯"喘着粗气，睡熟了。

穆贵缨推开鲍春花家的门。穆贵缨说："你怎么捆我的学生？"

被穆贵缨坏了好事的鲍春花说："你这个疯子。"

鲁骗匠的酒彻底醒了。

15

　　木匠逼不得已回到许家寨，他的推刨、锯子、墨斗、角尺又一次派上用场。每天晚上，木匠把家里的木料锯成三寸宽五寸长的木块，用推刨推平，写上字。穆贵缨就在旁边，把木匠已经写好字的木块拿起来读："柏木1号，楸木1号，杉木1号……柏木2号，楸木2号，杉木2号……"天一亮，穆贵缨就敲瓷盆。她弄来一根竹竿，把国旗拴在竹竿上，再立在院坝边。然后穆贵缨开始唱《国歌》，木匠把手机打开，跟着手机唱。每个白天，穆贵缨要给木匠上四节课，上午两节，下午两节。有时候穆贵缨想占课，木匠说："不允许给学生增加负担。"穆贵缨就笑了。

　　艰难地上完两节课，木匠开始做早饭。吃过早饭，是穆贵缨雷打不动的午休时间。待穆贵缨睡着了，木匠去山林，把头天弄好的木块分门别类地挂在相应的树上。

　　掌坛师怕尸体的故事传到邻近的村寨，再没有人请棒棒糖做掌坛了。棒棒糖没有坚持多久，追随许望海的脚步，也去了沿海。去之前，他彻夜念经，用录音机录下来。他想，丢下时间长了，就念不出掌坛师的味道了。

16

　　许家寨迎来了发展机遇，市、县已经出台相关乡村振兴

巴诺王

政策，棒棒糖审时度势回来参与投资。不满三十岁的棒棒糖，发迹成了许家寨的奇迹。他到达沿海后，先卖碟子，碟子里刻的都是他念的经。他当时认为，既然进城的年轻人把很多老人也带进了城，城里的人多了，死人就多，哪有死了人不念经的道理？就是因为卖碟，他才走上致富的道路。有一天，有人对他说，如果卖歌碟，可能还有销路。那人不是同情他，是听烦了他播放的诵经。棒棒糖卖盗版碟赚到第一桶金，受此启发，他给一家贴大品牌的小药厂推销药品，逐步成为片区总代理，摇身一变，成了许家寨的首富，拥有资产几千万。

乡政府召开乡村振兴座谈会，所有参与乡村振兴投资的人都出席。乡政府的人问："许家寨的振兴出路是什么？"

棒棒糖答："文化。"

乡政府的人问："什么文化？"

"匠人。"棒棒糖答。他想起他爹石匠，还想起木匠、骟猪匠、教书匠。

乡政府的人说："能讲具体一点吗？"

"文化搭台，经济唱戏。"现从网上普及的知识派上用场，棒棒糖说，"就把许家寨打造成匠人村吧。"

许望海也被棒棒糖请回来了。

棒棒糖问许望海："你回来准备发挥什么样的作用？"

许望海说："除了做棺材，还能做什么？"

棒棒糖说："虽然你去了沿海，但思维还在许家寨，没有得到任何拓展。"

许望海说："其他我什么都不会。"

"据我所知，在城里你不是学过美术嘛。"棒棒糖说，"还是思维问题。棺材要做，但那是下一步的事情。"

在开发过程中，村支书准备在寨子周围的几座山头建山体公园。按村支书的想法，每个山顶建一个纳凉躲雨的亭子，让许家寨人有个去处，让来旅游的人多个玩处。棒棒糖想，如果没有掌坛师，还能叫匠人村吗？建亭子的图纸是许望海画的，建成后亭子都成了庙宇。

村支书去找棒棒糖："你这不是乱搞嘛。"

棒棒糖说："不是要经济唱戏嘛，几个亭子能找到钱？"

鲁骗匠就站在旁边。棒棒糖回来后，鲁骗匠加入了他的开发团队。棒棒糖对鲁骗匠说："你每天的工作，就是站在山上的庙里，穿上袈裟，用手拨拉挂在颈子上的佛珠。"

村支书坚持要把庙宇撤了，建成亭子，棒棒糖说："如果你出钱，我看可以。"

村支书说："不要以为有几个臭钱就了不起，我们去问乡政府，如果上面没有意见，我就没有意见。"

棒棒糖说："好，这可是你说的。"

村支书失算了。乡政府的人说，搞经济建设，哪有十全十美的，不管黑猫白猫，抓到耗子就是好猫。

回许家寨的路上，棒棒糖故意气村支书："只能按我的意思办咯。"

村支书说："哼，不要高兴得太早。"

许家寨大一点的山有六座，棒棒糖建了六座庙。为了适应即将到来的工作，鲁骟匠反反复复听棒棒糖以前念经的碟子。有庙就有香火，鲁骟匠每天穿着袈裟，迈出双腿奔波在六个山头之间，迎接远道而来的香火钱。现在实在太忙了，他提出把以前刻的碟子放在庙里播放，滥竽充数，被棒棒糖否掉了。棒棒糖对鲁骟匠说："做假也要做得像真的一样。每一座山都至少需要一个和尚，你可以多培养几个徒弟。"

鲁骟匠说："我自己都不会念经，怎么培养徒弟？"

棒棒糖对已经搬到他家的鲁骟匠说："你不会把那些经书翻出来温习温习？"从阮家寨背回来的经书，就放在棒棒糖家木房子的二楼。鲁骟匠拍去经书上的灰尘，数了数，一共十多本。

鲁骟匠也认识不了多少字，很为难的样子。棒棒糖说："难道你就不能去买一本《新华字典》？"鲁骟匠毕竟还是认识拼音的。

村活动中心旁边还有一块空地，被棒棒糖看上了，他准备在空地上建一座钢筋水泥佛像。设计师初步按照乐山大佛的外观做了设计，佛高七十一米，佛像的头、耳、鼻、眼、眉也完全按乐山大佛打造。棒棒糖说："以后游客到了许家寨，等于就是去了一趟五星级旅游区。"又说，"有了大佛，才有佛教圣地的样子。"

17

许家寨村委会得到一笔美丽乡村建设资金，这是村支书这些天夜以继日奔波在县委宣传部、县财政局、县文化局之间的结果。在棒棒糖建佛像的施工队伍还没有到来前，村活动中心旁边的空地上，土石方工程已经开工。半年后，一幢漂亮的石房子竣工，与村活动中心的另两幢房子形成合院状。石房子的大门上方有一个烫金牌匾，叫"许家寨匠人博物馆"。

博物馆呈"7"字形，里面展览的都是匠人的作品和曾经使用过的工具。来许家寨旅游的人都去参观，从一头进去，拐一个弯，再从另一头出来。博物馆有几个展厅，第一个就是石匠厅，展厅的玻璃展柜里放的是钢钎、铁锤、錾子，还有从周边寨子收集来的石匠生前敲出来的石磨、石狮子、石猪槽、石凳子。鲁骗匠以前喂狗用的是石匠打的石碗，后来改用塑料盆，石碗就丢弃到路边。博物馆收集藏品的时候也把它收走了。博物馆在石雕厂也购买了部分石雕工艺品，其中也有石碗。石雕厂雕刻的石碗，细小但个高，内深且窄，极好看。石匠打的石碗，矮，内浅且宽，内侧被狗舔得很光滑。比对后，博物馆还是把石匠打的石碗放弃了，又丢在路边。木匠把它捡了起来。教书匠展厅有各式各样、各种版本的古书，部分来自穆贵缨家，其他都是从各地找来的。还有各种尺寸的教鞭和三角尺。骗匠展厅放的是马锣、骗刀、葫芦状皮套。掌坛师展厅有大锣、小锣、点子、铰子、铙、钹、铃、鼓、海螺、牛角、木鱼，还有线装的经书。最后一个展厅是木匠展厅，内容最为丰富，有做木工的工具、各种家具、木制的农具等。许家寨死去的或者活着的匠人，美颜过后的照片都贴在匠人博物馆外的墙面上，照片下面是他们的事迹。

许家寨匠人博物馆开馆后，为了达到宣传效果，县委宣传部拟在全县搞一次"匠王"评选，棒棒糖主动赞助活动费用。"匠王"当选者可以获得两万大奖，参与投票者也可获得抽奖机会，奖品包括彩电、冰箱、洗衣机、电饭锅、电磁炉、大米、菜油等生活所需，应有尽有。

借此良机，许望海完成了他爹一辈子想完成而没有完成的事业。紧挨他家的毛马路早已硬化，在水泥路对面，他租地建了五百平方米的板房，许氏棺材铺开张。

作为投资许家寨乡村事业的回报，棒棒糖得到县陵园的开发权。陵园就建在许家寨的擦耳岩。许家寨离县城不到二十公里，政府统一规划，全县死去的公职人员，无论官大官小，无一例外都得投奔到许望海的陵园。陵园敞开怀抱，也不分贵贱地欢迎其他死去的人。

棒棒糖对许望海说："知道什么叫'一条龙'不？那就是配套，你爹的棺材为什么没有人买？就是缺少配套。"

许望海对此话感触很深，他的棺材铺因为离陵园很近，加之他能雕龙画凤，所以棺材卖得贵，也卖得好。

许望海一心想获得"匠王"称号。鲁骗匠的生意越来越好，许望海有了压力，他问棒棒糖："最后'匠王'比的是销量还是销售额？"

棒棒糖说："依我看，你就是'匠王'。"许望海没有反应过来棒棒糖话里的讽刺，积极进取地在木匠展厅的外面摆了一张桌子，普及棺材的相关知识。他有他的计算：声望比奖金更重要，能得"匠王"，他生产的棺材价格还可以往上涨。他在浙江买了机器，专门雕刻各种型号的玩具棺材，作为礼品，卖给游客。刚开始，游客忌讳——哪有买棺材回家的？许望海还叫他爹许木匠坐在椅子上给购买者签名。木匠又苍老了一些，他说："你比县殡葬中心还坑人。"许望海只好另请高明。许望海的广告词是："棺材棺材，升官发财。"有背运的游客买了——死马当成活马医嘛，又有人买了，又有更多的人买了。到后来，凡是来旅游的，不带回一两口玩具棺材，都不好意思说到过许家寨。

有的许家寨妇女在活动中心卖矿泉水，分季节也卖凉粉和烫粉。鲍春花心痒痒，也希望能去摆个摊子。棒棒糖很是

巴诺王

不屑地说："小本生意。"

鲍春花说："总不能闲着。"

思维已经拓展了的棒棒糖说："你不是会裁缝吗？"

见他妈不懂，棒棒糖说："有买棺材的，难道就没有买袈裟的？说不定你也可以成为'匠王'。"

18

九月一日，许家寨幼儿园按计划开园。棒棒糖投资乡村振兴的部分收益，被用作村级费用。村支书提议建设幼儿园，园地就是空闲的原许家寨村小。许家寨几位闲着的妇女成了幼儿园的阿姨。穆贵缨的病好了，她被村里请去幼儿园教书。她没有教过幼儿园，就按一年级的标准开始教。她教"a"，幼儿说"啊"；她教"o"，幼儿还是说"啊"；她再教"u"，幼儿直接去玩去了。穆贵缨说："真是孺子不可教呢。"

许木匠时隔多年，又做了一口棺材。

棒棒糖准备把他爹的家搬到他开发的陵园去。鲍春花说："最该给你爹考虑的，是重新做一口棺材。"她没有忘记，埋石匠的时候，他的棺木是用生泡桐木做的，材质差，水分重。

棒棒糖说："那就找许望海做一口吧。"

鲍春花没有找许望海。她去许木匠家的时候，木匠正在把玩石匠打的那个石碗——洗干净的石碗看起来亮晶晶的。

鲍春花说："我来是想请你做一口棺材。"

木匠说："随便挑。"木匠家对面的板房里就摆了很多棺材，那都是许望海用机器做的。

鲍春花说："就是以前你给石匠做的那种，重新做一个，材质要好一些。"木匠的眼睛睁大了一些，已经多年没有人请他做棺木了。

木匠再一次把锈迹斑斑的推刨、凿子、锛、锯子磨亮，又拍去墨斗、角尺上的灰尘。木匠买了三截柏木。他做得相当仔细，不用钉子，也不用胶水，就用刨、凿子、锛、锯子。他先画图，然后对照图纸，用墨斗弹线，角尺吊角，确保该垂的地方垂，该直的地方直。接头的地方全靠凸头和凹槽，严丝合缝。石匠生前魁梧，木匠做的棺材也很气派，不仅是高度和宽度，连棺木上的图案，都栩栩如生。木匠在棺材的一侧雕了钢钎、锤子、錾子，都是石匠生前使用的工具；在棺材了另一侧，又雕上狮子、鱼、松鹤。在许家寨，石匠雕刻的飞禽走兽算得上一绝。棺木做好，和许望海做的棺材隔路相望。木匠自言自语："究竟什么才算棺材呢？"

棒棒糖把两万元人民币递给许木匠，说："这是给你的工钱。"

木匠说："自己做，要不了这么多。"做好棺材要大树、老树，很稀缺，市场上一口上等柏木棺材在两万元以上。

棒棒糖说："可以看作是工钱，也可以看作是对'匠王'

巴诺王

的奖励。"

　　那时候正是幼儿园放学的时间，一群幼儿咿咿呀呀地从木匠家门口经过。木匠继续把玩石匠雕刻的那个石碗。石碗的边沿，一个小孩抱着两条大鱼，几朵荷花正在盛开。

钗头凤

爹摆弄他的柏木树根已经有好些天了，小雨知道爹要雕刻脸子了。柏木树根是爹雕刻脸子的材料。寨里人把脸谱叫作"脸子"，就像他们把文绉绉的地戏叫作"跳神"一样。

　　大雨爹从十二岁开始到陈家地戏班学雕刻，到现在已经三十多年了。那时的大雨爹还不叫大雨爹，他有自己的学名——彭先浪。最先叫"大雨爹"的当然是大雨的妈妈，生下大雨的时候，大雨妈逢人就大雨爹长大雨爹短的。渐渐地，人们似乎忘记了大雨爹"彭先浪"这个名字。大雨爹现在是屯堡村寨远近闻名的雕匠。哥哥大雨对小雨说："我爹一晚能雕三四张脸子呢。"小雨听了很不是滋味，噘起了小嘴："你爹不是我爹啊？"

　　大雨爹究竟雕了多少脸子，他自己都记不清了。就算是刘备、关云长、张飞、曹操等耳熟能详的人物，每个他都雕了不下百余面，而每一面又都形态不同，神情各异。

　　大雨爹进入陈家地戏班的那一年，正是大雨爹的本命年。村中传说，本命年即凶年。十二岁的大雨爹是不信这一套的。然而，大雨爷爷在大雨爹的本命年一撒手去见了先走了几年的大雨奶奶，这让大雨爹的本命年有了撕心的记忆。

队长把大雨爹交给师父的时候，陈学文师傅正在雕刻脸子。在去陈师傅家的路上，队长一再告诫大雨爹：“‘跳神’趋吉避凶，纳福免祸呢。”队长知道，陈家地戏班是不轻易收徒的。队长对大雨爹说：“快叫师父。”大雨爹就叫“师父”，声如细丝，音若蚊蝇，好像还没有摆脱家庭变故带来的惶恐。陈师傅不是很满意，雕刀在柏木树根上划出哐哐的声响，心里说，这浪娃哪是唱戏的料？队长看出了陈师傅的失望，转头对大雨爹说：“好好跟师父学习。”继而又对陈师傅嘿嘿地笑，阿谀奉承的样子：“浪娃勤快呢，跑跑龙套是可以的呢。”陈师傅不说话，继续他的雕刻。队长急了，说：“浪娃苦啊，有碗饭吃就行。”陈师傅才道：“明天和我挖树根吧。”陈师傅说时没有表情，甚至看不到他的嘴动。诚惶诚恐的大雨爹觉得，陈师傅的话不是从他的嘴里发出来的，而是从他的花白头发里飘出来的。大雨爹偷偷瞟一眼陈师傅，朱颜鹤发，仙风道骨，觉得会“跳神”的陈师傅简直就是“神”了。

从小雨记事起，就没有见爹雕刻过。关于爹的雕艺，零零碎碎的信息都来自干妈和哥哥大雨。大雨爹是什么时候封刀的，没有人说得清楚。

大雨爹是接到大雨从广东打回来的电话后开始雕他的脸子的。大雨在电话里说要接他到城里，大雨爹听得很真切。大雨说在城里租了房子，把他的那间屋子都布置好了。才听了几句，大雨爹就把电话递给小雨。小雨喜欢和哥哥通话，天南海北聊一通，跟哥哥要钱，敲哥哥买这买那的。每次，大雨都会满足小雨的愿望。挂了电话，大雨爹急切地问大雨给小雨说了些什么。"哥说接你去广东呢。"小雨说。小雨以为爹会很高兴，还想跟爹说，大雨过了今年存的钱就可以买套房子了。话还没有说出口，爹的脸上已挂了霜，出去了。大雨爹去了厢房，翻来覆去地理他的柏木树根。柏木树根是他隔三岔五从屯山上弄来的，有些已经干透了，散发出淡淡的柏木香味。

这是小雨第一次见识爹的雕艺，但多少让小雨有些失望。好几天了，坯子都还没有出来。有好几次，爹还去磨雕刀，好像他的慢是因为刀不快似的。小雨觉得，爹的雕艺没有传说中的神奇，或许爹确实是老迈了，手脚也不灵便了。

大雨爹的雕艺和屯堡村寨的其他雕匠是不同的。别的雕匠喜欢用丁木树根雕刻。丁木木质细腻，紧密轻软，易雕易修，是普通雕匠的首选。大雨爹从师父那里学雕刻时起，就用柏木树根雕刻。柏木树根质硬，雕刻的时候深浅轻重是很难把握的，所以一般的雕匠不敢碰。大雨爹在雕刻上的大成，就源于学习雕艺的高起点。出师后，大雨爹的名声也跟着出去了。看到大雨爹雕刻的脸子，屯堡村寨的"跳神"爱好者啧啧称叹："强将手下无弱兵，名师门前出高徒呢。"赞美大雨爹的同时，更像是赞美大雨爹的师父。

爹雕得很细心，生怕下去的每一刀破了脸子的相。这让小雨想起小时候爹给自己剪指甲的情形，小心翼翼得让小雨都有些不耐烦了。"快点嘛，快点嘛。"小雨嘟嘴对爹说。"就好了，就好了。"爹笑着回答小雨。每给小雨剪一次指甲，都会花去好半天时间。又比如，给小雨的裤子挑脚边或者给小雨煎鸡蛋，住在小雨家旁边的干妈就比爹快得多。在小雨心里，爹差不多就是"慢"的代名词，所以大雨说爹一晚能雕三四张脸子的时候，小雨心里就说："骗人。"

在学校，小雨整天想的是功课的事；高考后回到家，小雨想的就是哥哥了。和哥哥大雨在一起，小雨可以任性，可以撒娇，可以赖着哥哥买好吃的东西。春节的时候，哥哥大雨从广东回来。大雨好几年没有回家了，倒是打工挣的工资总是按时寄给爹和小雨。寄给爹的钱，爹总是用很少的一部分，其余的又给了小雨。大雨责怪爹惯侍她。爹说："都高三了，总不能让她在生活上操心。"

其实惯侍小雨的不仅仅是爹，大雨也惯侍妹妹呢。小雨不领哥哥的情，说："物价天天涨，你给的那点生活费却一年到头一个样。"她这话有玩笑的成分，但大雨回广东的时候，还是偷偷给了小雨两千块钱，说："要高考了，多买些营养品吃。"小雨说："给爹的钱也该涨点。"大雨顺手揪了小雨一个响脸，对爹说："小雨考上大学后，我接你去城里。"回头睃了小雨一眼，又补充道："看以后谁还管你！"

爹"哦"了一声。在小雨印象里，爹的脸上一年四季像挂了层霜一样，让她感觉冷得有些恐惧。每次周末或者长假回家，她都愿意去干妈家，甚至和干妈睡在一起。只有临回校时，爹将捏出汗味的纸币硬生生递在小雨手上，小雨才感到爹的那份暖热。

大雨爹跟陈学文师傅学习雕刻，一学就是七年。陈家地戏班子的规矩是，唱戏唱双，学艺学单。大雨爹学到三年的时候，有天晚上，圆月高挂，月光如洗。两师徒坐在陈师傅家院坝里，邀月共饮。酒过三巡，陈师傅对大雨爹说："浪娃，明天你就可以出师了。"

大雨爹不知道陈师傅选择这个满月的日子是喝别师酒，扑通一跪："我彭先浪的雕工和师父的雕艺相比，距离十万八千里，先浪愚笨，恐怕一辈子也学不会。"大雨爹称自己时用"雕工"，称父时用"雕艺"，那是发自内心的谦逊使然。学艺学艺，不仅学技艺，更是学做人。得此品学兼优的弟子，陈师傅甚喜，双手扶起大雨爹。这一扶，大雨爹又学了四年。大雨爹在陈家地戏班第七个年头的时候，大雨爹偶得一根雕。这根生长在石头上的柏木树根质硬色红，大雨爹仅作细微修剪，甚至不用打蜡和涂漆，关公脸子几乎自然天成。在陈师傅看来，雕刻脸子就应该一刀刀下去，深度、力度，那才是雕匠的本职和天分。然而大雨爹的这次雕刻，却让陈师傅有了瞬间的顿悟。

巴诺王

那天，陈师傅拿着雕刀，来来回回在院坝里踱步，像是自言自语，又像是对大雨爹传授技艺："用树根雕刻脸子，不仅考验匠人的刀艺，更考验匠人的悟性。树的生长就如人一生的成长，所谓人如树，树又如人。"说着说着，陈师傅已经走到了大雨爹身后，"浪娃对雕艺的理解已经超过师父了。"大雨爹正要下跪，陈师傅双手搭在大雨爹的肩上，拍了拍，"跟我学唱戏吧。"大雨爹想对陈师傅说些感谢的话，但陈师傅说完一转身走了。

唱戏，大雨爹也是偷偷学过的。跟陈师傅学雕刻，免不了会听到陈家地戏班的哼哼唱唱，耳濡目染地打下了唱戏的基础。陈家地戏班的当家演员有四人：班主陈学文，师叔陈学农，大师兄陈习武，二师兄陈习艺。地戏班的主要演员是不能低于四人的，那是因为大家喜欢的《三英战吕布》里的主角有四个人的缘故。师叔是陈师傅的亲弟弟，两个师兄是陈师傅的儿子。陈家地戏班是真正的家族地戏班。大雨爹小大师兄两岁，大二师兄三个月。戏班子里认定师兄师弟是以进戏班了的时间而定的。

大雨爹跟师父学的第一出戏是《桃园三结义》。陈师傅先念过门，过门相当于引言："东汉末年，黄巾军起，乱世中举兵。刘、关、张以志同结金兰于桃园，三顾茅庐得诸葛，汉中称王分天下。抗曹魏，拒东吴。问鼎一方，终成蜀汉。兄弟三人，一世英豪，以忠义千秋为世人景仰。"陈师傅念完过门，黑脸张飞首先出场，之后隐隐有一大将，面如重枣，眉若卧蚕，绿袍金铠，提青龙刀，骑赤兔马，手绰美髯。此将正是大雨爹饰演的关云长。唱"斩黄巾英雄首立功"那段的时候，大雨爹对着"黄巾"扬鞭大骂："反国逆贼，何不早降！"声如洪钟，振聋发聩。饰演黄巾的师傅着实吓了一跳，甚至怀疑现在的徒儿还是不是当初进师门时跟在队长后面怯生生的那个浪娃。

演员讲究的是动作的连贯、流畅和自然，更讲究形神兼备。大雨爹演戏爱琢磨，每个人物，大雨爹扮演的效果都和别的演员不同。比如，演张飞，大雨爹更注重表现声音；演关羽，大雨爹则注重表现美髯。每演一出戏，陈师傅都要和大雨爹总结经验，交流得失。

在全寨人的记忆中，大雨爹年轻时候的脸总是红彤彤的。所以，和师父一起唱戏的时候，大雨爹总喜欢演红脸关云长。大雨爹也演《说岳》里的岳飞，《楚汉相争》里的项羽，反正喜欢演历史上响当当的正面人物。陈师傅说："你就想当好人，坏人都让我做尽。"大雨爹说："莫非师父想让徒弟做恶人啊？"然后师徒俩面面相觑，撸着脸子上的长胡子哈哈大笑。

大雨爹学戏一年后，陈家地戏班交班了。交班仪式上，班主陈学文将一张"鸿钧道人"的脸谱交给大雨爹。鸿钧道人是《封神演义》里的人物，乃众仙之祖，也称"鸿元老祖"。这张脸谱面色黝黑，有些岁月了，是陈家地戏班一代代相传的镇班之宝。

这一年，大雨爹二十岁，相貌堂堂，威风凛凛，俨然标准的美髯公了。关于陈家地戏班是否交给大雨爹，有过激烈的讨论。师叔陈学农就反对交给大雨爹："交给姓彭的，以后还叫不叫陈家地戏班？"班主陈学文轻言细语中有着不可改变的刚强和果断："交给习武，陈家地戏班可以传承；交给浪娃，陈家地戏班可以发扬光大。"

在师父把班主的位子交给大雨爹的第二天，师兄陈习武打着背包走了。那时，正值改革开放，师兄陈习武去了南方，他说他要建设特区去了。

陈师傅交给大雨爹"鸿元老祖"脸谱的同时，还交给了大雨爹一个"百宝箱"。"百宝箱"里装的，都是陈家地戏班演唱的曲目和戏词，除此之外，一无所有。每个曲目都是陈师傅用毛笔书写在皮纸上，再用麻线装订成册的。

秋收过后，新一届陈家地戏班出发了。第一站就是屯寨，按以前陈师傅的规矩，上屯、中屯、下屯、云山屯、木山屯、内所屯、⼀堡、幺堡演出一周后，最后再到自己的屯寨。新一届陈家地戏班的第一站要从自己的屯寨开始，周边村寨演完后，又回到自己的村寨加演一场。看了大雨爹带领的新一届陈家地戏班的精彩演出后，已经德高望重的队长乐呵呵地说："这才叫近水楼台先得月，有始有终嘛。"队长眼睛眯成了一线天，有了伯乐般的得意。

大雨爹就是在那个秋天认识大雨妈的。一个多月的演出，大雨爹都演关羽。在好多村寨，看地戏的大姑娘们喜欢打赌，赌带着脸子的角色多大年纪。大雨妈赌"关云长"是个四十多岁的男人。戏快结束的时候，姑娘们就往里面挤，渴望尽早揭晓结果。戏结束后，"关云长"揭脸子作揖向观众道谢，见一大堆姑娘盯着自己看，脸果然就红得像关公了。接着红脸的就是大雨妈。姑娘的心事是瞒不过父母的眼睛的，戏班一个月后回到屯寨，同时进寨的还有给大雨爹提亲的媒婆子。一切都顺理成章，只是让大雨爹感到特别意外的是，大雨妈居然会唱戏。

　　晚上，大雨爹喜欢一个人到屯山脚下自己家的田地里练嗓子。屯寨依屯山而建，屯寨和屯山之间，是屯寨的一汪水田。屯山是屯堡地区的一条山脉，山高而险，林广而密。山上多松树、杉树和柏树。跟师父学雕刻的时候，大雨爹常常在此山脉寻找柏木树根。

　　此时正是深秋，稻谷收了，田里的水已放干了。在稻谷桩之间是一条条干裂的沟壑，像一张画好的地图。大雨爹站在"地图"上引吭高歌，唱的是《千里走单骑》。"云长所骑赤兔马，日行千里，护车仗不敢纵马，按辔徐行。"大雨爹唱道。"云长且慢行。"女扮男腔的声音在后面赶来。大雨爹回头，见大雨妈拍"马"而至。"马"是捆着的稻草，大雨妈双胯夹住稻草，左手抓住稻草的头部，右手拍打稻草根部。大雨爹忍不住哈哈大笑，勒住"赤兔马"，按定"青龙刀"："文远莫非欲追我回乎？"大雨妈答："非也。"夫唱妇随，一唱一和，天衣无缝。大雨爹和大雨妈唱累了，就把田里立着的稻草放倒，睡在草堆上，看月亮，数星星，听虫，闻鸟鸣。有晚风吹过，先感觉凉爽，渐渐就有些冷了。两人先抱紧自己的双臂，继而抱紧对方，一股暖流掠过，幸福穿透全身。

大雨爹喜欢睡在稻草上的感觉，他说睡在稻草上就能闻到稻草的清香。大雨妈笑他："你比狗鼻子还灵呢。"大雨爹把一根稻草递到大雨妈的鼻子下："真的，不信，你闻。"大雨妈去世后，每次打谷，大雨爹都会选几把好稻草，待晒干后放在床上。虽然稻草上又铺上竹席和棉被垫，但大雨爹依然能闻出稻草的香味。

春节大雨回家，给爹买了弹簧床垫，待大雨回广东，大雨爹又换回稻草垫。大雨爹不喜欢弹簧床，他觉得睡在弹簧床上就像光脚走在石子路上，睡一晚背会痛好几天。

大雨爹的弹簧床垫是大雨在镇上买的。大雨一共买了两张，另一张是给自己和媳妇睡的。媳妇是大雨从广东带回来的，普通话说得和长相一样清秀。那时媳妇已经怀上了，大雨先上了"车"，借春节的时间回来"补票"。大雨心疼媳妇，回来后就在镇上买了弹簧床。妹妹小雨见弹簧床没有自己的，就不高兴了。两张床摆好后，小雨在坎子上生气。大雨爹说："小雨，叫你哥把弹簧床垫搬你床上去，爹睡稻草床习惯呢。"小雨没有直接回答，而是气鼓鼓冒出一句："一家人都当我不存在。"爹就笑了，自从大雨妈去世后，爹难得一笑的。最后还是大雨媳妇说话起了作用："过几天我和你哥就回广东了，我们的床不就是你睡？"小雨的脸才由阴转晴，灿烂重新装进眼眶。

一转眼，大雨爹接手陈家地戏班已经四个年头了。屯寨不大，三十来户人家，寨子的名声却不小，那都是陈家地戏班的缘故。其实周边戏班子有十好几台，但戏班子和戏班子之间终究是不同的。不怕不识货，就怕货比货，一比就比出了高低。对地戏这种戏种来说，继承和发扬，关键要与时俱进，对曲目和戏词时时更新。陈家地戏班就是从成立之初几个传统的剧目发展到了今天的一百多个，内容涵盖《三国》《封神》《说岳》等。大雨爹一有闲暇，就翻看"百宝箱"里的戏词。有一天，居然有了新的发现。在最底层已经破碎了的绒布下面，有一本红布包着的毛笔书写的《钗头凤》。从唱词上看，应该是地戏；从内容上看，又不像。地戏是亦兵亦农的屯堡人的创造，剧目纯为武戏，难有才子佳人和儿女私情。偶尔涉及爱情，例如薛丁山与樊梨花、杨宗保与穆桂英，他们之间的情缘也是在战场上打出来的。晚上，大雨爹找陈师傅，说："有些地戏班在演《水浒传》呢。"陈师傅正在闭目养神，听了大雨爹的话后吓了一跳，说："陈家地戏班从不演反戏。""我想演《钗头凤》。"大雨爹望着陈师傅说。陈师傅的眼眶里顿时盈满密密麻麻的什么东西，喃喃地说："与谁唱，又唱与谁听？"

《钗头凤》曾是陈师傅为陈师母写的一出戏。戏写好后，好端端的陈师母在一夜之间突然故去。陈师傅只好把一出独创的爱情戏藏进箱底。

陈家地戏班一年演出两次，每次演出一个多月。第一次演出是在深秋。那时，屯寨没有真正意义上的戏台。苞谷掰了，谷子打了，就在田间地头插一杆帅旗，敲一阵响鼓，唱几段地戏，庆祝五谷丰登，祈求来年风调雨顺。大雨爹喜欢天地大舞台、人生处处戏的感觉。屯寨的陈家地戏班的第二次演出，是从寒冬腊月的第一个黄道吉日开始的。此时，屯寨的戏台在国道边已经建好了。戏台一米多高，由石头垒成。台上有木柱五棵，支撑起房顶遮阳避雨的瓦片。台下是石块铺成的平地，观众就坐在一块块青石板上仰望戏台上的演员腾挪跳唱。戏台后面有一间木屋，演员在那儿化妆和换装。那一天，也是杀猪匠一年到头开刀的第一天。猪叫声和戏台的呐喊声此起彼伏，热闹像烫猪水一样在寒冷的寨中翻滚。按规定，地戏班一天只演两场，最多演四场。这都是有讲究的，好事成双或者四季发财。

第一天开演，当然是演了四场的，《封神演义》《四马投唐》《五虎平南》《楚汉相争》。时间已至深夜，但台上台下都意犹未尽，"加演一场"的呼声不绝于耳。陈家地戏班决定再演一场大家喜欢的《薛丁山征西》。最后一场是收官戏，由大雨爹和师弟陈习艺出场。大雨爹走上戏台，身上的战旗随风飘扬，手中的战刀闪闪发光。大雨爹唱罢，大家都在期待习艺扮演的樊梨花登场。大雨妈一身素衣跳到台上，唱道："次日五更天明亮，奴家打扮要出征。"唱腔绵柔婉转，手若兰花，腰如弱柳，除了脸子货真价实外，没有绸缎做的"战裙"，也没有插在后面的战旗，全是寨里人平时的打扮。正当大家面面相觑，搞不清今天究竟演的是哪出戏的时候，大雨妈一个腾闪。也许是她苗条的身材太过飘逸，也许是她不知道脸子里的眼睛没有透光的洞，"樊梨花"从戏台上摔落下来，头先着了地。蓝衣、白裤和鲜血，以及夜莺般的声音，这是大雨妈留给全寨人最后的记忆。

大雨妈去世的时候，小雨才两岁。第二天，小雨问爹要妈妈。爹说："妈妈晚上就会回来的。"然后大雨就哄小雨，把小雨哄开心了，小雨就把妈妈的事忘了。但也只能哄她一时，小雨一不高兴了，又开始要妈妈了。大雨妈走后，大雨爹的话就少了，笑容也难见到了。小雨再向爹要妈妈的时候，爹就叹气。那天，小雨要妈妈的时候，寨子里的雪姨过来了，她帮着大雨哄小雨，又带小雨到了寨子里的小卖部，给小雨买了好多水果糖、津威饮料和旺旺雪饼。小雨回家后高兴地告诉爹："找到妈妈了。"雪姨站在大雨爹的旁边咯咯咯地笑。小雨嘟起嘴，用拿着旺旺雪饼的手指着雪姨说："她是我妈妈。"雪姨很得意："我叫小雨喊我妈，她就喊了。"后来，小雨正式拜雪姨为干妈，雪姨也正式收小雨为干女儿。

雪姨家挨着大雨家，在屯山下一汪水田的前面，两幢单薄的房屋，显得有些孤苦。

好像就是从戏台建成的那天起，地戏开始日薄西山了。也好像是从那一天开始，屯寨的人们纷纷将房屋搬到国道边上去了。曾经用一片片块石垒起来的石房子变成了清一色的钢筋混凝土，铝合金门窗完全代替了古色古香的木头门窗。习惯于车里来车里去的新屯寨的人们，更喜欢用哗哗啦啦的麻将声打发闲暇时光。雪姨没有搬走，因为雪姨的丈夫在城里务工时弄坏了腰椎，一年四季躺在床上。雪姨没有子嗣，对她家来说，搬家已经无能为力，也没有意义了。大雨家则是大雨爹不想搬。大雨妈去世后，大雨爹一把火烧了家里存放的脸子和戏服。有段时间，大雨爹爱自言自语："'跳神'不是能趋吉避凶、纳福免祸吗？"那年冬天，陈学文师傅的朱颜鹤发变得胡子拉碴，仙风道骨变成了皮包骨头。陈师傅和陈家地戏班终于没有抵挡住百年难遇的冰雪凝冻。花无百日红，人无百日好，一切都似乎是规律。只有发源于屯山的屯河亘古不变，在大雨家和雪姨家的屋后静静流淌。

或许，对于陈家地戏班来说，一切都是宿命。当初，大雨奶奶和大雨妈都走在了大雨爷爷和大雨爹之前。就连大雨爹的师娘，也没有听到陈师傅刚写完的《钗头凤》，就匆匆而去。在把班主的位子交给大雨爹的当晚，陈师傅没有忘记对儿子陈习武说："你还是去做别的事吧，不要让戏班子耽误了你。"儿子是个聪明人，知道父亲是说自己不是唱戏的料，自尊受到父亲恨铁不成钢的伤害后，负气远去。多年以后，唱戏不如大雨爹的师兄陈习武，又带走了大雨，成了大雨在广东打工的领路人。在屯寨，一茬茬的青壮年，络绎不绝地步了大雨的后尘。而这次，大雨打电话回家，还要把爹一同带去。师兄陈习武毕竟出门时间很长了，在外面打好了一定的基础，春节偶尔衣锦回来，见到屯山下已经被寨中人忘记了的师弟佝偻的身影，禁不住一声轻轻地叹息："三十年河东，三十年河西。"

　　大雨妈是什么样子，小雨已经全然不知了，就是大雨，脑子里也仅仅是些零零碎碎的影像。

　　爹雕刻脸子的时候，小雨在用老缝纫机。缝纫机是大雨妈的陪嫁品，大雨妈走后，缝纫机被搬到了小雨的房间。大概是当初嫌弃爹给自己的裤子挑脚边太过缓慢的缘故，抑或是得到妈妈的遗传，小雨懂事起，也喜欢缝缝补补。小雨没有师父教授，无师自通。

　　干妈不知什么时候走到小雨后面，说："雨儿，做被套啊？"白色和浅蓝色相间的布套已经做好了，小雨在给布套上拉链。小雨说："妈，你来了。"小雨拜雪姨做干妈后，一直叫雪姨为"妈"，把"干"字省掉了。这种叫法让干妈很受用。

按时间计算，大雨明天就该到家了。小雨高考后，就睡哥哥和嫂子的床。哥哥明天要回来了，小雨就去打整爹的弹簧床垫。爹的弹簧床垫现在就靠在大雨爹的卧室的墙壁上，被灰尘掩盖了曾经的光鲜。小雨先是慢慢拍去床垫上的灰尘，然后又用湿毛巾仔细擦洗。哥哥回来后，小雨要睡爹的弹簧床垫。小雨喜欢弹簧床，睡在弹簧床上，既软和又爱做梦，不像学校宿舍里的硬板床，晚上翻来覆去都睡不着。

小雨觉得，爹接了哥哥的电话后，这些天魂不守舍的。他先是把家里残存的十几面脸子拿出来洗了又洗，又把"百宝箱"里线装的地戏曲目拿出来晒了又晒，还把厢房里放了多年的树根翻了又翻，再把锈迹斑斑的雕刀磨了又磨。

小雨越来越觉得爹雕刻的脸子像自己，问爹是谁，爹不理。小雨假装生气，说："不讲就算了，一张脸子有什么了不起的。"从小，爹和大雨都惯着小雨，小雨一生气，爹的心就软了，说："姑娘家，问这些做什么。"小雨说："不做什么你天天弄它干吗？"爹又不说话了。雕刻的另一张脸子也越来越像爹的样子。只是爹最后在像他的那张脸子上粘上马尾做成的红胡子，就不太像了。

大雨爹给两张脸子的头盔和耳翅装上圆形镜片后，大雨回来了。晚饭时，小雨做了很多菜，爹破例喝了酒。饭后，大雨和小雨有很多龙门阵要摆：大雨讲打工的事，小雨讲读书的事。两兄妹讲到很晚。

大雨和小雨出去找爹，爹出去已经很长时间了。大雨和小雨顺着自家房子后面的田坎走，在田坎尽头挨着屯山脚的地方有两棵柏树，树上是筑好的稻草垛。夜深了，隐隐地有唱戏的声音从稻草垛里传来。

　　稻草垛是去年秋收后大雨爹筑上去的。大雨和小雨走近的时候，听到了女人的声音："你好像很怕我似的，但你为什么一年四季都偷偷地帮我做重活儿？"男的不说话。

　　"你就不能挨我近一点吗？"女的又说。男的还是不说话。

　　"你看你这手，都粗得……"女的好像握住了男人的手，"明天你和雨儿走了，以后你会不会回来看我？"

　　然后，稻草堆里传出两人窸窸窣窣的声音。

　　小雨说："好像是爹和妈呢？"大雨知道小雨讲的"妈"是指干妈。"这里哪里有人？我们回去吧。"大雨说。

　　大雨和小雨都讲得很小声，唯恐每一句话都会闹醒这个美好夜晚的宁静似的。月亮挂在树梢，洒下斑斑驳驳的光。水田里有蛙声，水稻已经抽穗，再过个把月，就该收割了。小雨心想，如果到时在家多好啊——可以选几把好稻草，把爹床上的旧稻草换了。

傻 虎

我不喜欢过年，母亲也不喜欢。她说每到年关，总有做不完的事情。糯米面是必不可少的，这是大年初一做汤圆用的原料，糯米面要自己一脚一脚地在碓里舂出来。现在也有用机器磨的，但王家坝人说机器磨出来的面总有股机油味，招待客人是拿不出手的。猪儿粑、甜酒也是少不了的，这些东西也是用来招待客人的。王家坝人招待客人有讲究，大鱼大肉用来招待远方来的亲戚朋友；猪儿粑、甜酒用来招待寨邻。一年到头各忙各的农活儿，各做各的家务；到了正月，闲暇了，可以走走村、串串寨了。如果是平时，寨邻来了，拉两句家常，喝一杯茶水，也就算了；但在正月就不同了，虽然也是拉拉家常、摆摆龙门阵，但比平时就要讲究一些。主人烧开水煮碗甜酒粑是少不了的；大头萝卜也是要准备的——这是用来炒腊肉的配菜，得早早地从土里挖出来，洗净，切成丝，然后再晾干后装坛，一年四季都可以用。以上这些活儿虽然也花力气，但总归是巧活儿，只是多花些时间而已。在王家坝，做巧活儿的都是女人；男人在年关干的最重要的事情，是杀年猪。杀年猪是真正的力气活儿，烫猪的水得去井里挑，还要帮着杀猪匠打下手，拉猪、按猪、刮猪毛、清洗肚肠……

　　每年，我家的年猪杀了后，会让杀猪匠切成一块块。父亲用粽叶把它们拴起来，提进事先准备好的大盆里，放盐和花椒腌制；几天后，再一块块挂起来，用柏木树枝来熏。熏好了，才算最地道、最本味的腊肉。

　　父亲在贵阳做泥水工，说好了腊月二十三到家。王家坝人杀猪是要看日子的，腊月二十三就是杀猪的好日子。父亲一年回家三次，插秧一次，收谷一次，过年一次。每次回来前，他都会仔细计算活儿的进度，一天能做多少活儿，自己是清楚的。当然也有偏差，跟不上进度的部分次日再努力弥补回来。父亲的勤劳，我们有目共睹；但母亲担心他独自在外，无人提醒会迷失了方向。我们腊月十五放寒假。母亲第二天就把我送上去贵阳的中巴车，完全不顾一去一来浪费的路费。母亲告诉我："准时把你爹接回来。"司机家住法那乡街上，母亲认识，一再嘱咐他，一定要把我交到父亲手里。那天是周六，父亲被迫休息——他做工的小区节假日不允许搞装修。父亲很顺利地接到了我，用一辆二手摩托把我带到一个叫后坝的地方，那里是城乡接合部。贵阳的民工，分工种集中租住在不同的地方，木工大都租住在花果园，后坝则是泥水工集中租住的地方。父亲租的这栋房子有四层，第四层是主人种上去的，为的是那可能实现不了的拆迁赔偿；所以用料简陋，冬天极冷，但租金很低。顶楼共

傻虎 ─────────────────────────────────── **125**

四间房，父亲和其他七位民工，两人合租一间。房间有股怪味，包括又不限于酒臭味、烟臭味、汗臭味、脚臭味——极难闻。

周一我陪父亲去做工，他给一栋别墅铺地砖。别墅也是四层，地上三层，地下一层。主人打通物管的关节后，又挖了一层。负二层最前面是车库，往里走有一道防盗门，下一梯，左边是酒窖，右边是电梯和步梯。防盗门边的那一梯，开门后没有缓冲，每天都来查看装修质量的主人不小心在那儿摔倒了，虽无大碍，但隐患显而易见。父亲说防盗门后应该留六十厘米的缓冲带才安全。主人说，早的时候为什么不讲？父亲说都是按图施工的。主人不缺钱，要的是舒适和安全，要求马上改。贴好的砖被撬开，重新浇了水泥，天气不好，要待干后再贴砖。活儿不多，但耽误的时间不少。主人又问父亲是否还有其他建议，父亲试探着又提了一个。别墅大门正对内部路，路与大门之间有四米左右的公共区域，父亲说可以考虑围成一个十多平的院子。父亲的建议很合主人心意，主人又沟通了物管，要父亲再改。父亲的心思我知道——两处改动一起做，不窝工，钱赚得踏实。只是到了腊月二十三，我没有接回父亲。

我还是坐着法那乡街的那辆中巴车回到王家坝，母亲很不高兴，说："如果不是因为傻虎，我也会和你爹一样，在城市吃香的喝辣的。"我最不喜欢母亲阴阳怪气——父亲是

巴诺王

去打工，不是去吃酒席。母亲说："不是去吃香的喝辣的，为什么一而再、再而三地不想回家？"

我和母亲一天没有说话。吃过晚饭，母亲用一套在乡街上买的秋衣秋裤意欲收买我。

母亲问："你爹住的地方怎么样？"

我说："还能怎么样，又脏又破又臭。"

母亲说："别蒙你妈没有文化，贵阳会是这样？"

我说："不是贵阳，是贵阳边上。"

母亲叫我试一下秋衣秋裤是否合身，以前一直穿傻虎穿过的衣服，没有新衣做对比，很难明白之前受到的伤害——新衣柔软，丝滑，弹性极好，散发出隐隐约约的香味。

我把我看到的父亲每天的情况向母亲做了汇报。工作日，父亲七点出门，到了别墅差不多就是八点，那是物管允许做工的时间；晚上六点，父亲按照物管的要求准时收工，差不多七点回到住处，开始做饭。周末是租在后坝的民工们的节日——大部分小区都不允许施工。大家无所事事，从中餐开始，男男女女聚在一起，不是打牌，就是喝酒。

母亲问："女人也喝酒？"

我说："喝。她们喝后骂的骂，哭的哭，笑的笑。"

母亲又问："这些女人都是去做工的？"

我说："她们全身上下不是泥土，就是水泥灰，不是做工还能做什么？"

母亲说声"哦"，走去厨房洗碗，到了厨房门，又伸头对我说："明天我给你爹讲，叫他回来的时候也给你买一套新衣服。"

我看了眼趴在窗台上的呆头呆脑的傻虎，说："穿你旧衣服的时代该结束了。"傻虎没有听懂我的话，但他明白我的眼神。他从沙发上下来，捡起一支木头手枪，对准我"啪啪"了两声。我没有理他。他拿这支木头手枪枪毙过父亲、母亲，还有路过我家院坝对大黑凶神恶煞的人。

腊月二十八，父亲还没有回来。不知道是不是父亲赚钱心切，又给业主提了新的建议。杀猪匠带话来说，这是他今年最后一天杀猪了。话是裁缝传过来的，她说，匠人都有讲究，正月忌头，腊月忌尾。全寨就我家的年猪没有杀，这就有点威胁的意思了。裁缝走后，母亲嘀咕："杀猪匠又不是不认识我，要你来传话？"

母亲最瞧不上裁缝，说她把王家坝人都带坏了。裁缝是从法那乡街上嫁过来的，能从街上往村里嫁，说明她男人很有些能耐。她男人死之前跑运输，赚了一栋三层的楼房。当然跑运输也是风险较大的行业，真被他碰上了。裁缝没了男人后，母亲猜测，以她的条件，肯定会等不及再嫁到更好的地方去。裁缝竟岿然不动，这让母亲百思不得其解。确实，裁缝差点就嫁到了安顺，那是一个以旅游闻名的城市。男方是个包工头，对生儿子有执念，前妻就是忍受不了他的这一偏执离婚的。包工头希望裁缝把裁缝店关了，一心一意为他生孩子，再一心一意带孩子。裁缝说，我又不是代孕机器，又不靠男人养活自己。这些说辞，母亲一直保持怀疑。

　　去杀猪匠家得先经过裁缝家，裁缝正和三位打工回来的年轻人打牌。裁缝今天穿了一件青色旗袍，在摸牌出牌的间隙，旗袍在大腿的开口处一张一合，露出里面的黑色丝袜来。在母亲看来，这是奇装异服。母亲对裁缝的意见，就是因为她不合时宜的穿戴。

　　裁缝嫁过来之前，王家坝上点年纪的女人都不穿胸衣，年轻女孩穿的胸衣也是在乡街上买的，几层薄薄的棉布，衬托不出女孩成长中的变化和青春气息。裁缝也是用棉布做胸衣，但她选色鲜艳。裁缝嫁过来的时候正是夏天，男人出车后，她悠闲地到河边溜达。一群男孩赤条条地在河里游泳。怎么没有女孩呢？她眨了眨眼，想明白了，不就是差一件泳衣嘛。裁缝做泳衣的材料是大红大紫的花布，其边角料，正好可以用来做胸衣。相对于乡街上卖的胸衣，裁缝做的胸衣还有特别之处——她在棉布中间加了小号的塑料碗，这样，该硬挺的地方硬挺，该柔和的地方也柔和了。

　　给母亲展示裁缝手艺的是杀猪匠的女人。杀猪匠用猪的各个部位把女人喂得极肥，爱看港台片的年轻人给她取名为"王家坝的沈殿霞"，逐步演变，现在的外号叫"莽妹"。莽妹经常光顾裁缝店，希望裁缝能用尺子、剪刀和一台缝纫机弥补她身材上的不尽如人意之处。裁缝也是绞尽脑汁，竭尽所能。

莽妹坐在我家沙发上，完全当我和傻虎不存在，从领口处把胸衣拉出来，"像一条绳索，能系住什么？"母亲的嘴张开后好一阵子没有合拢，但更让母亲吃惊的还在后头。莽妹拉开胸衣侧面的一条拉链，两只另有重用的塑料碗滚出来，其状惨不忍睹，底部烧得焦黑。依稀可见的纹路可以证明，塑料碗被火烧软后受到过手掌和五指的揉捏。毫无疑问，塑料碗是裁缝下的黑手。母亲认定，裁缝店也不过是挂羊头卖狗肉。

王家坝人无法预料裁缝每天穿戴的花样。从超短裤到连衣裙，从泳衣到胸衣，都是她亲手做、率先穿，然后是莽妹跟风——一瘦一胖，穿成了不同的风格，成了最好的广告。母亲为此忧心忡忡。我家有一块田挨着河边，有次母亲去田里扯稗草，见到河里全是花花绿绿。两位女孩游累了，坐到我家田坎上，被水打湿后的泳衣近乎透明。母亲在心里说，穿和不穿一个样，是脱了裤儿打屁。那天傻虎也在，被母亲拴在一棵柳树上。傻虎叽叽咕咕也想下水，正在气头上的母亲说："去嘛，让河水淹死你。"

麻将桌大张旗鼓地摆在院坝中间。母亲干咳了一声，算是打过招呼。裁缝回过头看到母亲，说："嫂子，来请杀猪匠杀年猪了？"明知故问，不就是你传的话嘛，母亲在心里说。坐在裁缝下家的年轻人叼着支烟，很长的烟灰还挂在纸烟上，他把要出的牌用右手食指弹出去，是一张九筒。九筒欢快地在麻将桌上翻了几下，这给母亲留下了很坏的印象。她又干咳了两声。

杀猪匠在堂屋里喝茶，对于母亲的来请，他没有任何表情。王家坝人早习惯了——独门子生意，他有孤傲的资本。杀猪匠曾经是县屠宰场的工人，因为看不惯领导好为人师、指手画脚的做派，辞职回到王家坝。从工人到农民，有人不理解杀猪匠为何如此选择。杀猪匠的回答永远是那么一句：花钱难买愿意。

杀猪匠每周到乡下买一头猪，周日赶场，一大早杀好后拉到乡街上卖。猪的内脏被杀猪匠留下来，成了莽妹的下饭菜。大约晚上六点，莽妹戴上围腰开始做菜。裁缝给莽妹做了十多条围腰，有红色的、黄色的、橘色的。鲜艳的围腰做出鲜美的菜，这是莽妹经常挂在嘴里的话。围腰哪能做菜？莽妹是用这话赞美裁缝，也赞美自己。菜做出来后，菜名完全比照乡街馆子：爆炒猪肝、宫爆腰花、萝卜炖肥肠、鱼香肉丝……作为对裁缝为她量体裁衣的回报，杀猪匠的女人经常邀请裁缝一起分享。周日黄昏，王家坝在县城就读的中学生，成群结队在杀猪匠家门口等车，开始又一周的课程。他们闻到了从杀猪匠家飘出来的香味，在接下来的几天校园时光，应知应会的知识点全没记住，脑海里都是饥肠辘辘的回忆。

母亲对杀猪匠说："又要麻烦你了。"

杀猪匠说："把水烧开了再说。"杀猪是要烧一锅烫猪毛的开水的，母亲回到家又去河边挑水。

王家坝的自来水是从后山的洞里引出来了，到了少雨的冬季，自来水就不来了。就连傻虎都知道，他说："冬天来了，我家的自来水就冬眠了。"不只是我家，全寨的自来水管到了冬季都只是一个摆设。

水井在河边。母亲轻松下坡，又很费劲地上坡，两桶水把柏木扁担压成了一张弓，也把母亲的背压成了一张弓。挑到第三挑水时，母亲突然对我发火，她说："你们能不能省点心，我的背比这根扁担还弯，都是为你们操心操出来的。"她把一挑水放在院坝上，又对傻虎说："哪个允许你出来的？"原来母亲发火的原因是这个。我在家的时候，母亲只要出门，就叫我看好傻虎——自从走丢过一次后，母亲就剥夺了他擅自走出家门的权利。我家是平房，傻虎每天的活动范围就局限在客厅、卧室、厨房和卫生间。大部分时间，傻虎就趴在窗台上，途经的车辆，路过的行人，或者飞过的鸟儿，都会让他看得出神。他走丢的那次，就是被一辆拖拉机吸引。他要和拖拉机比赛谁跑得更快，最后摔倒在法那街边的水田里。是裁缝男人路过看到后，用自己的货车把傻虎带回来的，全身稀泥的傻虎把货车副驾驶弄得很脏。接下来的几年，每到年关，母亲总会送两坛自己亲手做的甜酒给裁缝。母亲做的甜酒很有名，甜而不腻，放多长时间都不会坏。裁缝说，举手之劳的小事，不要老挂在心上。母亲在心里说，一码对一码，我感激的是你的男人。心里虽然这么想，但母亲对裁缝的态度明显改善，时不时也请裁缝锁个边什么的。

现在，只要家里有人，傻虎就被关在家里。没有人照看时，母亲就准备一根棕绳，一头拴着自己，另一头拴着傻虎，母亲走到哪里，傻虎就跟到哪里。我也有和他们一起出门的时候，那时，母亲用绳索拉住傻虎的一只手，我会牵着傻虎的另一只手，只要傻虎摔倒，我会迅速拉住他。母亲对我的表现很满意，说我懂事了，学会关心哥哥了。其实不是，我更关心傻虎穿的衣服，希望他在传给我之前保护得好一些。

杀猪匠骑着三轮车来到我家——虽然我家和杀猪匠家相距不远，但杀猪工具很重。我家院坝比公路高，从公路到我家院坝有两步梯坎。杀猪匠停好车，提着工具上坎，大黑突然扑出来。大黑被一条铁链拴着，根本咬不了杀猪匠，但吓着他了。杀猪匠扑倒在我家院坝里，杀猪刀、剔骨刀、砍刀、刮毛刀、挂钩散落一地。

给杀猪匠打下手的是和裁缝打麻将的三个年轻人，近水楼台，杀猪匠出门的时候就叫上了他们。年轻人虽然在城市也干体力活儿，但对杀猪这种事，明显经验不足。本来分工明确，四个人各拉一只脚，把猪按在一条长板凳上，待猪力气耗尽，杀猪匠再白刀子进红刀子出。拉右后腿的年轻人最先泄气，他稍一懈怠，被猪踢了一脚。猪腾出一条腿后，其他三人就按不住了。猪翻过身，沿着公路朝懒人岗上跑。这是傻虎最喜欢看的画面，他哈哈大笑，眼泪都笑出来了，哈喇子也笑出来了。猪在前面跑，四个人在后面追。傻虎的目光紧跟着猪，猪越跑越远，傻虎的目光越拉越长。最后，他就看到了天上的云朵，也像一头猪悠闲地走着。

大黑开始烦躁。每年猪都有一次被按在长板凳上的经历，大黑已经有这方面的条件反射，但它搞不清楚接下来的事情与往年有所不同。猪跑了，人也跑了，它用吠叫问为什么。

年猪最终还是被杀了。杀猪匠在猪的后脚丫划开一条口，用一根铁棒穿进猪蹄，反复几次后，再鼓起腮帮子吹。我们看到他吹出来的气在猪的皮下走动，直到把死猪吹得鼓胀。我一直认为，杀猪匠话少是憋出来的，不然肺活量没有这么大。

年猪被刮光毛后挂在事先准备好的木棒上，头朝下，双目紧闭，万事休的样子。大黑在猪头左右窜来窜去。可能是因为它对杀猪匠的工作有影响，也可能是因为记恨刚才被它吓着摔下的一跤，杀猪匠对大黑说："信不信把你也杀了？"大黑没有理睬，一个劲地舔食滴落在水泥地板上的猪血。倒是母亲，偷偷瞪了杀猪匠一眼。

大黑是父亲进城后，母亲特意从麻山带来的。麻山是外婆家居住的地方，那里地处高寒，盛产洋芋、红薯和小偷，所以家家都喂有狗。洋芋和红薯用来喂猪，一头猪就是一家人一年的油荤。王家坝人不喂狗，我家是例外。狗粮是家里吃剩下的汤汤水水，母亲加入花椒、辣椒，有机会的时候还会加入被折了翅膀的活蜜蜂或马蜂。大黑吃了这些东西后更加凶猛。只要有人从我家院坝边走过，大黑就警觉地站起来，弓着背吠叫。有了大黑，有人要跨入我家地界，就要征得它的同意，也相当于征求母亲的同意。母亲喊住大黑，它就趴下去，头低进前腿之间。以防万一，大黑被母亲拴在进门的一根柱子上，傻虎说那根柱子是一只巨大的手，天天牵着我家大黑。

腊月二十九，也就是大年的前一天，我在懒人岗接到了父亲。懒人岗本是一个山坳，形状如鱼背。杀猪匠找到钱后，在那里建了楼房；裁缝的男人找到钱后，也到那里建了楼房。因为站得高看得远，后来王家坝人陆陆续续都把房子都建在懒人岗，裁缝家和杀猪匠家建房的地方最平，院坝建得最宽。母亲在做年夜饭的准备，所以我就不用守着傻虎。当时我正和同学小李子玩炮仗，玩着玩着，父亲就从中巴车上下来了。小李子家也把房子建到了懒人岗上。因为建房欠了一些钱，为了增收节支，他的父母去了浙江打工，几年都没有回王家坝过年了。

　　其实我并不关心父亲什么时候回来，但我关心父亲给我买的新衣服。往年，我是不去懒人岗玩的，更不喜欢和小李子玩。每到年关，小李子早早就穿上父母从浙江寄过来的新衣服。他喜欢把炮仗插进懒人岗路边的烂泥里，点燃后跑得远远地听炮仗爆炸的声音，看烂泥炸飞上天的样子。小李子会拉其他小朋友挡在自己的前面，说不能让烂泥弄脏他的新衣服。懒人岗路边的烂泥是寨上的鸡鸭踩烂的——鸡去路边觅食，鸭去河里抓鱼，所以路边还有鸡粪鸭粪。我最看不起小李子的就是这点，说你怕弄脏衣服，我们不怕吗？小李子说，你穿的本来就是脏衣服。我不服气，为什么说我穿的就是脏衣服，我母亲一个星期要给我洗一次呢。小李子不以为然，说你穿的衣服都是你家傻虎哥哥穿过的，当然是脏的。我生气了，说你家奶奶洗的衣服才脏呢。小李子的奶奶老了，到了冬天，为了节约用水，就用洗脚水洗衣服，洗出来的衣服都会有股脚臭味。

其实小李子说的也是事实。我历来都是穿傻虎穿旧了的衣服：傻虎长高了，自己的衣服穿不得了；我也长高了，傻虎的衣服就下放给我，穿着正合适。为此，小李子还编了顺口溜奚落我：

长衣服，短衣服，

有人过年没有新衣服；

长裤子，短裤子，

有人过年没有新裤子……

我把小李子编的顺口溜告诉了母亲，说我最讨厌过年了。这算是向母亲抗议，但无效。母亲说："穿过的有什么稀奇？都还好好的。"

小李子今年放炮仗已经着迷，一大早就在懒人岗僻里啪啦地放——前几年他还知道悠着点，现在他奶奶已经老得管不动他了。小李子还是喜欢把炮仗插进烂泥里，点燃后跑得远远的，一手捂着耳朵，一手捂着鼻子，好像炮仗能将耳膜震破似的。捂鼻子是小李子一贯的动作，他嫌弃烂泥的臭味。

我说："其实烂泥不臭呢。"母亲说烂泥有肥力，经常把我家门外的烂泥淘出来，放到菜园里。

小李子说："鸡屎鸭屎都不臭？那么就是你的裤子臭。"

我说："我的裤子为什么会臭？"

小李子说："傻虎穿过的还不臭？"

我说："今年我有新衣服了。"

小李子说："那你为什么没有穿出来呢？"

我说："等到大年三十那天再穿，穿到正月初一，相当于穿两年新衣。"——这是母亲告诉我的。

我又对小李子说："你现在穿的衣服已经洗过了，已经不算新衣了。"小李子怅怅不乐，回家了。

我家房子不宽敞，只有两间卧室。我一直和傻虎睡一间，面对面，长期忍受他奇奇怪怪的一切：翻白眼，做鬼脸，莫名其妙的自言自语……有月亮的深夜，我最紧张，他老是偷偷去开我家大门。他想跑出去，不过母亲早有准备，到了晚上，就用钥匙把大门反锁上。回到床上的傻虎也不会为逃跑失败而生气，他看着窗外，说："你们睡着了，月亮和星星就醒了。"说着说着，他就开始打鼾。我才是真正地醒了。

我把父亲给我买的新衣服拿到卧室里试穿。衣服还可以；裤子长了，我穿上，裤脚要挽上几圈。裤子是涤纶布料的，很滑，走几步就拖在地上了。我把裤子脱下来，丢在床上，气愤地说："把我的裤子给傻虎就可以了。"

母亲说："长点有什么不好？可以多穿两年。"

母亲做好了饭菜，是父亲最喜欢吃的萝卜炖猪脚。傻虎不吃。他高兴做什么就做什么，父亲母亲都随着他。我们吃饭的时候，傻虎没有闲着，他把父亲买回来的衣服一件一件地叠好，又把一条一条的裤子放在床上比划着。我回卧室的时候，傻虎已经把父亲买给我的那条裤子剪了，剪成和我的旧裤子一样齐。我本来就生气，现在就更气了，一把把傻虎手里的剪刀抢过来："干什么呀你？"

傻虎"哇哇哇"地想表达什么，但表达不清。

我的气就全部撒出来了："憨头憨脑的，不懂就不要乱整。"

傻虎一哭，母亲的泼妇本性又暴露出来了，骂我："你又欺负哥哥了不是？"

我火冒三丈："你该不会把傻虎剪烂的裤子怪成我干的吧？"生气的时候我从不喊傻虎"哥哥"。

母亲进了我们的卧室。傻虎叽里咕噜地给妈妈讲着什么，讲得前言不搭后语，但大家都听懂了。他的意思是说我的裤子长了，他帮我剪短了，穿起就合身了。我心想，把裤子剪烂了还有理？母亲没有骂傻虎，而是耐心地给他讲这种剪法不对，因为还要锁边，锁完边，剪掉的裤子就比实际的短了。

"短多少呢？"妈妈用拇指和食指比了一下，说，"这么多，寸把左右。"

给他讲有屁用，他又听不懂，我在心里说。母亲只看到傻虎把我的这条裤子剪了，其实傻虎把他自己以及母亲的裤子也剪短了。

父亲把三条裤子拿去请裁缝锁边。母亲对我说："你陪着你爹一起去。"

裁缝店占了裁缝家房子一楼的一个进出。外面一间摆了一台缝纫机和一张用来裁剪布料的桌子；里间挂满了花花绿绿的布料。出家门的时候，母亲还悄悄告诉我："记住了——是去锁边，不是去做新裤子。"我明白母亲的话里有话，就是让我监督父亲不要走进裁缝店的里间去——里间还用来量体。据说裁缝店生意好的一个原因，是周边男人喜欢裁缝用一把软尺在他们身上量来量去。

锁好边后，我的那条裤子短了，母亲的那条也短了，傻虎的那条我穿着倒正合适。大年三十，一大早，我就穿着新衣新裤，准备去懒人岗叫小李子一起放炮仗。有人站在我家花台外面喊我，是裁缝，要我招呼好我家狗。裁缝给我家送来了两条新裤子。

趁父亲和裁缝搭话的间隙，母亲把我拉到卧室，问："昨晚你爹去裁缝家量体了？"

我说没有。

母亲扭着头，想不明白。

裁缝送过来的裤子，一条是给母亲的，另一条是给傻虎

巴诺王

的。母亲不想接受，但又不好拒绝。

母亲问："多少钱？"

裁缝说："什么钱不钱的，女人新年得穿新衣。一年忙到头，总得有新的盼头。"

傻虎已经把裤子拿进卧室，很快就穿着出来了。

裁缝说："昨晚锁边时目测的尺寸，还是挺合适的。"

父亲赶忙说："合适合适，快请坐。"

裁缝要走——家家都要准备年夜饭，裁缝也很忙。母亲说："大过年的，吃碗甜酒粑能花多少时间？" 说完就去烧开水，甜酒和粑粑都是新做的。

裁缝走后，父亲要母亲把新裤子穿了出来看看。裤子青色，带绒，母亲想起来，就是裁缝昨天穿的旗袍的那种布料。

父亲说："很合身嘛。"

母亲说："屁股包得紧紧的，还合身？"

父亲说："又不是穿起来跑步，屁股包紧点就是好看。"

吃过夜饭，星星就出来了，在夜空中眨巴着眼睛。不知是谁家首先放起了烟花，然后此起彼伏。三十夜都时兴串寨，串出新的一年的好运。我们一家人都穿上了新衣，朝着懒人岗的方向走。那里已经是全寨的中心，公路两旁都建满了房子。有父亲在，母亲就没有给傻虎拴绳索。到了裁缝家，男男女女一大群人正在院坝里喝酒，酒桌旁还烧了一笼炭火，燃得正旺。大家邀请父亲喝两杯，父亲犹豫，母亲拉着父亲朝前面走。对于喝酒这事，母亲觉得尽量不喝。朝前走就是杀猪匠家，杀猪匠家和裁缝家的院坝已经与公路连成一片，宽敞极了。之前，杀猪匠家院坝比公路矮了一大截，下雨的时候，雨水就会从公路上漫进院子。前年父亲回家收谷子，杀猪匠请父亲把他家的院坝垫高，重新打了地皮。裁缝家院坝也比公路低，但比杀猪匠家高一些，两家院坝由一个坎分开。父亲爱提建议的毛病又犯了。最后他把裁缝家的院坝也垫高了，也打了地皮，两块院坝就连在了一起。母亲为此非常生气，把要赶回贵阳做工的父亲留下来。她对父亲说，你把别人家的院坝连起来，我偏要你把我家院坝围起来。修围墙，需要不少水泥和沙子，母亲觉得划不来，又要求父亲在围墙中间留了四十厘米的空隙，填上土，种上葱、蒜、青菜和白菜。

杀猪匠家今年买了六十五英寸的大彩电，就放在院坝里。几位年轻人正在看足球，这都是在打工的城市喜欢上的。我不喜欢足球，一群人跟着一个球跑，没有看头。突然，从看台上跑下来一个赤身裸体的人在球场上狂奔，他的后面是几个穿着制服的人，也跟着狂奔。傻虎就是这个时候脱光衣服的。他学着电视里的裸奔者，朝着法那乡街的方向跑，跟着傻虎一起跑的是父亲和母亲。因为裤子太紧，母亲跑了一会儿，蹲在路边喘气。

这是王家坝最欢乐的一个年夜。一大群人站在裁缝家和杀猪匠家院坝里，看着傻虎裸奔，一边看一边哈哈大笑。小李子和几位小伙伴不知什么时候走到我身边，他们起哄：

新衣服，旧衣服，
傻虎今天没有穿衣服；
新裤子，旧裤子，
傻虎今天没有穿裤子……

傻 虎 ————————————— **143**

会走的石头

队长王大权和会计王友乾参加公社的会议回来，传达会议精神，流传了半年多的土地下户终于要搞了。王大权在会上说，都是摸着石头过河，谁都不是专家，在操作中遇到问题，再分析问题，解决问题。

散会的时候，方明花主动拖了后，和王大权走在一起。

"这次好像动真格的了？"方明花问。

"鬼晓得。"王大权说。

说完，两人都没有话了。方明花本来对土地下户抱有期待，想说"不要像前次那样虎头蛇尾，搞了个半截烂"，见王大权不乐的样子，就没有再说下去。前面的王友乾还在和社员激烈地讨论，大都是对这个浩大的工程在操作上的担心。王友乾说："你们怕哪样？土地下户了，各家干各家的，还怕没有那两碗饭吃？"

年初的时候，生产队分过土地，分了一大半了，又被上面纠正了。社员不乐意了，发了牢骚——做儿戏啊。王大权说："有什么办法？上面叫怎么做就怎么做。"王大权心里笑了，他是不赞成分地的，社员吵着要分，既然纠正了，那说明自己的思想和上面是高度一致的。

会是在生产队的晒坝上开的，晒坝离王大权家不远，三步两步就到家了。王大权拐进自己家的小路上，方明花跟着去了，也不管王大权欢迎不欢迎。小路两边是王大权家的自留地，用黄荆条木围了围栏，南瓜藤好像不知道季节的变化，在围栏上欣欣向荣地攀爬，四季豆早早地在秋季的凉风中败下阵来，几张枯黄的叶片在藤架上奄奄一息。

王大权划燃火柴，点了灯。煤油灯是高潮牌墨水瓶改做的，像得了感冒似的"噗噗噗"地叫，一明一暗，好像随时都有可能断气。王大权以为是没有煤油了，拿起灯看了看，又重重放回炉盘上。方明花顺手在火塘屋的一床不用的旧棉絮上揪了一小坨棉花，拧了一根崭新的灯芯换上，煤油灯重新"容光焕发"。

方明花把那根旧灯芯抽出来，丢在北京牌火炉子的灰箱里，说："灯芯都烧板结了，抽不出油了。"那根灯芯还是方明花三个月前给队长家换的。那天，方明花是来要救济粮的。方明花说，家里早揭不开锅了，两个老的要吃饭，两个小的也要吃饭。队长家的灯一明一暗的，方明花就给队长换了灯芯。重新点上后，一股凉风穿过窗户，灯就熄了。第二天，方明花得到了两百斤救济苞谷。

王大权说："是该换一换了。"

王大权说的时候没有看方明花，也不知他说的是换灯芯还是换其他的东西。秋季了，上坪坝却没有几天秋高气爽的好天气，好像本来就没有秋天似的，从夏天直达冬天。十来天前，那时大家都还在收拾队里的苞谷和稻谷，然后又分给了各家各户。那都是费大力出大汗的事。一闲下来，风就来了，温度一下子就降下来了。火塘屋里的北京牌火炉冷冰冰的，炉盖上是亮晶晶的油腻。方明花搓了搓手，说："恐怕要生火了。"方明花一说，王大权的火果然来了："我看他王友乾以为是搞到事了，土地下户了，还要他会计干哪样？"

说实话，方明花觉得队长王大权是不错的。王大权婆娘几年前死了，两个儿子成家后也分出去了，他一个人单过，没有续弦的意思。虽然队长管着生产队七八百号人，其实也是蛮可怜的。所以，那晚方明花也有救济一下队长的意思，但就是有点对不住她家的木匠。刘伦贵长年在外面做木工活儿，他的木工活儿以不上铁钉却固如磐石而远近闻名，原因是刘木匠对木活儿接榫处的计算准确无误，处理得恰到好处。看一个木匠的水平，讲究就在这里。有的木匠做出来的椅子坐上几天就成摇椅了，做出来的婚床睡上几天就会吱吱嘎嘎地唱歌。刘伦贵还会雕工，比如给老人做的躺椅雕上仙鹤，给新郎新娘做的婚床雕上鸳鸯，这样一来，寻常家具马上就透出些喜气。

刘木匠是今天才回到家的。前几天，方明花听到土地下户的风声后给他捎了话，大意是要他分轻重缓急。木匠就加班把主人家的家具做好了。

方明花看了王大权几次，王大权今天没有进一步的表示。方明花只好把话说了。

方明花说："我们搬迁户怕在分地的时候要受些气的。"方明花是担心王会计在分地的时候做手脚——其实全队的社员都有这个担心。

王大权说："他怕要翻天哟。"

夜深了，天气更凉了。那些风呼啦啦地直往胸口里钻，流里流气的，方明花双臂抱紧了。此时，会计王友乾家还是灯火通明，方明花踩着冷冷的月色回家，一路上还能听到高高低低的狗吠声从王友乾家传来，伴随着高高低低欢快的谈话声。

生产队的名字叫上坪，但刘伦贵和刘伦富两家住在下坪，离上坪有三里路。刘伦富和刘伦贵是亲兄弟，以前两家都住河边生产队，国家在下游的乌江修水坝拦住了水，河边成了水淹区，两家就搬到了下坪。移民是件很伤脑筋的事情。虽说接收搬迁户会根据接收的人口相应减少上缴的公粮，但还是没有多少生产队愿意做这事，谁都希望多一事不如少一事。那段时间，刘伦贵正好在上坪寨王大权家打陪嫁家具——队长家的幺姑娘要嫁人了。刘伦贵说起这事，王大权就同意接受刘伦贵家。刘伦贵又免费给王大权家做了两张凳子，才接着小心翼翼地提了要求，就是接收他家的同时也接收他哥刘伦富家，"两兄弟在一起能有个照应。"王大权正沉浸在即将办喜酒的喜悦中，人一高兴，答应什么都爽快了。就这样，刘伦富和刘伦贵家搬到了下坪，屋基就建在下坪那块坝子上面的坡地里。

方明花到家的时候，家里热闹得很，吵闹声一浪高过一浪，那是刘伦富吵着要分老人。老爷爷和老太太一直都是和刘伦贵住在一起的。农村有句俗语，皇帝宠长子，百姓爱幺儿，老百姓老了，基本上都和幺儿子一起住。老爷爷六十多岁了，还健硕，虽然不做生产队的农活儿了，但家里的大事小事都能顶上。老太太就不行了，三天两头病，药罐罐一年到头不离身。吵闹的原因，无非是争执分与不分和怎么分。都在等方明花回来，脸对脸鼻子对鼻子地敲定。

方明花说："一说要分地了，就来要人头了，之前你们为什么不主动把老人养起来？"

刘伦富望着方明花。他早料到这个结果了，说："也不能这么讲，父亲可也不是吃闲饭的。"

"皮球"就这样踢来踢去。老奶奶从病床上撑起来，说话了："我哪里都不去，就住这里。"

老奶奶一说，老爷爷也闲不住了，对着老太太就是一通吼："有你什么事，要死又不快点死，死了两眼一闭，眼不见心不烦。"

老太太说："现在晓得心烦了，心烦就滚那边去。"

老太太说的"那边"就是刘伦富家，其实这也是刘伦富所希望的——要个病人过去，恐怕多的那个人的土地还赚不回那两罐罐草药钱。之前商量了几种方案，得到两弟兄认可的却还是抓阄，抓到谁算谁——抓到老爷爷算运气好，抓到老太太算倒霉。每个人都把脸拉长了扭到一头，老太太不知什么时候下了床。

"我就住明花这儿。"老太太说，然后又走到方明花跟前，"明花你不会不要我这个老太婆吧？"

方明花一直和老太太处得不错，男人在外面做木工活儿的时候，一直是老太太带翠菊和二刚两个孩子。二刚现在还在读书，翠菊从河边搬到上坪的时候耽误了上学，后来就辍学了。小时候翠菊一直和奶奶一起睡，现在大了，到了谈婚论嫁的年龄。年前方明花选中了一家，提了亲也认了亲，就等方明花家答应男方家"送日子"了。日子一送，酒席一办，养了二十来年的姑娘就成了泼出去的水，成了别人家的人。上礼拜男方家又来探消息，方明花对媒人说："她爹还在外面做活路，总得要当家的定。"

大家都还在沉默着，老奶奶又走到翠菊跟前："你要奶奶不？"翠菊喉咙一干，眼泪就滚了出来，紧紧地抱着奶奶。

方明花的眼珠子这时也在一片汪洋中靠不了岸，说："老奶奶和我们过。老爷爷要和我们过我不反对，要去那边过我也不反对。"说着出了火塘门。月亮已经掉进山里了，外面是一望无际的静。

刘伦富家那边早已把床铺好了，一床垫底的棉絮，一床棉毯，上边再铺上床单。这些本来都是给儿媳妇准备的，儿媳妇肚子已经挺起来好高了，像个要爆炸的皮球。棉被是用旧棉絮重新弹的，摸起来缺少了弹性，但盖上去还是很暖和的。

老爷爷在夜色中匆匆搬了过去。

翠菊对母亲方明花说，要陈老三家"送日子"，方明花的眼泪又汪起了。

方明花说："家里就这个情况，你也要过河拆桥啊。"

翠菊说："那就招上门女婿，叫陈老三来我们家过。"

方明花汪在眼里的水就流下来了，翠菊是个懂事的姑娘。男方家在陈家寨，弟兄四人，小伙子排行第三，都叫他陈老三。陈家寨和上坪坝同属于一个公社，前一阵听说要土地下户后，陈老三家就三天两头来探话——如果赶时间娶了翠菊过去，就多了一个人的土地。

方明花感动归感动，但心还没有乱，说："上门女婿？陈老三家愿意？"

"他家弟兄多，有什么不愿意的？"翠菊说，见方明花不言语，又说，"不同意就把婚事退了。"

正如方明花预料的，陈老三家果然不同意，但又不好明说，就叫媒婆反反复复地和方明花家沟通。翠菊没好气地对媒婆说："你叫陈老三过来。"陈老三来了，翠菊对着他就骂："还说读过中学，我看书读到牛屁眼里去了！"陈老三老老实实地坐在火塘屋里，一动不动，脸上尽是委屈。翠菊把一杯茶放在陈老三面前，陈老三头也不敢抬起来，耷拉的眼皮向上翘了翘，小心翼翼地看了翠菊一眼。翠菊看陈老三惶惶恐恐的样子，心里已经笑了。农村人都说，嫁人前要在气势上把男的降服，否则嫁过去了就不是他的下饭菜。但翠菊的脸还是强拉着："当几个月的上门女婿会掉你几斤肉？"陈老三听明白了，站起来，迈步出了方明花家院坝。翠菊这时才有了心疼的表情，跟了出来，对着陈老三渐渐远去的背影说："老三，你茶都还没有喝呢。"

日子定在农历十月二十八，那是本月的最后一个黄道吉日。婚礼不算热闹也不算冷清，办酒的肉是陈老三家出的，家具是老爹刘伦贵连夜加班赶出来的，彩礼钱被方明花用作办酒的其他开支。和其他人家嫁姑娘不同的是，多了进洞房的程序。在那一带，闹洞房都很粗野。因为新娘是同一个生产队的，而且新娘的父母刘伦贵和方明花就在眼皮底下，闹洞房的人都手下留情，没有出格的动作。按理，结婚的事已经结束，但第二天的陈家寨，同样敲锣打鼓、吹唢呐，欢天喜地，刘伦贵和方明花亲自把女儿翠菊送到陈老三家，按照结婚的仪式又过了一遍。

王友乾是十月三十那晚才反应过来的。公社通知从农历冬月初一起开始分地，王友乾那晚把生产队参与分地的人名单又复核了一遍，按要求，以农历十月底的在册人数为准。当了多年的会计了，哪家多少人，叫什么名字，都在会计王友乾的脑海里，所以复核也只是长时间的职业习惯罢了。当翻到最后一页，看到了用碳素墨水改过的数字，无精打采的王友乾才振作起精神。王友乾没有改数字的习惯，但笔迹分明是自己的不会错。王友乾一拍脑袋，记起来了：刘伦贵家原来六口人，老爷爷、老奶奶，刘伦贵和方明花，还有两个小孩，分了老人后就变成五个人了。刘伦富家以前也是六口人，刘伦富两口子，儿子、儿媳，还有两个孙子，分了老人后就变成七口人了。当时好像是刘伦富来说的情况，王友乾就把一个"6"改成了"5"，把另一个"6"改成了"7"。在王友乾看来，这不是什么大事，都是他家两弟兄间的事，只要全队的总人口没有增减，与全队是没有多大关系的。可能就是没有太当回事，所以老爷爷的名字还没有落到刘伦富名下。有错就改，这也是多年当会计的良好习惯。王友乾改好后把本子一合准备睡觉，突然想起什么似的，具体是什么又记不起，躺在床上睡不着，眼睛睁得大大地看着天花板。房子是木架房，两层，一层住人，二层堆放粮食和杂物。刚分回家的谷子和苞谷就堆在楼上，耗子在这个季节开始活跃，在上面弄得吱吱呀呀的，声音一阵高过一阵，就如新婚男女在床上玩耍时发出的那种声音。王友乾一骨碌爬起来，把本子打开："少算了，少算了。"正在摘花生的婆娘问："什么少算了？"王友乾说："刘伦贵家不是前天招上门女婿吗？"婆娘说："是啊。"王友乾说："那他家不就多了一口人？"婆娘说："多一人有什么大惊小怪的。"王友乾说："多一人就多分一份地啊，之前定的人均数就不对了。"

正在梦中的王大权被急促的敲门声弄醒，开门看是王友乾，就说："有哪样事不可以明天说？"

王友乾急切地说："全队的人数弄错了。"

王大权说："弄错了是你会计的事，关我什么事？"

王友乾说："那天不是大家一起定的吗？现在不是来和你商量嘛。"

王大权和王友乾关系其实不错，只是这几天王友乾出尽风头计王大权有些不高兴。既然还能摆正位置请示汇报，王大权的态度也降下来了，"呲"一声划燃火柴，煤油灯重新开始加班加点。

"你说嘛。"王大权说，然后起来倒了碗苞谷烧，喝了一口后递给王友乾。

王友乾接过碗，嘴巴在沾到那口"猫尿"前把他的顾虑说了。

王大权说："有人弄虚作假的话就查呗，查个水落石出。"一咕噜搞了一大口。

王友乾用衣袖在嘴上一横，说："早不结晚不结，一要分地了就结婚，如果人人都这么想，这个活路还怎么干得下去。"

"你说什么？"王大权说，碗又传到了他的手里，在嘴和胸中间的位置僵硬地停了下来。

王友乾又说了一遍。

王大权说："结婚都有假？"

王友乾说："不光是结婚的时间蹊跷，刘伦贵有儿子，怎么会招上门女婿？"

煤油灯熊熊燃烧，发出白晃晃的光。王大权想起方明花白晃晃的奶子。方明花和全队的中年妇女一样，都不戴奶罩，夏天薅苞谷的时候，花格子衬衣里蹦蹦跳跳。

王大权把最后的酒整了个底朝天，说："我们管他家真结婚假结婚，其实这不是我们说了算的，得公社说了算。"

王友乾说："要去公社核实不？"

王大权说："核实个啥？你又不是没有去吃酒，那还有假？"

回家的路上，王友乾嘀咕，总该问一问翠菊和那个陈老三打结婚证了没有。

一根棕绳，一把卷尺。绳子拉直了是二十米，卷尺拉直了是两米。这是丈量土地最基本的两样工具。还有三个最重要的人，两个是拉绳的，另一个是会计王友乾。当然，王友乾手中的几样东西也很重要，一个本子，一支笔，还有一把算盘。队长王大权基本不参与这档子事。

生产队在公社要求的基础上根据可操作性又制定了一些原则，比如"快刀斩乱麻原则""就近原则""先易后难原则"等。"先易后难原则"主要是针对农民不太重视的山林制定的。生产队的林木在"大炼钢铁"时已经砍光了，林地经过多年水土流失基本也种不出庄稼了，所以这一条基本成了摆设。"快刀斩乱麻原则"后来被叫成"短平快原则"，听起来书面了一些，其实都是一个意思——既然都是摸着石头过河，那就只能边做边改，逐步完善，不可能今天推倒昨天的，明天推倒今天的，吃二道饭。生产队开动员会的时候讲，这叫错的也要执行。"就近原则"主要针对刘伦富家和刘伦贵家。生产队的土地集中在上坪和下坪两块坝子，无论分哪里的地，对住上坪的住户来说距离都没有多大区别。刘伦富家和刘伦贵家的地基本分在下坪，也算是人性化分地。按照这个原则，分地时要先分完刘伦富家和刘伦贵家，其他人家的地再抓阄决定。

土地分为三个等级，先从最差的三等地开始分。刘伦贵家和刘伦富家坐在一个水平线上，中间有四百来米的距离。刘伦贵家住右边，刘伦富家住左边。虽说住在一个水平线上，但地的等次是不同的。靠刘伦贵家的这边是石旮旯地，等级是三等；靠刘伦富家那一侧以及两家之间的那块地相对来说土层厚一些，石头少一些，算成二等地。按照几个分地原则，最先从刘伦贵家右侧的三等地开始分。刘伦贵家出去了一个老人，新招了一个上门女婿，人口还是原来的六人。地都不是规则的，就以最上面的高土埂和屋基对齐的旱田为界往右划分。按三等土地的总亩数除以生产队总人口得出的人均数，再乘上各家各户的人口数得到应得土地。在理论上这都是没有问题的。刘伦富把眼睛盯在两个拉绳的人身上，他在这方面有些经验——拉绳的人用劲一些，绳子拉得直一些，得到的实际土地就会多一些。两家的地分好后，王友乾和拉绳的就开始分其他人家的了。刘伦富没有跟着去。分地是两个拉绳的和一个会计的事，影响的只是分到地的这一家。看的人还是很多，多半是看热闹，也有监督的意思。分地的人走了，刘伦富和儿子刘裕也用绳子把分到的地重新丈量了一遍，量完了自己家的，又去量刘伦贵家的。地不规则，不好计算面积，刘伦富量去量来也不得个要领，说不出个子丑寅卯，最后只好站在刘伦贵家右边的田埂上看，总感觉不对：自己家之前分了个老人，人口变成了七人，但看来看去，总觉得自己家的地和刘伦贵家的比起来差不多一样多。刘裕说："爹，你该去找王会计算算。"刘伦富本来还在犹豫，经儿子怂恿，拔腿就去了。

刘伦富去的确实不是时候。分完刘伦富家和刘伦贵家的三等级土地后，其他的三等土地抓阄决定。张寡妇家真是走背时运了，抓到的地严格来说算不上三等，说四等都只是勉强。但分地的时候有"宁粗不宜细"的原则，所以土地只划分成三个等级。王友乾也动了恻隐之心，对她抓到的那块地少算了些亩分，这样也算是一点弥补。但张寡妇不知道这些，先是骂自己撞了霉运，说着说着就说到了自己的种种不易，眼泪就像眼前的乌江河水，滔滔不绝。张寡妇一哭，分土地的那股热闹劲短暂地静了下来。

刘伦富没有注意到这些变化，走到王友乾的面前，说："王会计，麻烦你把我家的土地重新算算。"其实当时刘伦富想说的是，要拉绳子的重新量一量——刘伦富一直认为一松一紧是问题的关键。

王友乾没好气地说："算什么？"

刘伦富说："我家的地好像不对，好像还没有伦贵家的多。"

可以说拉绳子的报数不对，哪能说会计算得不对？王友乾自尊心受到了挑衅，把手中的算盘往张寡妇家新分的地上一砸，手中的记账本往刘伦富胸前一送，说："刘伦富，你能干得很是不是？我不会算，你来算，从现在开始你来给全队分地。"

算盘是那种上边两个算盘珠、下边五个算盘珠的大算盘。那块石头多于泥土的土地也达到了王会计想要的效果，算盘珠从一块石头弹到另一块石头，叮叮当当落了满地。

　　张寡妇这时不哭了。大家的注意力已经转移到了别处，哭还有什么用呢？张寡妇把算盘珠一颗一颗捡起来，说："这种地连庄稼都长不出，莫非撒一把算盘珠会长出几把算盘不是？"张寡妇确实是幽了一默，那些看分地的人忍不住了，"噗噗噗"笑成一片。这笑声是火上浇油，王会计扭头就走，边走边骂："狗日的搬迁户，还挑三拣四的，有本事就不要到老子们上坪来，滚回你们河中间去。"那时，乌江坝已经关闸蓄水了，河边生产队早消失在河水深处了。

　　没有了算盘，地是分不成了。那些刚才还哈哈大笑的人发觉了问题的严重性，现在又回过头来责怪刘伦富。

　　算盘的骨架已经断了，好在算盘珠还完好无损。刘伦贵的木匠手艺派上了用场，柴堆拣几块小木方，推推刨刨——月亮出来的时候，一把崭新的算盘也出来了。

　　方明花掂在手里，说："扎实。"

　　刘伦富说："再砸也未必砸得坏。"

　　方明花连夜把算盘送到王友乾家，外带了十斤苞谷酒。三斤苞谷烤一斤酒，在粮食还很紧张的那个年月，这算是不小的礼了。几声狗吠，王友乾婆娘出来，把狗唤到坎子上。方明花从侧边进了王友乾家的灶房。灶房里早摆了两张凳子，会计婆娘招呼方明花坐下，灶房角落里已经有了好多的烟酒和糖食果品。方明花把塑料壶递过去，会计婆娘很矜持地一推："明花你做什么呢？"方明花说："今天不是我哥不晓事，让会计丢了算盘吗？伦贵连夜做了一把，我现在送过来了，会计哪能离开算盘的。"说完，把装了十斤苞谷酒的塑料壶放在了那堆礼品堆里。堂屋里的人听到了灶房里的说话声，起身告辞，会计婆娘示意方明花可以过去了。到了家里，王会计还是蛮客气的。方明花把刚才和会计婆娘说的话又说了一遍。王会计说，都怪自己冲动了。"刘伦富说的是对的，有疑问就应该提出来，摸着石头过河，哪有十全十美的。"外面又有了狗吠声，狗吠声从牛圈那头往坎子这边走，是会计婆娘在吼住狗。方明花起身要走，王友乾也没有留。方明花跨出门的时候，王友乾说："麻烦你家伦贵了。"方明花说："都出在手上，没有什么的。"王友乾一笑，说："过几天就要分二等地和一等地了。"这句话意味深长。从王友乾家出来，要过王大权家朝门，门里有依稀的煤油灯光，方明花站了那么一下，还是径直朝家去了。

第二天，会计王友乾心情好多了，说群众提出的要求是要办的，而且能马上办的就要马上办，办不到的要有个说明。说着，就要给刘伦富家复查土地的亩分。还是老办法，沿着土埂左一绳子右一绳子，滴答滴答算盘珠一拨，亩分数就出来了。结果出乎意料，刘伦富家的地不是少了，而是多了。方明花也纳闷，自己家昨天分到的地似乎要多一些，今天肉眼看起来确实少了。刘伦富家多出来的土地补给了刘伦贵家。

刘伦富吃了哑巴亏，有苦说不出。他真的想不到王友乾有这么一着棋。昨晚，他确实把两家地界上的石桩移动了，移得也是心狠了一些。他心想，王友乾这狗日的，算盘珠一上一下的还真他妈的算得准呢！

这次，王友乾算是达到了杀鸡儆猴的效果。几天后分二等地，还是先从刘伦富和刘伦贵两家分起。最先分的是两家之间的那块地，原来是块旱田，地还是很肥的，紧接着又分刘伦富家左边的那块地，还是二等地。二等地分下来，刘伦富感觉自己家的地明显分少了，知道是王会计打击报复。现在他不敢叫王会计复查。确实也怪自己，如果不把石桩往刘伦贵家那边移，也许复查下来还能补一点，结果偷鸡不成反蚀把米。这教训很深刻，但现在已经没有其他路可走了，他下定决心，一条路走到黑。

二等地分了后，方明花暗自感激王会计，也许是那十斤苞谷酒起了作用，也许是自己男人的那把算盘起了作用。但方明花的心事又多了起来，晚上总是睡不着，有点风吹草动都感觉是有人在挖地界上的石桩。每天起床，方明花都要到地界上看一看，还是不放心，在石桩边又栽了棵柏木。

总有防不胜防的时候。有一天起床，两幢房子之间的那个石桩还是往方明花家这边移动了，那棵柏木也被移过来了。石桩右边的地被挖了一部分，泥土翻转过来，湿漉漉的。方明花仔细查看了，正好挖到起先的石桩所在的位置，显然是为了毁灭证据。方明花找刘伦富理论。刘伦富不承认，说："你不要乱污蔑人，你看到我挖了吗？"方明花说："天地良心，地界的位置我是知道的。"说着就赌起了咒："如果有人挖了，出门被石头撞死。"刘伦富不信这些迷信的东西，也赌起了咒："如果我家没有挖，污蔑人的人要被石头撞死、被水淹死。"刘伦贵怕婆娘吃亏，过来帮忙；刘伦富婆娘也怕男人吃亏，也过来帮忙。刘伦富老婆是有名的泼妇，现在正是发挥特长的时候。她又跳又骂："谁做亏心事谁清楚，是哪个做新算盘讨好人的？又是哪个拿着十斤苞谷酒去溜须拍马屁？"方明花和刘伦富两个人的战争变成了四个人的战争，两兄弟吵，两妯娌吵，煞是热闹。

王友乾分地的哨子响了，两家暂时停止了口水仗。

第二天，刘伦富和刘伦贵家成了混战之地。头一晚，刘伦贵趁着夜深人静，把移动过的石桩又移回了原来的位置，刘伦贵移完后，也把石桩那边的地挖了。刘伦贵心里说，既然你帮我家把这边地挖了，那我也帮你家把那边地挖了，两不相欠了。刘伦富是在天刚刚冒白的时候开始骂的，这次刘伦富骂得理直气壮，说："昨晚谁挖了石桩谁就不得好死！"刘伦贵说："不做亏心事，不怕鬼敲门。石桩是我挖的，我只是把它挖回原位。"刘裕挽起了袖子，握紧拳头，正式向叔叔宣战。抡圆了的拳头在空中画了一个半圆停住了——好久不下床的老奶奶不知什么时候站在孙子和二儿子之间，说："我反正活不了几天了，一拳打死我倒落个清静。"说着一屁股坐在石桩上。每一个人的出场都像演戏。老爷爷出来了，还是那句话："要死就快点死，眼不见心不烦。"老奶奶的犟劲来了："你巴不得我早死，我偏不死。"说着一把鼻涕一把泪。方明花去拉她，心想，如果老奶奶真一下子起不来了，就更添乱了。老奶奶不起来。刘伦贵又去拉，老奶奶还是不起来，说："要我起来也可以，你们就在石桩这里把我的'老家'挖好，我满意了就起来。""老家"是这一带的人对坟地的别称。

　　老奶奶的犟脾气大家都知道，只好依了她。"老家"挖好了，刘伦富家的人都回去了，老奶奶站起来，对着刘伦富家那边骂，说话一急，支气管炎就加重了，咳咳喘喘，一口痰一口话，断断续续把话说全了："把我埋在这里……我不相信……你们还会挖起来不成……"

　　吃过夜饭，王友乾婆娘收拾碗筷，王友乾把算盘拿起来，滴答滴答地扒拉起来。婆娘洗了碗，又去喂猪，喂完猪又给哞哞叫的黄牛丢草，回来见男人还在扒拉，就有气了，说："集体的时候你是会计，现在你还是会计？"王友乾不搭腔，土地分完后静下来，确实有些说不出的滋味。见男人不说话，婆娘更生气，"那你帮我算算，今天我做了多少事情？你又做了多少事情？你也应该拿个本本记记。"以前婆娘哪敢这样和王友乾说话。王友乾本来就失落，这是往他痛处撒盐嘛。王友乾一生气，说："我算好了，算好今天你该挨揍了。"当然，王友乾也只是说说。他从里屋的塑料壶里倒了碗酒，还没有来得及喝，王大权进来了。

王友乾说："真是稀客啊，太阳从西边出来了。"

"想和你说个事。"王大权说。一段时间没有喊"出工"了，声音没有以前洪亮。

王友乾说："有什么事队长召唤一声就是了，还用得着你亲自来？"

王大权以前确实很少到王友乾家来，有什么事都是王友乾到王大权家。王大权也不和王友乾客气，伸手就把王友乾的碗端了过来，使劲灌了一口，说："公社这次咋个就没有人出来纠正？"

王友乾说："这次恐怕是铁板钉钉了，你看，不光是我们上坪，周边哪个生产队没有搞？再纠正怕没有那么容易。"

天气一天比一天冷了，风急匆匆地跑着，跑出呼啦啦的声音。王大权又灌了一口酒，然后趴在王友乾家的火炉上，说："我和你的想法一样。那你觉得搞好还是不搞好？"王友乾觉得王大权说话的口气也变了，变得客气了。

"你不是说都是摸着石头过河嘛，好和不好也不好判断。"王友乾回答，说完又扒拉了一下算盘。一阵滴答滴答后，王友乾把算盘挂在身后的柱头上。

　　王大权把话直截了当地说了："我还是比较赞成定产到组、超产奖励的做法。如果都单干，问题还是很多的，比如会造成很多的浪费。以前只要有一半以上人家喂牛，基本上就能确保全队土地的耕犁，现在家家户户都得养牛，是不是？"

　　王友乾还是非常留恋过去当会计的岁月的。比较起来，除了队长之外，会计是最自在的——一人之下万人之上的感觉，至少不用在田地上使蛮力，只需翻翻记记，就当是玩儿。还有一点是别人都不晓得的好处：想整人了，在本本上记一记；想帮人了，也在本本上记一记。就一瞬间，王友乾的想法改变了，要失落也是你队长比我失落得厉害，就像摔跤一样，站得高的摔得就重一些。所以王友乾说："如果还是定产到组，那不是五十步笑百步吗？"

　　王大权在寒风中悻悻地回家，在大路上就骂开了，骂来骂去还是那句话："下户了还要你会计做哪样！"几乎是在王大权骂王友乾的同时，王友乾在火炉旁笑开了："有些人以前把人当牛使，吆喝去吆喝来的，现在自己倒要去买耕牛喽。"

刘裕家媳妇生了。村人问生的是什么。刘裕说是割猪草的，脸上满是笑容。其实，刘伦富全家脸上都挂满了笑容。最高兴的事情莫过于想什么就得什么了，刘裕生了两个儿子，一直都盼个女儿，如愿以偿了。刘伦富去找王友乾，问孙女能否补些土地。王友乾说："你是真糊涂还是装糊涂，冬月生的也想要土地？"见刘伦富还在眼睁睁地望着，没有走的意思，王友乾又说，"十月最后一天是根杠杠，之后的生不补、死不收，又不是没有给你们讲过。况且地都分完了，我又不会造地。"

刘伦富找王友乾有两层意思。说完第一层后，他抬头看到已经下岗了的算盘在王友乾身后的柱头上挂着，锃亮锃亮。两个算盘珠的那一边写着"王友乾专用"，五个算盘珠这边写着"刘伦贵赠送"，字是王友乾专用的会计体，龙飞凤舞。刘伦富把想表达的第二层意思压回肚子里了。

王大权在他家门口的大路上吹了三声哨子，还是两短一长。他已经将近个把月没有吹哨子了。以前，他第三声长拉的哨声之后，十五分钟之内，全队的劳动力就要到大路上集合，然后一起下地。他的哨子是随时不离身的，只是在分土地期间短暂地借给过王友乾。有次他生了病，社员们一整天没有听到哨子声，集体放假一天。今天他等了十多分钟后，才有几个社员扛着锄头过来，但没等王大权喊"出工"两字，就各自朝自己家刚分的地里去了。王大权又等了十五分钟，也没看见一个人响应，气嘟嘟地回家了。

刘伦富从王友乾家出来，径直朝王大权家去了。刘伦富找王大权一是要地，二是要举报刘伦贵家在分地期间弄虚作假。王大权还在气头上，对来找他的刘伦富说："吹了半天哨子你不来，我就是要找你的。公社要求各生产队抓好计划生育，生三胎还想要土地？劝你赶快叫你儿媳妇到卫生院把手续办了，否则，等上面的下来就被动了。"

刘伦富见要土地的事没了指望，就举报刘伦贵，说他家女婿陈老三在上坪分了地后又在陈家寨参与了分地。王大权说："刘伦贵招上门女婿在先，要弄假也是在陈家寨弄的假，你可以去陈家寨举报。"刘伦富灰溜溜地回了家。刘伦富走后，王大权也在骂："地都分了，还叫哪样生产队？吹哨子都不灵了！"

刘伦富把受到的委屈发在儿媳妇身上："早不生晚不生，偏偏分完土地才生。"儿媳妇的委屈又转发在刘裕身上："天天急吼吼地往我身上爬。现在好了，爬拉个娃娃出来遭别人嫌弃了。"刘裕于是和老子刘伦富干起来了。

土地分完后，方明花想，可以缓一口气了。老奶奶没有了耐性，从床上搬到堂屋的一张竹席上。老奶奶由小儿子刘伦贵扶着，最后的话却要对媳妇方明花说。方明花把耳朵凑过去，大儿子刘伦富也来到了堂屋。老奶奶脸一扭，不说了。方明花心想，老奶奶气性也太大了。土地分完后，刘伦富和刘伦贵家土地的边界上都垒了石头，工程繁杂，石桩是再也移不走了。刘伦富出去后，老奶奶又扬手示意方明花过去。老奶奶断断续续地说："他们以前嫌弃我是个负担。媳妇，他们错了。"说完，眼一闭，头就偏倒下去了。方明花知道老奶奶说的"他们"是指大哥刘伦富家。老奶奶其实早就不行了，因为土地还未分完，就一直硬撑着，现在土地分好了，她不再给子女添负担了。方明花心里一酸，就泣不成声了。寨上有人说："做媳妇的比做儿子的还伤心，老太太有这么个媳妇，死也值得了。"

老奶奶就埋在两个儿子家之间的石桩边。方明花对刘伦贵说："给老奶奶打块石碑吧。"那时，这一带的坟墓还很少立石碑，谁的坟在哪儿都靠一代代的口耳相传，几代过后都不清楚谁是谁了。

土地下户后，刘伦贵很少在外面接木工活儿。寨上一百多户人家的锄耙和犁耙被他包了，整天忙得不亦乐乎，从做家具改做农具，也算没有完全脱离老本行。最先来找刘伦贵的是王大权。以前的队长出工只带哨子，现在地划归个人了，得带锄耙和犁耙了。第二个来找刘伦贵的是王友乾。他的情况和王大权差不多，王友乾家是两个劳动力，以前婆娘有农具自己没有，如今得补上。方明花对刘伦贵嘱咐再三，刘伦贵精雕细琢，算是投桃报李。王大权的锄耙和犁耙做好后，方明花要刘伦贵做了一个木火盘，她亲自给王大权送了去。方明花也不知道自己在想什么，反正就想看看王大权。王大权没有表示感谢，也没有表示不感谢。木火盘其实很简单，就是一个"回"字形的木架，只是在"回"字小"口"内侧的四角钉上铁片。方明花把木火盘架在火炉上，很巴适，火炉盘就有了桌子的样子。木火盘是新做的，还有木头的清香。方明花想说点什么。王大权脑袋耷拉着，双手趴在木火盘上，说："今后帮不了你了。"方明花说："我来又不是要你帮什么的。"

老爷爷搬到刘伦富家，日子并没有想象的好过。本来七个人的土地，如今又多了个小尾巴，别看是小孩，花销却是很大的。说起来是四世同堂，其实每一代的想法都不一样。没多久，一家人又分成了三家：刘裕两口子和三个子女一家，刘伦富和婆娘一家，老爷爷被分出来一个人单过。

老爷爷到王大权家去告儿子孙子不孝顺，王大权倒了碗苞谷酒给他，说："老哥你是比我大十好几岁，但你看看我，比你年轻不到哪里去。"土地分完后，王大权头发花白了、稀少了，看起来确实苍老了很多。王大权说："你是一个人过，我也是一个人过。"两人你一口我一口地喝着酒，竟然有些同病相怜。老爷爷回去后，提出了分家条件。他要了挨着老奶奶坟地的这块地。农活儿做得累了的时候，他会坐在老奶奶的坟前，抽一袋烟。有天，他脚一滑，头撞在了坟边那块划分地界的桩石上，当时就血流不止。老爷爷还算清醒，对来看他的方明花说："这是报应啊。"方明花说："都过去了，爹怎么还老惦记这些？"老爷爷好像难以启齿似的，闷了好一会儿："以前的石桩就是我挖的，你们赌咒说谁挖的谁被石头撞死，这不是报应是什么？"血流过多，再加上年纪大了抵抗力下降了，老爷爷还没有到卫生院就提前走了，走之前，他要求把他埋在老奶奶旁边。春天来了，野草疯长，把两个坟之间的石桩盖住了，两块石碑并排立着，中间有一米左右的距离，正好是那块桩石的宽度。

龙凤图

单位改制后，王大海把住屋的门堵了，把临街的墙敲了，住人的房屋就成了做生意的门面。王大海开了间店铺——小于卤肉铺，因为媳妇于瑞娟以前就是卖卤肉的，算是熟门熟路。

于瑞娟和王大海下岗前都在国营屠宰场工作，说是屠宰，其实就只是杀猪。经营项目虽然单一，工种却很齐全：场长、副场长、会计和出纳是管理人员，属于干部编制；屠宰工、洗膛工、剔骨工、搬运工、运输工等属于工人。屠宰场下面还设有三产公司，职责就是将猪头、猪尾、猪耳朵、猪舌头等部位卤来卖。于瑞娟就负责每天在单位门口卖卤制品。

小于卤肉铺分工明确。于瑞娟负责切肉。她肉切得好，薄薄的一片一片，立在砧板上不倒，方是方，正是正。王大海负责拌菜。他凉菜拌得好，一把塑料勺把花椒、胡椒、芝麻、酱油、味精往盆里稀里哗啦地一浇，抓一把葱花和芹菜梗往盆里一丢，再根据顾客的喜好，加上油辣椒或胡辣椒，然后右手往上一抛，很像一位甩炒锅的技术高超的厨师。肉和作料飞起来了，盆水平端在空中接住；又往上一抛，肉和作料又飞起来了，再接住，卤菜就拌好了。看起来好像很随意，其实作料的分量和拌的程度都恰到好处。这样呢，王大海和于瑞娟卖卤肉也有了卖艺的味道，顾客来买卤肉也有了看表演的意思。当然，他家的卤肉入味、好吃是不争的事实，买菜的人从云峰巷菜市场买完其他的菜，还会拐出十来米来买他家的卤肉。

可是，才开张一个多月，卤肉铺所在的西城路两头就被堵住了。路一堵，生意就堵了。西城路已经纳入旧城改造范围，上面来人动员了好几次，整条街的店铺都赖着不搬，然后路就被堵了。没有了生意，不用动员，店主们都自己主动找出路去了，现在除了小于卤肉铺，其他店铺都关了门。

小于卤肉铺不搬迁，个中原委当然只有王大海和于瑞娟知道。他俩已经口头协议离婚了，只是手续还没有办。手续没办，就存在变数，所以都在等待和观望。协议离婚是于瑞娟提出来的。于瑞娟有天突然就对王大海说："我们离了吧。"王大海不知于瑞娟怎么就冒出这么句话。结婚二十年了，什么磕磕绊绊没碰到过？说归说，闹归闹，两口子睡一觉就好了。那时单位还在苟延残喘，婚姻却先亮了红灯。王大海也有些感伤，想着这么多年于瑞娟跟着自己是委屈了些，当初进城的时候，完全想不到城市的生活也不是想象的那么美好。

改制的风声已经放出来了，职工已看到了端倪，三产公司率先被撤销，临时工提前被辞退。王大海急，于瑞娟也急。男人急的时候总会生出些乐观主义，想车到山前必有路；女人急的时候，想得就细得多，油、盐、酱、米、醋，样样都非常具体——单位的日子一天不如一天，职工的收入也一天不如一天，家里早已入不敷出，儿子又正准备高考，都是需要用钱的地方。于瑞娟偷偷地去找场长，去之前没敢和王大海商量。场长是有名的花花肠子，当初屠宰工张名贵家老婆就是找场长要一笼猪肝把自己搭上的。于瑞娟也不是没有掂量过，去的时候想的是"不入虎穴，焉得虎子"。场长说："不就是要个工作嘛，只要听话，办法总是有的。"但什么才叫听话呢？场长动了手脚，他把手搭在于瑞娟的肩上。于瑞娟心一紧，肩自然地耸了那么一下。场长说："这不叫听话。"说着又用手摸于瑞娟的脸。于瑞娟的心又是一紧，后退了半步。场长说："这叫听话？"回来的时候，于瑞娟很后悔，责怪自己，明知山有虎，偏向虎山行。

　　如果只看长相这项指标，于瑞娟嫁给王大海确实是委屈了些。于瑞娟经常说王大海脱不了农村人的样子，原因是王大海皮肤黑，皮肤一黑就像天天干农活儿的。于瑞娟刚进屠宰场的时候也不白，上了半年班后，太阳晒得少了，皮肤慢慢就白了。也可以这么说，于瑞娟黑在表面；王大海黑在本质，是农民根深蒂固的黑。但王大海是招工进的屠宰场，是正式工；于瑞娟是经人介绍进的屠宰场，是临时工。这就扯平了。当初于瑞娟来屠宰场当临时工，其实也是为婚姻作铺垫的——进了城，认识的有工作的人就多了，选择面就大了。王大海抓住了于瑞娟的这种心理，趁于瑞娟立足未稳，向她展开强有力的攻势，一波接一波。于瑞娟放出话来，接触是可以的，但恋爱的话，得慢慢来，要双方都有足够的了解才行。王大海怕于瑞娟玩游击战术——打一枪换一个地方，就像现在有的大学生，毕业后先随便找个工作稳起，一有机会，就跑了。王大海很快取得了阶段性胜利，他终于和于瑞娟逛马路了，这归功于那天屠宰场的停电。住单身宿舍的职工，一停电，都像放假一样高兴地喝酒去了。王大海邀于瑞娟看电影，这都是很俗套的路数，关键是于瑞娟担心王大海一走，剩她一个人待在屠宰场有些害怕——屠宰场虽说不杀人，但一天杀几十头猪，血腥味浓得化不开。电影院离屠宰场有很长的路，走过去用了很长时间，走回来又用了很长时间，话自然就说了很多。第二天，王大海又邀于瑞娟逛马路，但是这天又没有停电，就有些名不正言不顺，于瑞娟也就没有爽快地答应。王大海动手拉她，她就生气了，说："才认识几天就动手动脚的，肯定不是什么好人！"

王大海是屠宰场的锅炉工，就是烧水烫猪毛的。王大海心情不好，锅炉里的煤火心情好像也不好，燃得有气无力——那是烟囱堵了，不抽气了。他拿起铁钩爬上烟囱，通好烟囱后，就坐在烟囱顶端钢筋围成的休息台上。坐在休息台上做什么呢？好像也没什么可做，无所事事的他悠闲地用铁钩涂涂画画。那时已是冬季，寒风呼啦啦的，烟囱上却暖和得很。王大海一副不想下来的样子。

每天下班后，于瑞娟都要把卖卤肉的手推车推进单位里。屠宰场的大门在左边，停手推车的位置在右边，这样就必须经过锅炉房。王大海从锅炉房里跑出来，把于瑞娟的手推车撞翻了，一车卤水泼在于瑞娟身上。这些都是王大海算准了的，唯一的差池，是他自己的大腿与手推车撞得太重，一个星期后都还青着。王大海管锅炉房，还管澡堂。按规定，澡堂的开放时间是上午十点至下午一点半，那时该杀的猪杀了，该卖的肉卖了，大家正好洗个澡轻松一下。晚上，王大海把澡堂打开，去叫于瑞娟。于瑞娟正在宿舍里抹身子，但怎么抹都有一股卤猪肉味，听王大海在门外喊她，端起一盆衣服就朝澡堂去了。

王大海和于瑞娟结婚时火急火燎的，那会儿于瑞娟已经怀上了。因为于瑞娟是临时工，两人就算不上严格意义上的双职工，所以就分不到房子。婚房就是单身宿舍改的，一个进出，两间，里间是卧室，外间是厨房。儿子小的时候和他们一起住里间，读到小学高年级的时候，搬到了外面一间。厨房呢，又是外面那间隔出来的一小间。住房改成门面后，王大海和于瑞娟才在屠宰场对面的小巷里租了六十平方米的小套房。

王大海百无聊赖地坐在卤肉铺里，看远处的几幢高楼欣欣向荣地向天空攀爬。王大海闲下来的时候总是这样，就连于瑞娟也不知道他在想什么。于瑞娟在做早饭。卤肉铺生意好的时候，她没有时间做早饭，经常是到了下午一两点钟才胡乱炒两个饭将就。现在生意没有了，但早饭得吃。她先切卤好的猪头肉，放在不锈钢盆里，然后叫了声"大海"。按分工，拌菜是王大海的事。王大海没有应答。于瑞娟又切卤好的猪耳朵，她要炒来吃；又切卤好的猪大肠，她要蒸来吃——这些卖剩下的卤菜，自己吃总得弄出点新花样。邵奶奶的叫卖声就是这个时候进入王大海的耳朵的。

"油炸粑，油炸粑了，最后两个，再不买就没有了。"邵奶奶门牙掉了，不关风，吐字不清，但因为叫卖声抑扬顿挫，像唱歌，非常好听。果然就有人把邵奶奶最后两个油炸粑买走了。

王大海好像从睡梦中突然醒来，站起来说："同样是卖东西，我们的卤肉铺还没开张，邵奶奶的露天油炸摊却快收工了。明显是经营思路出了问题。"

邵奶奶每天坐在卤肉铺的对面。一个蜂窝煤炉，一口铁锅，一桶菜油，还有一塑料袋包了豆渣的油炸粑——这是邵奶奶的全部家当。邵奶奶从塑料袋里把油炸粑放入锅里，滋滋滋。邵奶奶把油炸粑翻过来，还是滋滋滋。滋滋声由强而弱，到响声若有若无时，邵奶奶用铁钳把油炸粑夹起来，放在铁锅口边的铁丝网上，黄黄的油炸粑就炸好了。于瑞娟叫王大海的时候，王大海一直盯着对面的邵奶奶看——以前邵奶奶也在这里，只是卤肉铺生意好，没有时间注意罢了。

"我要杀羊子。"王大海突然说。

"你连鸡都不敢杀，还敢杀羊子？"于瑞娟搞不懂王大海怎么突然想要杀羊。

王大海给于瑞娟的解释过程非常漫长。

他问于瑞娟："我们的卤肉铺以前生意好不？"

于瑞娟说："你又不是不晓得，当然好了。"

王大海说："现在呢？"

于瑞娟说："有什么你就说嘛，何必绕来绕去。"

"以前我们生意好，关键还是紧挨菜场沾了光。"

于瑞娟说："现在路两头都堵了，还有哪个会来买卤肉？"

于瑞娟把生意不好完全归咎于堵路，王大海觉得这有失偏颇。他把头往马路对面一扬。于瑞娟顺着王大海扬头的方向看过去，邵奶奶正挑着她的家什回家。邵奶奶住在王大海家租住房的隔壁，时不时会打照面。于瑞娟理不清王大海一

巴诺王

系列话语和动作之间的联系。

王大海说："路堵了，邵奶奶的生意受影响了没有？问题的关键就在这里，开小吃店和开卤肉铺是不一样的。卤肉毕竟属于菜类，你买菜的时候会不会只买一种？买了红豆是不是还要买酸菜，买了青菜是不是还要买白菜？"

于瑞娟点点头。

"所以，卖菜得去菜场，品种多，买菜的人也多，因为选择多嘛。"

于瑞娟说："那么你想把卤肉铺开到菜场上去？"

王大海说："我要杀羊子，把卤肉铺改成羊肉粉馆，你卖粉，我杀羊。像对面邵奶奶那样，路堵了，我们就是独家经营，没准生意会更好。"

"你为什么不去杀牛，开个牛肉粉馆？"

王大海知道于瑞娟是讽刺他。"我为什么不杀牛？因为牛是拿来犁地的。我为什么不杀马？因为马是用来驮物的。我为什么不杀狗？因为狗是用来看家的。羊能做什么，就是用来吃的！"王大海是这样回答的。

王大海开羊肉粉店的灵感，来自在卤肉铺门口踱步的张名贵。开发商买下屠宰场这块地后，就聘了张名贵守门。张名贵杀了二十多年的猪，练就了一副好身板，门守得很像那么一回事。门卫室是临时搭建的活动板房，热，张名贵喜欢沿值班室左右踱步，也算是巡逻。张名贵的前妻被场长的几笼猪肝收买后，张名贵给她取了个外号，叫"羊肉粉"，说她是又骚又白。张名贵离婚后就和王大海家一样了，也不能算严格意义的双职工，所以也没有分到单位的房子，又都买不起房，就住单身宿舍，住王大海家隔壁。那时，住单身宿舍的就只有他们两家。

一只黑山羊在一根棕绳的指引下，走进城市。

王大海把黑山羊牵上一辆农用车。到了城郊后，农用车掉头走了。农用车不能进城，黑山羊肯定不知道为什么，就连在屠宰场工作了二十年的王大海也未必知道。王大海和黑山羊穿过中华东路、中华西路，过了大十字，又过小十字。一路上，黑山羊都表现得很惊恐。他们走到西城路卤肉铺的时候，天已擦黑。王大海把黑山羊关进卤肉铺里，走出门面，手一拉，脚一踩，卷帘门"哗啦"一下，黑山羊眼前一片漆黑。

从租住房出来，要走两条无名小巷。朝前走五十米，右拐，再走五十米，再右拐，进入屯堡巷，直行，走完小巷，就是邵奶奶每天卖油炸粑的地方。前面就是西城路，穿过马路，就是小于卤肉铺。王大海在这条路线上走了无数次，今天他在路上想的是杀羊，是杀睡羊还是杀跑羊。将羊子放倒在特制的凹型铁椅上杀，叫杀睡羊，因为羊子是捆起来的，束手待宰，看不出屠夫的水平。杀跑羊是最过瘾的，高高地骑在羊背上，一手抓住羊角，一手提刀，手起刀落。不管是哪种杀法，都要在刀尖上哈一口气，这是张名贵教的，叫一鼓作气。王大海还在想，要不要将"小于卤肉铺"的招牌改成"小于羊肉粉"，想想还是算了。主要是他对于瑞娟是否能和自己继续走下去心里没底。按他对于瑞娟的了解，他俩婚姻的裂缝不至于这么严重。结婚二十年，也吵过，也闹过，但以前不管怎么吵闹，都没有搞口头离婚协议。一协议，好像就正式了。

横穿马路的时候，王大海看看左边，又看看右边。路堵了，早就没有车了，但王大海的习惯没有改变。路灯还在亮，能清晰地照到街道两边的商铺。王大海以为走错了，转过身，对面就是屯堡巷口，左边是云峰巷，就是以前的西城菜市场，右边是张名贵的门卫室。张名贵已经起床了，正在漱口。

"看哪样看哟，昨晚砌的墙。"见王大海很茫然的样子，张名贵迅速收起牙刷，在漱口缸里攮了几转，然后吸一口，"噗"一声又吐掉，牙膏沫还在嘴角花花白白。

一壁墙把门面堵了，这是事实。但王大海不想承认这个事实，他再次看了看墙，这时天已经大亮了。

卤肉铺的卷帘门与天花板的连接处本来有条缝隙，现在被围墙堵了，外面的光线怎么也照不进去。黑山羊从没有经历过这么长的黑夜，咩咩咩地叫，不断提醒在外面讲话的王大海。

"既然门堵了，不如杀一盘。"张名贵说。他也没有征求王大海意见，就把象棋端到已经夏休的火炉盘上。以前在屠宰场，张名贵和王大海就喜欢下象棋。两家都住单身宿舍，没事的时候就杀上几盘，说他俩是朋友，还不如说是棋友。

杀羊刀还在王大海手里，在早晨的阳光里泛着白光。因为没有杀过活物，他穿过马路的时候一直在往杀羊刀上哈气，为自己壮胆。张名贵说："叫你杀棋，又不是叫你杀生！"王大海这才将杀羊刀放进左手的提篮里，再把提篮放到门卫室的角落里。提篮里装的都是些铁玩意，砍刀、剔骨刀、刮毛刀、挂钩等，都是为卤肉铺里的黑山羊准备的。

怎么也弄不平展的塑料棋盘与油腻腻的火炉盘门当户对，满是灰尘的象棋子和锈迹斑斑的炉身相得益彰。装象棋的方纸盒的四个角已破了，张名贵摆完棋子，发现竟然差了两颗。王大海说："算了，算了，反正棋子也不齐，就不下了。"王大海无心恋战，因为心里装着事。况且，除了那些领着退休金的老同志，哪个大清早下棋？张名贵拉开大铁门，顺手就抓来两块石子，摆在棋盘上，说："就差个兵和卒，又不是车马炮，有什么大不了的！"

下棋一般最少都要下三盘，三局两胜。张名贵首战告捷。红棋、绿棋重新回到最先的位置。张名贵说："我去方便一下，你思考一下，下盘棋该怎么走。"张名贵赢棋时总是洋洋得意。既然羊子没有杀成，王大海现在最该想的是和于瑞娟的下一步该怎么走。反正就是这一两天，儿子的大学通知书就应该来了，和于瑞娟是离还是合？也不知于瑞娟怎么想的。张名贵一出去，王大海提起提篮也跟着出去了。厕所在大铁门里面的一个角落里，也是临时搭建的——原先屠宰场的厕所已经被夷为平地。大铁门半开着，他想，是不是该和张名贵打声招呼。他习惯性地往铁门里一望，就看到了那个高高耸立的烟囱。这是王大海以前最熟悉的地方。

最先看到站在烟囱顶上的王大海的，是那个开塔吊的，他的眼睛跟随臂架转过来，转过去，再转过来，又转过去，然后就看到了王大海。王大海正拿起一把尖刀，阳光撞到尖刀的表面后匆匆忙忙地朝四周飞奔，像极了碉堡里的探照灯。开塔吊的一声惊呼，唤来了工地上的所有人。张名贵已经上完厕所出来了，他和周围的人一起扬起脖子。他说："大海，你爬到烟囱上去干哪样？"王大海在上面听不见下面的声音。旁边有人问张名贵："你认识他？"

所有的信息汇集起来后，得出的一致结论是：开发商把王大海的门面堵了，王大海想不通，欲寻短见。

王大海爬上这个烟囱不是一次两次，但像这样被众目睽睽地注视肯定是第一次。王大海第一次爬上屠宰场的烟囱，是在二十年前的一个冬天。那时于瑞娟才到屠宰场当临时工没有几天。那天王大海和于瑞娟闹了矛盾。于瑞娟不理他了，因为他摸了于瑞娟的手，于瑞娟觉得他是个花心的人。王大海坐在烟囱的休息台上，用铁钩在一块砖头上画了张图。如今，王大海就是冲着这幅图上去的。都说滴水穿石，王大海想看一下，二十年的风吹雨蚀，那张图成了什么样子。

图案还很清晰，王大海心里的想法就丰富了一些，用杀羊刀把刻有图案的砖块撬下来。王大海想，再不撬下来，过几天挖机的铁爪抓下去，就什么都没有了。王大海还想把这幅二十年前的图送给于瑞娟，就不知她喜欢不喜欢。

王大海抱着砖块站起来的时候，烟囱周围已经铺上了一层层的充气垫。开发商的反应不可谓不迅速，也许这种事对他们而言已经司空见惯，所以应急预案做得驾轻就熟。然而，开发商所做的预案应对的只是王大海的跳楼，但王大海手里的刀和砖头告诉他们，也许问题比他们想象的要复杂得多。开发商毕竟经验丰富，又打了 110 和 120。西城路两头已经修了砖墙，车开不进来，110 和 120 的车辆在西城路两端煞有介事地闪着红灯和绿灯，民警、医生、护士无一例外都站在烟囱下，已经进入临战状态。

地面上的人群叽叽喳喳，烟囱顶上的王大海一脸茫然。

谈判专家是随后到的，他将身体牢牢地捆在塔吊的臂架上，让开塔吊的小心翼翼地将臂架向王大海靠过去。谈判专家其实是很安全的，但看热闹的人们觉得好像在看欧美动作片，继而发出"做什么都不容易"的感慨。开发商给出的底线是，无论王大海提什么要求都先答应了再说。但对谈判专家来说，这就成了最没有含金量的谈判了。靠近王大海后，专家从王大海的表情判断，他确实不像个要寻短见的人，说话就硬了些。专家说："我知道他们把你的门面堵了，方式上欠妥，但你占着国家的房子不搬，也算是钉子户。"王大海说："你们一大群人跑到这里来，就是为了说老子是钉子户？"他把杀羊刀扬起来，大吼："都给我滚开，都给我滚开。"开塔吊的像是等着王大海指挥一样，王大海刚一说完，塔吊就自动似的离开了他那么一点点；王大海坐回到休息台上情绪稳定下来后，塔吊又自动似的朝王大海靠近。专家接下来的话就软和了许多，说："你有什么要求，就尽管提出来，我们会尽量满足你。"王大海的情绪又激动了，站起来，又吼："老子什么都不要，都给我滚开。"第一次谈判以失败告终。专家回到地面，松了松身子，再一次爬上塔吊。专家到地面的时候，已经把困难和开发商交流了。他说："这人好像对提出的条件不感兴趣，莫非是感情上出了问题？"他问王大海家还有什么亲人。张名贵结结巴巴地把王大海家的情况说了。张名贵吓坏了，他不明白王大海和自己下棋下得好好的，怎么就想着寻短见。专家第二次靠近王大海，只抛出一句话。这句话是张名贵说给王大海的，专家只是转述："我们就像被人丢弃的卒子，死了没有哪个可惜你，为什么就没有想到过河，过了河卒子能当车使呢！留得青山在不愁没柴烧啊！"经了专家的口，张名贵的话更具感染力。王大海眼泪哗地就出来了，他想对专家说点什么，但塔吊一个大幅度转弯，转眼又将专家放回到了地面。

　　按照王大海对于瑞娟说的，早上他杀好羊子后，中午于瑞娟过来炖，明天羊肉粉店就可以开张了。他们虽然已经口头协议离婚了，但许多事情还是能够商量的。王大海实在想不出于瑞娟为什么要和自己离婚。或许是因为自己太穷太窝囊了？如果羊肉粉店开得成功些，或许还有回旋的余地。

　　早上，王大海走后不久，于瑞娟就去买菜了。西城路的路堵了后，菜市场就搬走了，现在买菜得去南城路。买好菜，她又去了趟南城路的专家诊所，这段时间每周她得来这里一次。

　　两个月前，于瑞娟被场长动了身子，她不敢对任何人讲，心虚得很。几天后，下身痒痒的。去看专家门诊，医生就说她得了那个病。于瑞娟肠子都悔青了，那之后一个多月，单位还是改制了。场长是知道单位这个结果的，他就是不说。于瑞娟听说这种病和癌症差不多，很难医好。医生

————————————————— 巴诺王

说："也不是什么大问题，只是病愈前不能夫妻同房，否则就会传染，对你对他都不好。"于瑞娟问要治多长时间。医生说大概要两个多月。于瑞娟想，两口子怎么可能不同房呢？晚上，王大海就想那个了，于瑞娟当时已经准备把事情跟王大海说了，但话说出口后就成了："我们离了吧。"王大海一下蒙了，也没有底气问为什么。于瑞娟见王大海软在床的另一边，又准备把事情跟王大海说，但话再出口，又是："离了对你对我都好。"其实，这话是医生跟于瑞娟说的。于瑞娟把离婚协议的内容对王大海说了。于瑞娟偷偷算过了，待儿子拿到大学通知书的时候，自己的病肯定就好了，儿子高考的事也是个很好的缓冲。

于瑞娟很高兴地从诊所出来。医生告诉她，说打完这一针，用完这次药，就完全康复了。于瑞娟问："是不是马上就可以同房了？"其实于瑞娟觉得这段时间很对不起王大海。医生说："等三天后吧，多的都坚持了，也不在乎这两三天。"于瑞娟得了这病后，经常和医生交流，她觉得医生讲得在理。

因为心情好，于瑞娟没有忙着去做早饭，她要去看看王大海的羊子杀得怎么样了。她想过，过了这三天，她要和王大海好好疯一把，把以前欠王大海的好好补回来。她还想，病好后就把铺子迁出去，单位改制又不是只针对她于瑞娟一家，别人过得去，莫非自己就过不去？自己可不想背个老赖的骂名。

于瑞娟先看到了西城路上一层又一层的人，又看到了卤肉铺前的围墙，最后看到了站在烟囱上的王大海。她艰难地拨开人群挤进去，此时王大海也看到了于瑞娟。谈判专家伸伸腰后，再次整装待发，还没有爬上塔吊，王大海就在上面喊开了："都给我走开，老子自己下来。"

一把尖刀在空中转了几圈，最后插在一张充气垫上，"噗"一声，充气垫就泄气了。围观的人们对事件的结局表示遗憾，他们想看一个人像那把尖刀一样从空中几个腾空翻转后撞在地面上的样子。民警把围观人群赶出工地时，他们还心有不甘，似乎还有人发出了"就这么结束了"的诘问。王大海丢下杀羊刀后，抱着砖头从烟囱上一停一退地下来。开发商、医务人员、民警，尤其是于瑞娟悬着的心就和王大海的双脚一起落了地。

于瑞娟的眼泪"哗"一下掉出来。她用袖子抹，风一吹，竟然干了。王大海的眼睛也汪开了，他眨了眨，眼泪退了回去。他俩走出大铁门，旁若无人地穿过那些之前围观、现在一步一回头看着他们的人。有人突然说了句："太没意思了。"

回到家，王大海把那块刻有图案的砖递给于瑞娟。二十年前，王大海对于瑞娟说，他给她画了张"龙凤图"。那正是俩人刚闹完矛盾又和好的时候，于瑞娟要王大海拿给她看，王大海说在烟囱上。于瑞娟说要爬上去看，当然她只是说说，于瑞娟恐高，根本不敢爬。后来，于瑞娟要王大海讲"龙凤图"的故事。王大海用实际行动解释，他们抱在一起，嘴对着嘴……后来于瑞娟说，一张图怎么会像演电影一样，活灵活现的。

在王大海的老家，年轻人是通过"赶表"来谈恋爱的。赶场天又称为"赶表日"，男女青年走在乡场上的一个固定场坝上，男青年有中意的人了，就找块石头或者瓦片，画一对男女，称为"龙凤图"。把"龙凤图"送给中意的人，对方接受了，就表示同意恋爱了。如果对方不接受，就表示不同意，男青年必须把画有"龙凤图"的石块或瓦片放回原来的位置。老人讲，如果不放回原位，就说明该男子是个三心二意的人，将来必定会成为二流子，这种人以后都会被所有女子唾弃，媳妇肯定是找不到的。

儿子去学校拿通知书去了。家里就王大海和于瑞娟，两人都有拥抱一下的欲望。如果是三天后，也许他们就会像当初王大海给于瑞娟讲的故事那样，先抱在一起，亲嘴，做好久都没有做的事情。现在于瑞娟不能这么做。于瑞娟也看到了砖头上的图案：砖头上刻的是两个人，一个留有胡子，一个留着长发，脸型是不规则的，不是圆形，也不是椭圆形，也不是别人经常讲的那种瓜子脸或者苹果脸。图案上的两人没有表情，没有拥抱，也没有接吻。于瑞娟没有接王大海递过来的"龙凤图"，说："一块烂砖头，脏死了。"

黄昏时候，王大海又一次爬到烟囱上。上午的事让开发商汲取了教训，他们辞退了张名贵，因为张名贵没有履行好职责，竟然让一个外人擅自进入工地。新的看门人已经到位，但他没有经验，没有把那扇大铁门锁上。王大海轻易就爬上了烟囱。他还没有将那块砖块放回原位，开塔吊的又发现了他。开塔吊的正准备下班。上午浪费了半天工，他心里正窝着气，看清又是王大海后，他说："不要再装了，要跳的话，早上就该跳了。"

夜幕降临，脚下的工地很安静。王大海抬头看着开塔吊的人。那人又说："我说的不对？只要两条腿一迈，你就会一鸣惊人。"王大海的腿飘了一下，又飘了一下，但他没有跳，跳下去的只是手中的那块"龙凤图"。

"龙凤图"落在地上没有声音，至少王大海没有听见，他只听见一只黑山羊惊恐的叫声。

巴诺王

巴诺王

法那奶牛场择吉日开业那天，阿巴令又一次出嫁了。法那风俗，女方家出嫁头一日要办喜酒，阿巴令没有准备办。刘干事说："礼数还是应该有的。"阿公很不情愿地宰了猪，小范围通知了亲戚和寨邻。刘干事是从市里下派来的扶贫干部，负责移民村的脱贫工作之余，也处理邻里纠纷，检查安全生产，倡导文明新风。按阿公的想法，再婚实在是没有什么好庆贺的。猪是准备喂来过年的，已经半大，足有大两百斤，如果精心喂养，到年底，就该有四百斤了。移民村人是从高溪苗寨过来的。高溪山高路远，赶场都得走很远的山路，杀年猪就成了习俗——瘦肉炕成腊肉，肥肉炼成猪油，足够一家人一年的油荤。

　　迎亲的唢呐于黄昏准时到来，紧随其后的是腰缠红纸的十二个盘子，分别装有彩礼钱、衣帽、鞋袜、糖和香蜡纸烛。移民房由政府统一修建，两排，山墙上贴上"囍"字，都是红色，很喜庆。阿巴令家大门上也贴了"囍"字，门两侧贴了对联，是对阿巴令与新郎美好的祝愿，祝福他们百年好合、永结同心。四名唢呐匠坐在院坝中间临时安装的一百瓦电灯泡下，两两轮换，鼓起腮帮，彻夜吹奏。周围的

　　　　　　　　　　　　　　　　　　巴诺王

蚊虫,聚在电灯泡周围,成了不请自来的伴舞者。帮忙的男人们已经闲下来了,三三两两聚在一起,把众所周知的故事再翻新咀嚼,偶尔龇牙咧嘴,笑出的声音被唢呐声掩盖。移民村的妇女,走进阿巴令的房间,回忆一起度过的日子,祝贺她用不到四年的时间实现了人生的三级跳,从偏远的高溪苗寨,移民到法那街边上,再嫁进安顺城。阿巴令成了大家艳羡的对象。

自从唢呐声来到移民村的那一刻起,阿公就莫名其妙地烦躁。他不愿听到吵闹的唢呐声。唢呐匠吹奏的曲子是《梁山伯与祝英台》《牛郎织女》《夫妻双双把家还》,这很容易让阿公想起打猎滚下山崖的儿子。十多年前,卜翁里和阿巴令结婚的时候,唢呐匠吹奏的也是这些曲子。眼不见心不烦,阿公跑到自己搭建的木楼里,去和几个老者打长牌,除去两次到茅厕撒尿,他始终没有离开过那张打长牌用的方桌。阿郎和小伙伴躲猫猫,不识时务地钻到阿公打长牌的方桌下,被阿公一把揪出来,说:"还小吗?"阿郎已经快十四岁了,按高溪人的说法,十四岁就是大人了。

阿公继续骂阿郎:"不知道有什么好高兴的。"由于分了心,阿公和错了牌,被一个老者逮了现行,为此多付了三元罚款。他不愿付,不顾自己主人家的身份,毫无风度地和人家争得面红耳赤。阿郎趁机挣脱了阿公的手跑开了,继续他们躲猫猫的游戏。

朱老师审时度势地派了六辆接亲车，一是图吉利；二是为了节约。其时，农村购车有了一定的普及，一般人家接亲，车辆也在八辆以上。实际上，也没有更多可以拖走的东西，阿郎和小小是阿巴令仅有的陪嫁品，过了今晚，他俩就将和她一起，去往在移民村人看来很遥远的安顺城，成为市一中朱老师新家庭中的新成员。

婚车司机是个络腮胡，不苟言笑。阿巴令坐在副驾驶的位置，阿郎和小小坐在婚车的后排。因为起得较早，小小上车后就呼呼大睡。

婚车刚发动，阿公把一个布包丢给阿巴令，说："拿着，可能用得上。"这是两天来阿公第一次和阿巴令说话。

络腮胡很体贴地把婚车开到最慢，让阿公和儿媳妇作最后的道别。阿巴令说："不用，你留着更有用。"

阿公说："不要以为去城市什么都好。"包里装的是彩礼钱，还有亲戚和寨邻随的份子钱，两万多元，不多，也不算少。

阿公从玻璃窗伸手去摸小小的头，小小出了声粗气，身子翻动了一下，继续睡。

阿公又对阿郎说："你已经是大人了，要照顾好妹妹。"

阿郎答："嗯。"

汽车迎着晨曦前行，雾很大，车外朦胧一片。偶尔，阿郎从后视镜可以看到阿妈的脸，她和络腮胡一样，没有任

————————————巴诺王

何表情，说不出是高兴还是不高兴。

这段婚姻是刘干事和阿叔赌气促成的。

村民组长阿叔，以老牌高中生的学养，曾经是高溪苗寨的权威。刘干事的到来，把他这个权威拉下了神坛。现在移民村的人，猪怎么养，药怎么吃，都找刘干事，他们把刘干事的絮絮叨叨，都看成是无所不知无所不能的本领。

阿叔时不时纠正村民们的偏颇："不就是会统计几张报表吗？"

村民觉得阿叔的话酸溜溜的："上边下来的，莫非还没有我们懂得多吗？"

阿叔喝了闷酒，乘着酒兴找刘干事论理："天天在几张白纸上涂涂画画就是扶贫吗？"

"依你的说法，什么才算扶贫呢？"刘干事不急不躁地说。经过几年的摸爬滚打，他已经有了对付犟人的经验。

阿叔哼了一声，移民村人从高溪易地扶贫搬迁至法那后，劳动力基本都到金刺梨集团上班，月工资在两千元左右，只要有两个以上劳动力的家庭，收入都远远超过脱贫线。

阿叔说："不是物质文明、精神文明两手都要抓吗？"

"继续说。"刘干事看了阿叔一眼，低下头又填报表，这是他每天晚上临睡前的最后一道功课。

阿叔说："是巴诺就去把大家的婚姻帮扶了。"

阿叔也就是这么一说。在高溪人的心里，巴诺是能力、智慧、力量的象征。阿叔是想给刘干事出难题。有好几个贫困村都闹出这样的笑话，无理取闹地要求扶贫干部帮找媳妇、帮找男人。移民村的大龄单身者只有两人，一个是步入老年的阿公，还有一位就是阿巴令。阿巴令之前在法那中学食堂做临时工，也是刘干事介绍的。卜翁里打猎滚下山崖，阿公也落下残疾，阿巴令家就成了最困难的人家，也是脱贫攻坚的建档立卡户。一户一策，刘干事就给阿巴令介绍了在乡中学食堂的工作，月工资是两千五百元，比金刺梨集团开出来的工资还多五百元，全年收入三万元。阿巴令一家四口人，年人均收入七千五百元。

　　刘干事把朱老师介绍给阿巴令，请她考虑。其实刘干事心里也打鼓，阿巴令一走，腿脚不便的阿公，生活会遇到更大的麻烦，这是作为扶贫干部最不愿看到的。但阿叔讲的也不是没有道理，最关键的也是想赌一口气，否则会被移民村人瞧不起。

　　阿巴令征询阿郎的意见："阿妈改嫁可以不？"

　　阿郎刚开始不同意，他不想离开阿公。

　　阿巴令说："你不想当巴诺吗？"

　　小小还小，远嫁安顺，阿巴令迫在眉睫考虑的是阿郎的教育。从高溪到法那后，阿郎的学习一直跟不上。阿郎的转学手续已经办好了，这是阿巴令同意这门婚事的条件之

————朱老师必须善待阿巴令的一对儿女，有条件的话，还要辅导阿郎的功课。阿巴令想，有了朱老师，阿郎就有了比移民村的小孩更多的教育优势，就可以成为像刘干事那样无所不知的人才，成为最优秀的巴诺。

阿公是最强烈的反对者，他说："嫁给一个外人，算什么事呢？"高溪人是不嫁外人的。倒是阿叔，对这件事的看法开明得多，他对阿公说："你这是老脑筋了，大家都一样，不都是人？"

阿公心里，有个根深蒂固的想法，外面的人都是懒汉——高溪旁边的寨子，有的小伙儿不好好种庄稼，投机倒把，小偷小摸，经常把高溪的狗用药迷倒卖到安顺或县城的狗肉馆。在朱老师和阿巴令接触的半年时间里，他每次到移民村，不是坐在院坝上看书，就是坐在客厅里看书，这让阿公很看不惯。所以刘干事吹嘘朱老师各方面条件不错时，阿公说："不就是一个书呆子吗？"

婚车鱼贯而出，亲戚和寨邻慢慢散去。阿公把长牌一甩，准备收拾残局。几条老狗在八仙桌之间窜来窜去，抓住最后的机会寻找残羹冷炙。一只白狗和一只黑狗为了仅有的骨头相互撕咬。阿公一脚踢在黑狗肚子上，黑狗一串惨叫，夹着尾巴边跑边回头。白狗对形势判断错误，以为独享的时候到了。阿公又是一脚，这一脚比刚才那脚更重。

刘干事站在正在"打扫战场"的阿公旁边，明知故问地说："现在家里就只有阿公咯。"

阿公说："这还用说。"

刘干事说："今后有什么打算？"

阿公说："打算什么？一人吃饱，全家不饿。"

当初给阿巴令介绍朱老师时，刘干事就是有顾虑的——阿巴令一走，没有固定收入的阿公可能又会陷入贫困。

刘干事说："柏木油厂办不成了，鱼网不成了，马蜂也养不成了。"

这些都是阿公干过的事情。河道管理实行河长制，书记、市长亲自挂任河长，禁渔的文件层层下发，在法那河里网鱼已经不允许了；河两岸五百米范围内，小作坊全部被取缔，需要不断更换清水用作冷却的柏木油厂也不可能再办了；阿公曾经养过马蜂，但法那唯一有森林的凤凰山已经作为城镇建设用沙基地被挖平了。

阿公说："天无绝人之路。"

刘干事说："嗯，比如养牛。"

轮到阿公糊涂了："耕地都作他用了，养牛干什么？"

刘干事说："不是养耕牛，是养奶牛。"

还在高溪的时候，家家都养牛。高溪人养的是黄牛，个高体壮，劳力好，既耐寒也耐热，适应性强，是犁田耕地的好手。后来，这种牛被畜牧局搞研究的专家命名为高溪黄牛。高溪人不习惯用"铁牛"，他们说："都用铁机器了，牛干什么呢，活着的意义不就没有了吗？况且，铁机器又不会拉尿拉屎，没有这些粪水，庄稼又如何生长？"

阿公说："奶牛和耕牛不都是牛吗？"

刘干事："你去看看不就知道了。"

去簸箕村的路上，刘干事暗自得意。移民村有两个犟人——阿叔和阿公。把阿巴令的婚姻解决后，阿叔服气了。另一个犟人阿公，都说他犟得牛都拉不回。办法不都是想出来的吗，刘干事在心里说。阿公什么都不服，就得用激将法。

法那奶牛场是法那乡政府引进的扶贫项目，场区就在簸箕村，离移民村不远。簸箕村海拔高一些，坡地多，只适合栽种苞谷，青的苞谷秸秆和叶子正是最好的奶牛饲料。旱地平均亩产苞谷一千斤，每斤一元钱，可卖一千元，除去肥料等成本，每亩净收入在四百元左右。簸箕村人均五亩地，村人辛劳一年也达不到脱贫要求，年轻人大都出门务工了。为推动全民健身，村委会办公楼前的一块坝子铺了塑胶，按体育场的标准做了建设，中间是篮球场，最外一圈是跑道。其实村民日出而作日落而息，天天都在健身。平时，这里是村民闲谈的场所，只有到年关的时候，在外务工的青年人返家，坝子上才会出现欢乐热闹的场景。今年的热闹来得早一些。二十四个人组成的军乐队，清一色白衣白裤白帽子，坐在篮球场上，高声演奏着《好日子》。村民哪见过这种场景，争先恐后，一睹究竟。

按照村委会要求，村民们不能进场，只能在跑道上观看。人有高矮，难免挤挤挨挨，有人就越了界，踏入了篮球场。村委会的工作人员就跑过来维持秩序。刘干事和阿公穿过跑道走进簸箕村委会时，军乐队换演新的歌曲，几辆大货车就在《走进新时代》的旋律中开进村委会侧面的另一块长满杂草的坝子。阿公站在村委会二楼的过道上，看得清清楚楚：一辆大货车停下，二十头奶牛下来；大货车开走，又一辆大货车补上来，又下来二十头奶牛……从贵阳高原奶制品集团拉过来的奶牛，共计五百头。

刘干事说："和耕牛还是有区别的。"

阿公说："有什么区别，不就是毛发花哨一点吗？"

刘干事问："会养吗？"

阿公说："小看人了吧。"

生产队的那些年，牛马统养统管，高溪人按户轮流放养。那时候的阿公最喜欢干放牛马的活儿——骑上马背，扬鞭吆喝，生产队的牛马一切行动听指挥，整齐划一地走向水草丰茂的地方。牛马啃吃青草的间隙，阿公端起猎枪，走进森林，野兔、野猪、山羊、獐子、山鸡手到擒来。苗族人以分享为乐，因为这些野味，全寨的人自然又有了口福。

朱老师的房子是三室两厅两卫，不宽也不窄。其实宽和窄也是相对的，住两人就显得宽敞；住五个人，又显得窄了。三间卧室，最大的那间二十平方米，另两间分别是十二平方米和八平方米。阿巴令嫁进来后，和朱老师住大卧室；最小那间卧室之前作书房用，现在腾出来给小小住；十二平方米的那间卧室一直是朱老师的儿子朱朱自己住，现在又给阿郎安了一张床。一个星期后，朱朱和阿郎就吵了一架——朱朱说阿郎熄灯后老翻身，搞得他睡不着。阿巴令问阿郎："是不是这样？"阿郎不说话。朱朱更得意，说："真是乡巴佬，牛奶都没有喝过。"阿巴令心里不舒服，侧脸看朱老师是什么态度。朱老师正忙着看电视，朱朱得寸进尺，挑衅地看着阿郎。

阿巴令说："朱朱，怎么能这样呢？"她把火气压了又压。

朱老师看的是中央五台的中超直播，正为一个进球高兴得不得了。

阿巴令气不打一处来："几个人跑来跑去的，不知有哪样看头！"

朱老师说："你不懂。"

阿巴令说："我是不懂，所以傻里傻气地带着两个娃娃跑你家来。"

晚上朱老师想缓和一下紧张气氛，阿巴令不吃这一套。

朱老师想，两口子生气，过一晚就好了，但接下来的几晚，阿巴令都坚持睡沙发。朱老师盼望开学——新学期开始后，阿巴令就要到学校食堂上班，大家一忙，这一茬就翻过去了。开学后，朱朱和阿郎的矛盾又升级了。他俩的房间只有一张书桌，做作业时两人各占一半。桌子小，难免胳膊肘碰胳膊肘，朱朱就推了阿郎，阿郎也回敬了朱朱。朱朱恶人先告状，说阿郎打他。

阿巴令知道阿郎不会先动手，问朱朱："阿郎用什么打的你？"

朱朱说："他打人，你应该问他。"

阿巴令又问阿郎："是你先打他的吗？"

阿郎低着头，不停地抠手。阿巴令恨铁不成钢："屁都不敢放一个吗？"一个星期后，阿郎的班主任告诉阿巴令，阿郎几天都没交作业。阿巴令推开房门，朱朱在做作业，阿郎正躺在床上看《射雕英雄传》。阿巴令说："这是老师叫看的书吗？"阿郎知道阿妈很生气，想躲。没有得到回答，阿巴令更气，顺手给了阿郎一巴掌。阿郎跑到小小的房间，脸埋在被子里哭。阿巴令也很委屈，嫁到安顺后，真不是想象的那么顺利。她越想眼泪越往外涌，揭开被子，对阿郎说："是阿妈不好。"

阿郎更伤心了："我就是胆小鬼，永远当不了巴诺了！"

第二天，小小一个人在家，又惹事了——她跑到朱朱的房间，把他剩下的三瓶牛奶全喝了。朱朱对自己的牛奶有数。阿巴令嫁过来后，他就把牛奶藏到衣柜后面，用窗帘盖住，到了晚上吃独食，然后嘲笑阿郎吞口水的狼狈样。

阿巴令回家最晚，见气氛压抑，问阿郎出了什么事。阿郎不说，又问小小。没等小小说话，朱朱就说了："我们家出小偷了。"

朱老师正在客厅批改作业。书房已经被小小用了，朱老师在客厅靠窗的位置重新放了一张桌子。阿巴令说："小偷在哪里呢？"

朱朱指着小小和阿郎："你去问他们。"

朱老师没有说话，也许是没有听到——客厅对着绿化带，一群教职工家属正在大树下面跳广场舞，很吵。

阿巴令说："都哑巴了？"每个工作日，阿巴令忙完学校食堂的事，还要忙着回家做饭，今天她不准备服侍这家人了，带着阿郎和小小出了门。

朱老师家楼上住的是刘老师，刘老师调到贵阳去了，出租房屋的信息就贴在单元门上。阿巴令联系上了刘老师，刘老师喊价每月租金一千五百元。阿巴令一口就答应了，唯一的要求是当晚就要拿到钥匙。阿巴令心想，阿公的话没有错，那两万多块钱真的派上了用场。阿巴令辞掉了食堂的工作，在出租屋办了午托班。高溪人做菜喜欢放酸，安顺人喜欢麻辣，口味不太一样。阿巴令刚嫁进安顺时，朱老师就说她做的饭菜不好吃。朱老师不会做菜，阿巴令还没有嫁进来之前，他和朱朱要么进馆子，要么点外卖。爷俩说馆子和外卖的菜比阿巴令做的好吃，阿巴令很不高兴。阿巴令办午托班后，每天需做一顿午餐。她把朱老师的所有挑剔都当成宝贵意见，不断改进，把苗族口味与汉族口味融合——把萝卜炖猪脚改成酸汤猪脚，把酸汤鱼改成麻辣青椒鱼，凉拌折耳根里放酸菜，爆炒毛肚里面放花椒，麻辣与酸的比重逐步调整。学生们吃厌了食堂千篇一律的伙食，现在尝到了新鲜的口味，都说不错。阿巴令的午托班生意很好。赚到钱后，阿巴令第一件事就是买牛奶，要求阿郎和小小早晚都得喝一袋——她不能委屈了孩子。

阿郎问："喝牛奶就能成为巴诺吗？"

阿巴令说："只有强壮的人才能成为巴诺，成为英雄。"

阿郎很苦恼，这说明阿巴令的气还没有消。他看了十多天武侠小说，胆子依然很小，但他不甘心，又问小小："喝牛奶就能成为巴诺吗？"

天天喝牛奶的小小长高了一头，也长白了，她说："我才不当巴诺，我要当仰阿莎。"在苗族人心中，仰阿莎是美神，是每个女孩的梦想。

每天早晚，阿郎喝牛奶都很认真，先用吸管喝，再把装牛奶的纸盒剪开，把沾在纸盒上的那一层牛奶也舔干净。他叫小小也这么做，小小不干，他就把小小喝过的牛奶盒剪

巴诺王

开，自己舔。

阿公又见到高溪黄牛了。高溪整寨易地搬迁后，黄牛没
有了用武之地，大部分人家把黄牛卖给了还未搬迁的大河
苗寨，那里耕地犁田也用高溪黄牛。

牛奶场有两个地方养牛：一个是存栏场，养的是奶牛；
另一个是实验场的配种基地，养的是种牛和用作配种的母
牛，高溪黄牛就圈养在这里。实验场有十五头牛，一头花
牛、十四头黄牛。十四头黄牛是从大河苗寨精心挑选的母
牛，花牛是来自荷兰的种牛。阿公每天负责给实验场的牛喂
草，有时也把牛赶到奶牛场的草场，保证种牛和需配种的
母牛应该达到的运动量。把牛赶到草场上，阿公似乎又回到
了高溪。如果天气不冷地不湿，他会躺在草地上，摘一根草
含在嘴里，听鸟语，闻花香。睡累了，阿公爬起来，摸摸这
头牛的毛，又摸摸那头牛的角；和这头牛说说话，又和那
牛说说话。他按苗族人给孩子取名的方式，也给十四头黄
牛取了名，分别叫卜幺、卜耳、卜杉、卜驷……他说："卜
幺，你又不好好吃饭了。"把吃草说成吃饭，阿公自己都笑
了。十四头黄牛，还有一头花牛，加上自己，如果同在一张
桌子上吃饭，得要多大的桌子啊，莫非要吃长桌宴吗？卜
幺扬起头，很委屈的样子。阿公说："卜耳、卜杉就不像你，
多嫩的青草呢，现在不吃，回去只能吃干粮了。"在实验场，

牛吃的是青贮饲料。阿公说："就像剩饭，多难吃啊。"阿公又去摸摸卜耳，说："也不要光顾吃，要学卜么，要有节制，又不是饿饭年生的，吃撑了自己难受。"阿公也想给花牛取个名字，就叫卜十五吧，阿公又摇了摇头，多土的名字啊，还是算了吧。阿公知道花牛来自很远很远的地方，它有自己的名字，叫荷斯坦。

荷斯坦走路沉，踩在水泥路面上踢踢踏踏，每迈一步，头会甩一下，目中无人，很骄傲的样子。阿公想起多年前高溪有一头叫作招蜂的公牛，走路也是漫不经心的样子，不仅不想犁地，还经常耍流氓，趁母牛不备爬到它们背上，屁股乱颤。那个时候，阿公总会去扭住牛角，制止它的野蛮行为。除了阿公，没人能制服招蜂。那时候的阿公，真是力大无比，被高溪人称为巴诺王。古时的征战和迁徙，让苗族人崇尚力量。都说力大如牛，高溪这一支苗人奉牛为神，牛角成了图腾，挂在每家每户的大门上，保护族人不受外来侵犯。

阿公去扭荷斯坦的角。他往左扭，荷斯坦就往右犟；他往右扭，荷斯坦就往左犟；他往前抵，荷斯坦也往前抵。荷斯坦和招蜂一样有力，但阿公已经不是以前的阿公了。他自言自语道："老咯，老咯。"又说，"既然降不过你，就把我的名号给你吧，你才是巴诺王。"

荷斯坦"哞"地应了一声，嘴巴又开始漫不经心地咀

——————————巴诺王

嚼。再到放养的日子，看到荷斯坦目中无人的样子，阿公会教育它："巴诺王啊巴诺王，不要太骄傲，你不会老吗？"阿公是在说自己，不经意间就老了，老得对付不了一头野猪了。其实阿公对荷斯坦甚是满意，他偷偷地在心里说，年轻就该有骄傲的样子。他看了荷斯坦一眼，怕它听到自己心里的话。阿公想：所有的巴诺王都一个样，经不起表扬，越表扬越骄傲。

每天都有技术员来提取十五头牛的相关数据，选择荷斯坦状况最好的日子提取精子。种牛的精子被冻起来，择时用输精器注入发情母黄牛的体内，进行杂交。技术员采精的时候，阿公打下手。他们把荷斯坦赶到采精室，再把一头塑料母牛固定在采精架上，把荷斯坦清洗干净，扬尾挑逗，促使它兴奋。

不善言谈的阿公多了些疑问："都不是一个品种，为什么要人为交配呢？"

技术员是个话痨，他说："为什么混血儿漂亮，混血儿知道不？算了，说了你也不知道。"

荷斯坦棱角突出，从侧面看，从前面望，从上面观，背线和腹线都呈三角形，胸宽，肋长，毛光泽。有时候，荷斯坦也会和招蜂一样动粗，野蛮地爬上高溪黄牛的背。黄牛转过头来看阿公，"哞哞"地叫。阿公就训斥荷斯坦："巴诺王啊巴诺王，文明点行不？"又说，"活在母牛堆里，看把你惯得。"这话又好像是说给黄牛听的。又到放养的日子，阿公不再躺草地上了，他的腰上别上镰刀。草场挨近森林的地方有很多很嫩的茅草，阿公用镰刀割下来，丢在荷斯坦面前，说："我的王，快吃吧，吃饱了去造你的崽。"荷斯坦吃着阿公开的小灶，甩着头，甚是欢喜的样子。有母牛扭头看阿公，抗议他的不公平不公正。阿公说："不把王喂好一点，以后你们的子女能成巴诺王吗？"抗议的黄牛低下头，啃吃青草，似乎理解了阿公。时不时，阿公又和荷斯坦比比力气。他抓住荷斯坦的两只牛角，用力推；荷斯坦也用力抵住阿公，让他占不了便宜。阿公放松一些，荷斯坦又心领神会地放松一些。总之，也看不出力量悬殊太大。阿公很感谢荷斯坦在十四头高溪黄牛面前给足了他面子，他曾经也是高溪的巴诺王呢！阿公突然又想起打猎时被野猪咬伤的情景，真是不中用喽。卜翁里就是那次打猎被野猪拉下山崖的，不然阿巴令也不会嫁到安顺去。那时候父子俩真是形影不离啊，白天一起干农活儿，晚上一起出门打猎，打到的猎物都是全寨人的美餐。

国庆节到了，阿巴令提议去看望阿公。他们来安顺城都两个多月了，是应该回法那看望阿公了。该买点什么礼品呢？阿巴令想买水果，但太沉，不好带。阿郎现在天天都喝牛奶，他最先想到的也是给阿公带牛奶。阿郎的提议得到了

———————————— 巴诺王

小小的支持。阿郎说："二比一，少数服从多数。"阿郎和阿妈、小小单独在一起的时候，话还是很多的。

法那奶牛场就是高原牌牛奶的奶源地之一，阿公在这里上班，但他没有喝过牛奶。阿郎说："香得很。"

阿公摸阿郎的头，说："长高了一头，大人咯。"

小小已经把牛奶打开了，自己拿了一盒，开始用吸管喝，她说："天天喝牛奶，我也长高了。"这都是阿巴令说过的话，刚到安顺的时候，小小喜欢喝津威，阿巴令就这样引导她喝牛奶。

晚上，阿郎要去奶牛场陪阿公。几天前，实验场又进了一头奶牛。技术员说，这头奶牛的名字叫中国荷斯坦，大家都叫它中国荷，是荷兰纯种荷斯坦公牛和中国本地黄牛杂交的品种。阿公还是每天给实验场的牛喂草。天气渐渐冷了，到来年开春之前，奶牛场的所有牛都不再放养，喂食不同比例的粗粮和精粮，满足其所需的蛋白质、矿物质和维生素。粗粮主要是青贮的玉米秆叶、稻草、花生叶。中国荷到来后，就不再给荷斯坦喂大豆等精粮了。看到黄牛和中国荷吃精粮，荷斯坦扬起头，嘴不停反刍，似乎在回味以前的幸福生活。技术员还是每天准时来试验场提取牛的各种数据，他发现阿公偷偷把其他牛吃的精粮匀给荷斯坦，说："马上都要送屠宰场了，喂精粮有什么用？"

阿公问："为什么要送屠宰场呢？"

技术员说:"它的任务完成了。"

阿公问:"什么任务完成了?"

技术员说:"精子采集足够多了啊。"

在奶牛场,为了保证杂交质量,种牛只被采集它精力最旺盛那一季的精子,之后就会和淘汰下来的奶牛、弱小的公牛一起被送到屠宰场,作肉牛用。

阿公说:"你们这是过河拆桥。"

技术员见阿公发飙,不想惹他。

阿公态度缓和下来,问:"什么时候送屠宰场?"

技术员说:"应该过几天吧。早送过去,就少吃饲料。饲料不就是钱吗?"

夜深人静,在奶牛场阿公的宿舍,阿郎睡熟了。阿公睡不着,起床,喝了一塑料杯子便当酒,有一两多;再睡,还是睡不着;又起床,又喝了一塑料杯子便当酒。他想给实验场的牛再喂一次草料。阿公深夜喂牛,得到过牛奶场的通报表扬。牛在晚上也会饿,饿了就会掉膘,影响健康。阿公出了宿舍门,夜很黑,细雨纷纷。宿舍到实验场不远,有硬化的水泥路,路两旁是绿化带,新栽种了许多香樟树。香樟树是常绿树,就算到了深秋,树叶依然茂密,正好躲细雨。一阵大风,拍打在门窗上,阿郎翻了一个身。阿郎和阿公睡一张床的时候,习惯把手搭在阿公的身上,这一次手搭空了,一下子就醒了。窗外有窸窸窣窣的响动,阿郎害怕极了,爬起来，靠着墙，缩成一团。又一阵风吹来，树叶沙沙地响，阿郎把手抱得更紧了，头抬了一下，又紧张地低下了。床在房间的角落，阿郎睡的这面可以依稀看到窗外。风吹，窗子又响了，阿郎再一次紧张地抬了一下头，隐隐约约就看到了沿着香樟树脚行走的阿公。

牛圈里的草，由运草车运到牛栏与牛栏之间的过道。因为有围栏阻挡，有些草料牛够不着，阿公就把草料扫到牛够得着的地方。阿公顺着过道扫，过道两侧的牛急瘪瘪地伸出头，又低下去，等着阿公扫过来的草料。只有荷斯坦，依然站在牛栏里。

阿公希望荷斯坦多吃一点，他想，几天后果真被拉到屠宰场，不就成饿死鬼了吗？阿公把手伸进牛栏，去握荷斯坦的角。这次，阿公没有使劲，荷斯坦也没有使劲。荷斯坦顺着阿公的手把头伸出来了，没有吃阿公扫过来的草料。它的头轻擦着阿公的额头，擦过阿公的左脸，又擦阿公的右脸。阿公看到了那道侧门。侧门一直都在那里，作消防通道用，常年锁着。

阿公用一块青石，轻易解决掉已经锈迹斑斑的铁锁，再把荷斯坦的牛栏打开。阿公知道，对着大铁门的地方也有监控，他用力拍荷斯坦的屁股，希望它飞一样地跑起来。他自己也试着跑起来，但被野猪咬伤的那只脚限制了他，加之地面湿滑，一个趔趄，摔在地上。

荷斯坦出了大铁门，摔在地上的阿公看到了阿郎。阿郎用木棒拍打荷斯坦的背，希望它如阿公所愿，走得更快一些。荷斯坦依然慢悠悠地走，水泥路面上是踢踏踢踏的声音，每迈一步，它的头会甩一下，目中无人，很骄傲的样子。

王啊，去吧，去吧

去草深林密的地方

去往自由的大地

王啊，去吧，去吧

此时，你必须像神鹰一样飞翔

像亚鲁一样飞翔

你是战无不胜的王……

几名保安拿着手电筒赶过来时，听到阿公这么吟唱。苗族男孩的成人仪式上，所有苗寨都这么吟唱。

连理枝

高考落榜后，我在家干了半年农活儿。也不知我爹和我妈是怎样计算的，好像全家的积蓄就是刚好够我读完高三似的。落榜后，我爸说："我们已经做到仁至义尽了。要干农业呢，明天就和我下地；要不想干农业呢，自己想办法找出路。"

　　我不想干农业，但我又确实找不到更好的出路。春节过后，我终于在一个叫天竺的地方谋到了一个工作，在天竺小学教四、五年级的语文课。

　　天竺是镇政府所在地，现在的名字叫化处。街上的杨民权说，明宪宗年间，洛阳白马寺天问和尚云游至此，得道成仙，天竺乃仙人坐化之处，更名为化处。但街上的人还是喜欢叫天竺，把化处小学叫作天竺小学。我问杨民权："你知道以前有个天竺国不？"杨民权咂吧两口叶子烟，衣袖在嘴角一横："天竺国？这里就是天竺国——茶叶王国。"说后哈哈大笑。

　　我的工作是一个远房姑爹帮忙介绍的，他在化处镇政府工作。工作来得有些运气，天竺小学的一名老师请产假，教育局一时半会儿又找不到合适的人代课。这样，我和天竺小学就签了四个月的短期合同。本来我是想签半年的，从三月开始，八月底结束。学校算得很精细，说七月只有几天的课，八月完全是暑假了——这样付我的工钱就会少一些。我的工钱是每月一百二十元，四个月共四百八十元，除去要交给我们县中学高三补习班的补课费两百元，还有二百八十元的余项。当然，这样算没把生活费加进去。我的姑爹对我说，饭可以在政府食堂吃，每天五毛，记他的账上，但我还是愿意自己做。这样一来，我的宿舍就成了厨房和卧室的混杂地，一张蓝色布帘的两边，分别是铺笼帐盖和瓢盆碗锅。

学校在小山脚下，左边是镇政府，右边就是杨民权家，出入镇子的唯一一条马路在学校前面蜿蜒而过，再前面是磨香河，走势和马路一模一样。山很清，水很秀。在这样的环境里工作其实蛮不错，只是偶尔一辆货车或拖拉机经过，扬起的灰尘让我们爬山不成，跳河也不成，捂着鼻子躲避的姿势狼狈不堪。那时候很少有小轿车，镇政府唯一的吉普跑起来比货车还蹒跚。学校和镇政府是街上最好的两幢房子，其次就是杨民权家。杨民权家是从西街搬过来的，房子是新修的，外墙也贴了白色瓷砖。学校有老师是这么比喻的，说东边是富人区，西边就是平民窟。杨民权听了这话，心里有些自豪，但嘴里却说："西街是老街区嘛，当然古旧些，既然到了东边，就不能给学校和镇政府丢脸。"太阳每天就是先照到这三幢贴白色瓷砖的房子，然后慢慢越过山梁，走到西边去。这倒成了我的理想之地。天竺小学的上课时间是早上九点到下午四点。因为有的学生要走很远的路，学校又不能寄宿，所以上课晚一些，放学早一些，中午不休息。每天，西街那边还在一片昏暗中，学校所在的东街已经天大亮了，我便起床开始温习功课。下午放学后，我又有很多的时间继续复习。我来教书的目的很明确，就是要赚到那两百元钱的补习费。

初春的太阳总是暖洋洋的。下午四点，下课铃声响起，一群孩子漫过操场作鸟兽散，我一天中的又一个繁忙的时刻开始了。我翻到山梁上，坐在靠西街一侧的一棵大茶树下，继续温习高中课程。这样，东街已经暗下来的时候，西街这边还有些许亮光，我的复习时间会多上那么一点点。我每天重点复习夏商周和唐宋元明清——高考就是历史这一科拖了后腿。我只是上高中时才到过县城，对于历史和地理是没有什么概念的。班主任老师审时度势地对我们说，没有捷径可走，就是死记硬背，只要工夫深，铁棒都能磨成针。地理还好些，因为总想走出村子，然后走进镇子，再到县城、省城，基本上还能摸清东南西北。历史却怎么也进入不了状态，往往是记住了这点又忘了那点，记住了后面的又忘记了前面的。

太阳还未下山，月亮已经升上来了。马路和磨香河，一灰一绿，静了下来。西街和东街有了袅袅炊烟，忙碌了一天的我收起了书本。我很小的时候就知道，天暗的时候看书会得"睁眼瞎"，就是我们所说的近视眼，其实那时我已经是名符其实的"睁眼瞎"了。两只鸟儿扑腾着飞过，视线一下子被切断了，一个女孩突然站在了我的面前："教书先生还用得着看书啊？"夜色来临，透过高度近视眼镜片，我的目光所及朦朦胧胧。

"你认识我？"我说。

"你是教语文的王老师，哪个不认得！"女孩说。

"那，那你叫什么名字？"我在讲台上滔滔不绝，但面对女孩却语无伦次。

"我的名字叫朵贝。"女孩说完，一溜烟跑了。

第二天，我在山上又遇着了朵贝姑娘。仅隔一天，朵贝姑娘更大方了。她双腿一盘，坐在我的对面，茶兜就放在我和她的中间，小小茶叶芽片在茶兜里两两相连着。朵贝说："你知道什么叫连理枝不？"我摇头。朵贝说："这就是连理枝。"我确实没有见过连理枝，但我知道这是茶叶。我被朵贝姑娘丰富的想象力逗得笑了起来。朵贝姑娘生气了："有什么好笑的，本来就是连理枝嘛！做成了成茶，泡在水里它们还能粘在一起，像亲嘴一样，不是连理枝是什么？"我更想笑，有这样理解"连理枝"的？看朵贝姑娘嘴翘起老高，我赶紧收回笑意。朵贝姑娘的脸上才舒展开来，又问：

"你见过比翼鸟没有？"我还是摇头。朵贝姑娘说："我也没有见过。"然后也跟着摇头，表示遗憾。当晚，朵贝姑娘邀请我去她家。我犹豫，觉得一个年轻男子去一个年轻姑娘家总不太好。哪知朵贝姑娘更生气了："看不起我们乡下姑娘就算了。"说完，嘟起嘴气冲冲地走了。我跟在后面，表示答应了，她才转过身来，说她妹妹杨小花就在我的班上。我还记不全班上学生的名字，听朵贝姑娘说起后，想起坐第二排的有个小姑娘确实长得很像朵贝。之后，一路上我走得从容多了，去学生家家访总是可以的吧。

朵贝把在茶山上采摘的茶叶倒出来，放进铁锅里，锅下面是青砖砌的灶，柏木树枝噼噼啪啪地在燃烧。朵贝姑娘用高粱笤帚来回在铁锅里炒，到一定火候后，倒在簸箕里轻轻地揉。她说这叫杀青，说茶叶不当天杀青的话泡出来颜色就难看了。朵贝还给我泡了杯前几天刚出锅的茶，果然两芽两芽地立在玻璃杯底。朵贝说："像不像连理枝？"我说："像两个人荡秋千。"朵贝姑娘把眼泪都笑出来了。

天竺街上有个规矩，开学后每家都要请学校的老师吃顿饭。请客当然最先从杨民权家开始，村长嘛当然是要带头的。当然，村民也不好先出头，不然就显得没大没小了。我们从早上就看到村长一家在忙碌：先是杀了两只鸡，一只公鸡，一只下蛋母鸡。后来又看到杨民权从西街那边拿回了一块肉，我们估计至少也有四五斤。杨民权媳妇还从地里弄了些白菜薹和大蒜。我们几个老师面面相觑，七嘴八舌地猜测晚上这餐饭菜会怎么做。我想，我们怎么也吃不完这么多东西的。其他老师很有经验地说："都吃不完。黎族人热情，请客的饭菜都做得多多益善，不会按斤掐两的。"

村长一家果然热情，又是夹菜，又是添饭。村长姑娘给几位老师添饭的时候，还在米饭下面偷偷添半碗肉，这是黎族人对最尊贵的客人的表达方式——实在。我的饭碗早该见底了，但村长姑娘没有给我添饭的意思，我只好慢悠悠地吃。村长说："王老师不要客气嘛。"然后又对姑娘说，"朵贝，给王老师添饭。""朵贝？西街那家姑娘也叫朵贝！"村长解释说："我们这里的姑娘，小名都叫朵贝。"村长姑娘这时不知躲到哪里去了，整晚也没有给我添过饭。村长咕哝："朵贝又死哪里去了，饭都不晓得添。"说着要亲自给我添饭，我只好说吃饱了。之后好几天，我想着村长家满大锅的肉都流口水。这次的经验教训，让我参加工作后在吃上从不含糊，结婚后妻子对此相当不满，问我是不是饿饭年生的。

那晚没有月光。村长家坎了上十五瓦的电灯泡，对我这个高度"睁眼瞎"来说，几乎就是多此一举。我跨过火塘门的时候，压根就没有看到蜷缩在门槛边也准备打牙祭的黄狗。黄狗毫不犹豫，在没有啃到那根肥腻腻的骨头之前，先对着我同样不算瘦的大腿啃了一嘴。最后，是刘老师背着我回宿舍的。天很晚了，村长姑娘敲开了我的门，给我带了一些草药，放在我宿舍里的碗里捣碎后糊在我的大腿上，说："如果不是我家狗咬了你，我才懒得理你。"说真的，对二十郎当岁而且前途未卜的我来说，如果被狗咬一嘴能换来一个姑娘悉心的照顾，我认为是值得的。那时，我们还不知道狂犬病一说。村长姑娘照顾了一周后我的腿好了，其实我真希望我的腿好得慢一些。就是这一周，我才知道，我第一天在茶山上见到的那个朵贝其实就是村长家的姑娘，叫菊花朵贝，第二天见到的是她的堂妹，叫桂花朵贝。怪不得菊花前些天不理我呢。腿好后，我经常去村长家。每次去，村长都给我泡杯茶，说是菊花自己加工的，茶的名字也叫朵贝。在黎语中，朵是美好的意思，朵贝就是最美的宝贝。怕我不信，村长还说，朵贝茶在明朝崇祯年间是专贡朝廷的贡品，周总理就喝过朵贝茶，赞其"色清味甘，芳香浓郁"。他还说，我每天黄昏复习功课背靠的那棵茶树，就是当年产贡茶的茶树，有几百年的历史了。不知道这个偏远的小山村居然还有这样的故事，我对历史的兴趣就是这样培养起来的。

轮到桂花家请吃饭的时候，我又一次遭到冷遇。

桂花家在西街的最边上，我们白天看不到她家都准备了些什么，待到晚上才发觉，饭菜比村长家还丰富。同样的热情，同样的夹菜添饭。因为都有添饭时在碗底悄悄放肉的习

巴诺王

惯，所以老师们矜持是少不了的，几番推让后都能吃到理想的肉片。有了在菊花家的教训，所以我不敢过多谦让，杨小花把手伸过来要给我添饭的时候，我只是礼节性地说声"自己来"，其实碗已经递了过去。添饭是要到灶房里，但我的碗来回传递的时间明显比其他老师要长。当然，这点瑕疵不影响我对碗底的期待，我同样矜持地吃饭，筷子其实已经用力地插进碗底，以我长期吃青蓝白菜的经验，我知道我的碗底并没有肉。这是很丢脸的事情。我站起来，假装很热的样子，朝桂花家的坎子上走去。桂花正好一大棒子打在她家的花狗身上，狗发出一连串的惨叫声，跑到牛圈上去了。第二天，我对杨小花这段时间的学习情况简单地表扬几句后，杨小花毫不犹豫地把她的姐姐出卖了。杨小花说："昨天给你添饭的时候被姐姐把碗抢了去，她给你舀了半碗白菜。你去坎子的时候她又唤狗咬你，狗不听话，她就打狗。"

　　几天后，关于刘老师的好消息传到了我的耳朵里，说桂花同意和刘老师谈恋爱了。消息很快得到证实。刘老师之前追了桂花很长时间，桂花都没有答应。我分析，还是刘老师长相的原因。刘老师脸长嘴大，在学校有个"河马"的外号，学生私下里都叫他"马老师"。学校里的老师说到"牛头不对马嘴"这个成语的时候总反过来讲，叫"马头不对牛嘴"，说的就是刘老师。刘老师家在磨香河下游，离我们学校大概五六公里。消息得到证实后一个星期，两家认了亲，我们又在桂花家吃了一顿。短暂的喜悦之后，刘老师又陷入了无穷无尽的烦恼，原因是桂花不和刘老师逛马路，也不和刘老师游茶山。在天竺街上，逛马路和游茶山是恋人必须经过的两个步骤，逛马路是过程，游茶山是结果。学校里几位年纪大一些的老师，都是游茶山时第一次体会男女滋味的。

四个月的时间很短，六月刚结束，我就该走了。那时还没有放假，我的课由几位老师接手。其实我最希望刘老师把我的课全部承担下来，毕竟是师范生，课上得专业些。我记得离开天竺那天是建党节。那天我没有见到菊花，去他家几次，门都紧闭着——村长正在镇上组织活动。自从知道我只上四个月的课就要走后，村长就不让菊花和我来往了。早上走的时候，我看到宿舍门边放着一个口袋，打开后是四斤茶叶，还有一封字写得很潦草的信。信上说，要我好好考试，如果考上了，就让四斤朵贝茶陪我度过大学时光，待茶叶喝完了也就应该把她忘记了；如果考不上，就来天竺，她在这里等我。停在镇政府边上的中巴车按第三次喇叭的时候，我上了车。杨小花扑爬扭摆地跑来，也递给我一个包，报纸包的，又糊了一张语文课本纸，歪歪斜斜写有三个字——连理枝。杨小花说："这是王老师第一次去我家那天姐姐亲手做的茶叶，也不知道姐姐写个'连理枝'是什么

巴诺王

意思。"见我不答，杨小花也没有多问。

我坐上镇里通向外面的唯一一趟班车。我将坐上这趟车离开天竺，去一个叫普定的县城，然后再转车到我家所在的县，在那里进行我人生中最重要的一次冲刺。

都说兴趣是最好的老师，不假，我的历史功课有了明显的进步，高考时五门功课比较均衡，没有明显的偏科。我考上了省城最好的大学，读的正好是历史系，毕业后分在省博物馆。正如菊花说的，我很快就把她忘记了，其实比她想象的时间还要早——那时的心思都在高考的结果上，四斤茶叶在高考后不知弄丢在哪里去了，倒是桂花的那包"连理枝"陪我度过了那个酷热的夏天和漫长的等待。毕业后，我爱上了城市也爱上了城市里的生活，经过几次不算太痛苦的失败后，找了个在医院上班的老婆。当然，由于工作关系，上班时间我会对历史进行一些思考，这种思考有时会延续到家中。因为思考，发呆是少不了的。其实这是思考进入深层次的一种表现，学医的妻子不知道个中原因，问我是不是得了神经病。这倒让我记起了被狗咬过的经历。妻子得知我被狗咬了并且没有打狂犬病疫苗，职业性地跳起来："那还了得！"非要拉我去防疫站看看。我说："这么多年了从没有咬过人。"妻子说："狂犬病潜伏期有几十年的，说不定今天就会发作。"

我再次去天竺，是工作六年后。那时我刚结婚一年多，新上任的领导不可思议的新花样，成就了我再一次的天竺之行。领导说，学历史的就要学会走回头路。按单位要求，我们众职工周末独自出发——这有点像现在风靡的户外拓展，而我更愿意理解成忆苦思甜。我第一站选择的就是天竺，当然它的名字叫化处。车颠簸着到达镇政府，但所见和我的记忆相差甚远。一问才知道，现在的镇政府是新搬迁来的，原来的镇政府所在地已经成了茶叶基地。

我走后没有几年，刘老师就调到了镇中学。刘老师家住的是中学的小平房，一进一出共两间。里间是卧室，挨窗户的地方摆了张课桌，刘老师正在课桌旁批改作业。见到我后，他很吃惊，说想不到十年后还能相聚。说完，他跨出门对着学校厕所那边甩了一嗓子。杨小花扛着锄头回来了。刘老师忙对我解释，说桂花和他结婚一年后又离了，还说"合不来呗，离了也好"。据说，桂花离婚后去贵阳打工去了，谁也说不清楚她具体去了哪里。刘老师和桂花离婚后，杨小花天天安慰刘老师，说她姐是这山看着那山高。初中毕业后，杨小花嫁给了刘老师。

杨小花给我泡了茶，端上来后双手在衣服上擦了擦，说："做农活儿的王老师不要嫌弃。"

刘老师嗔怪着说："还不是你闲不住。"又回过头来对我说，"中学的这些家属都喜欢在学校围墙边上种些青蓝白菜。"

"好多年没有喝上这么好的茶了。"杨小花给我续开水的时候意味深长地说，"我做的'连理枝'不比桂花差吧？"

也不知杨小花是不是真的理解"连理枝"的意思，不过看得出来，她和刘老师还很恩爱。

费了好大的劲才找到杨民权家。杨民权老了很多，已经从村长位上退下来了。见了我，老村长很高兴，对我问长问短。了解了我这些年的变化后，老村长又吧嗒了几下叶子烟，说："第一次看到王老师就觉得不是凡人，都说饭胀憨脓包，王老师饭量那么小，肯定就是非常聪明的人。"老村长肯定是想起了我在他家自始至终都没有添饭的事。也不知老村长哪来的这种逻辑。我转弯抹角地问到了菊花的情况。他说："在家闷了两年，无精打采的，后来不知怎么的就开窍了，办了茶叶加工厂。"我关心的是她结婚没有。老村长说："我们老两口一提她的个人问题，她就不高兴，说要以事业为重。"

离开天竺的时候，已经近黄昏。西边的云彩映红了山梁西面的那片茶林，磨香河还是那么蓝。以前的镇政府大楼和我教课的天竺小学有机器运转的轰鸣声，那里已经成了菊花朵贝的茶叶基地。

妻子问我怎么提前结束了忆苦思甜之旅，我说："想你了呗。"这句话达到了善意的谎言应该达到的效果，妻子呈现出和大多数女人一样的小别胜新婚的表情。坐在沙发上，妻子抱着渐渐隆起的肚皮，对我说："你猜是男是女？"

我说："是男是女我都喜欢。"

妻子又说："如果是男娃必须由我取名，如果是女娃就要你取名。"

我说："看不出城市人也重男轻女。"

妻子不答腔，直接问我："如果是女娃的话，你准备取什么名字？"妻子是急性子。

我不假思索地说："朵贝。"

妻子吃惊地望着我。

我说："朵贝就是躲在你肚子里的宝贝。"

妻子笑开了，说："你这个学历史的就是老土。"

春暖花开

阿公和杨树平在一块石板上打纸牌。他俩旁边，小白和小黑自由散漫地吃着树枝上刚冒出来的新芽。

纸牌呈长条状，移民村的人又称之为长牌。还在高溪的时候，全村人都喜欢打长牌。每年春暖花开，在松了土等待栽种之间的农闲，村里会举办娱乐活动，预祝一年风调雨顺，其中就有打长牌。打长牌是全民参与，四个人自由组合，各自为政，每个人可能都是你的对手，又可能都是你的合作者，共同对付牌更好的一方。这种游戏考验的是合作、制约和默契，大家也是通过这种方式，相互交流心得，摆谈看到的或听到的家长里短。

移民至法那后，人还是高溪苗寨的那些人，但娱乐方式变了。稍年轻的和更年轻的，他们爱上了能自动洗牌的麻将。法那乡街上就有几家销售麻将机的铺面，店铺的名字都叫"正宗雀友"。

长牌的两端是对称的或黑或红的点，黑点和红点组成不同的形状，就有了这张牌的名字。牌的两端是两排全黑的三个圆点，叫"长三"；两个红点加四个黑点叫"二四"；五个黑点呈梅花状旁边再一个红点，叫"珠六"，其实都是"六点"。牌的两端是五个呈梅花状的黑点，旁边再有三个黑点，叫"枝花"；两排全黑的三个黑点，旁边有两个红点，叫"平八"；两排全红的四个红点，叫"仁牌"，这又都是"八点"。打长牌的规则是，两张牌配对，合计十四点。所以，"六点"和"八点"叫配，"五点"和"九点"也叫配，新摸的牌能和手上的配，叫"吃"。全部配上就和牌了。

到阿公摸牌，他准备吃，杨树平说："碰。"碰是一种特殊的配，比如手上的一对"枝花"就可以与摸起来的那张"枝花"配。一和二碰三吃，碰优于吃，这张牌阿公就没有吃上。再轮到阿公摸牌，他又准备吃，杨树平把牌一摊，和了。两个"替用"，一个"财神"，加和牌，四番，也就是说阿公输了四块钱。又一盘开始，赢家洗牌，杨树平把长牌分成两把，左右手差不多各一半，分成扇形，两把牌交叉合在一起，再重复几次，牌就洗好了。输家端牌，阿公端成两堆。杨树平开始起牌。牌起好了，杨树平准备出牌，阿公突然想起头一盘牌。其实他一直都在想，想清楚了。阿公说："杨老师，头盘牌你的红不够吧。"心情不畅快的时候，阿公就把杨树平叫成杨老师。杨树平在高溪村小代课很多年，都说杨树平除了会教自己的儿子，其他人都不会教。

和牌还有一个前提，就是红点要达到一定的数量，庄家三十一点，闲家二十八点。红点的计算规则是，以牌的一端红点计数，全红的按双倍计，比如"珠六"就是一点红，"仁牌"要按双倍计，所以是十六点红，碰牌按一张牌的三倍计红，不足十点红的按十点计红。杨树平说："我已经记不起上一盘牌的细节了。早的时候你干什么去了？"

阿公说："年纪大了，不是反应慢嘛。"

未等杨树平说话，阿公又补了一句："不慢为什么他们都不和我们玩了？"

这句话确实画蛇添足。搬到移民村后，还继续打长牌的就只有四个人，除了阿公和杨树平，还有刘福贵和一个姓高的。高老头去世后，就凑不齐一桌了。杨树平提议改打三人。阿公无所谓，反正规则就在那里，四人玩和三人玩其实都差不多，都是混时间。在他们三人中，刘福贵六十才冒头，最年轻，他曾经是杨树平的学生。但学生和老师就为打牌吵起来了。刘福贵说："我烟都抽了一支了，你的牌还不出。"刘福贵说得是夸张了一些。阿公看出杨树平有些生气，就打圆场，对刘福贵说："树平是你老师呢。"刘福贵说："所以高溪什么都比其他村的慢半拍。"说话气人这一点，刘福贵却是学得很到位。杨树平脸青了，摔了牌，对阿公说："以后不要叫我打长牌了。"阿公知道他是说给刘福贵听的。

阿公的画蛇添足等于是旧事重提，伤了杨树平的自尊。

杨树平站起来，突然把手上的牌砸下去，说："我要告你。"

阿公觉得很好笑，嘿一声，又嘿一声，也站起来："告我什么呢？告我欠你四块钱吗？"

杨树平鼻子哼了下，扭头就看到了跳进油菜地里的小黑。他说："告你家羊子糟蹋粮食不行吗？"

小黑和小白是同一天在乡街的家畜市场买的。因为没有人和他俩打牌了，阿公和杨树平独自在家待了很长一段时间。有一天，杨树平突然对阿公说："我想买一只羊。"

阿公说："你买呀。"

杨树平说："我是说你也可以买一只。"

阿公说："我为什么要跟着你买。"

杨树平说："你想呀，以前时间过得真快，为什么？是因为有事做。买只羊喂起来，时间就好打发了。"

阿公觉得有道理，太闲了心里总是慌得很。

杨树平看中了小白，就给阿公推荐小黑，他说："你买只黑的，免得以后你偷偷调包。"杨树平说话比刘福贵还气人。杨树平家住移民村的东头，阿公家住西头，两只羊怎么也不可能搞混。

阿公和杨树平放羊的地方叫骆驼山，以前都种了庄稼，现在坡地退耕还林了。骆驼山有两个山峰，山峰之间是一块平地，坡上流失下来的水土，都堆积在平地里，地就很肥沃。所以，这块平地就没有退耕，栽了油菜，绿汪汪的。

阿公刚把小黑从油菜地里赶出来，小白又从另一个缺口跳进了油菜地。阿公心里就乐了，他懒得把这个情况告诉正在气头上的杨树平。

杨树平在前面走。阿公在后面跟，他要赌气看杨树平怎么告他。杨树平回头悄悄看了几次，估计他的气消了，正在后悔。现在阿公确实是要让他后悔，待他们回来查看证据时，大部分油菜地都应该是小白糟蹋的。杨树平难堪的时候就会冒汗，阿公想，到时候杨树平一定大汗淋漓。

杨树平敲开了村活动中心的大门，他对刘干事说："我要告阿公。"

刘干事正被各种报表搞得头昏脑胀，他说："说具体一点。"

阿公已到了刘干事的办公室门口，立即补充："他要告我家羊子吃了别人家的油菜。"

刘干事被他们搞蒙了："你们两个坐下来先喝杯水，再慢慢说。"

阿公不想坐，他比杨树平心急——如果再不回到现场，可能小黑又跳进油菜地了。骆驼山的土地是属于簸箕村民组的，听完他俩的介绍后，刘干事不得不把簸箕村栽种油菜的主人叫来。到了现场，小白小黑正站在油菜地里心满意足又很不明白地看着这群人。小白的嘴巴被油菜染得一片翠绿，小黑因为毛色关系看起来倒没有小白绿得夸张。乡下人都蜂拥进了城，这两只羊很少看到这么多人，所以它们很警惕。

刘干事对杨树平说："事实和你说的好像有出入。"

阿公补充："杨老师说对了一半。"杨树平在刘干事办公室里说得很详细——小黑挑着长势最好的油菜吃，先把油菜沿根部咬断，舌头一挑，送进嘴里，上嘴唇往右，下嘴唇往左，上嘴唇往左，下嘴唇又往右，反正就是左右摇晃着吃，吃一口，扬一下头，耳朵扑扇扑扇，目中无人。小黑在油菜地里还走得张扬，不是顺着走，是想怎么走就怎么走，所以一窝一窝的油菜都被羊蹄踩进泥土里。杨树平只字未提小白。阿公也想气一气他："我还以为小白吃不惯油菜呢。"

杨树平蹒跚着翻过油菜地围栏的缺口。小白已经知道主人不怀好意，转过身就往前跑。杨树平捡起一块石头，朝小白丢过去："跟好人学好人，跟坏人只能成为坏人。"话里的意思很明显，都是小黑带坏的。杨树平的力气不够，石头最后落在离小白很远的地方。小白和小黑三两步就跨出了油菜地，跑到坡峰上，努力琢磨杨树平的反常——平时，杨树平对它们可好了。

移民房的地盘是把一个小山劈开后修建的。山是石山，劈开后修建两排移民房，剩下的地盘也无法种庄稼。

政府就把移民房前面的地块硬化，修了篮球场和乒乓球场，也安装了大家都不用的扭腰器、跷跷板、跑步机。移民房后面的地平整后，由于缺少泥土成了荒地。买回小黑后，阿公在他家正后面的荒地上修了羊圈，杨树平也比照着修了羊圈。晚上，小白在东边咩，小黑在西边附和。有时候，小黑先咩，东边的小白就跟着咩。在高溪的时候，大家是听着家畜的叫声入睡，到移民村后，是听着法那街上的车鸣声入睡，每一次适应都要花费很长时间。现在听觉又被打乱了，睡不着。既然小白是咩给小黑听的，小黑也是咩给小白听的，杨树平建议把小白和小黑关在一起。阿公说："还是树平有先见之明，如果都是白或者都是黑，关在一起确实可能搞混。"杨树平很得意："那是当然。"

他俩剪刀石头布。杨树平赢了，小黑最先去他家。那晚，阿公的耳朵仿佛听着小黑和小白一直在咩，起床到窗边再听，除了法那乡街偶尔经过的车鸣声，就没有其他声音了。深夜，有风的声音，呼啦啦的。风停后，又有雨声，先是点点滴滴，后是窸窸窣窣。阿公仿佛又听到了小白和小黑在咩，起床就到了房子后面的荒地，看到杨树平正打着电筒去羊圈，给小白小黑喂玉米粒，还用扫把把羊粪扫到一个角落里。

第二天，杨树平问："阿公，昨晚睡得好不？"

巴诺王

阿公说："睡得可好了，一觉睡到大天亮。"

杨树平说："小白小黑一晚上都没有咩，我也是一觉睡到大天亮，都不知道昨晚下雨呢。"

按照约定，晚上小白该来阿公家。阿公早早就去了乡街，他也要买玉米粒和扫把，他想总不能输给杨树平。天快黑了，阿公等杨树平把小白小黑送过来，等啊等啊等不来，就去了杨树平家。杨树平又在给小白小黑喂玉米粒。

阿公说："现在应该轮到我来喂了吧？"

杨树平说："昨天的约定有问题。"

阿公说："什么问题？"

杨树平说："你不会不记得老阿旺了吧？"

老阿旺有三个儿子，成家后都分出去了，老阿旺老了，三个儿子都不想赡养。后来村干部协调，要求每个儿子轮流管老人一天。老阿旺从老大家去老二家，在去的路上偷偷流泪；从老二家去老三家，又在路上偷偷流泪。老阿旺天天以泪洗面，最后吊死在寨子旁边的杨柳树上。

阿公说："两码子事嘛。"

杨树平说："一样的道理，老阿旺每天奔走在三个儿子家，儿子叫不孝；如果小白小黑每天奔走在我们两家，我们叫不仁啊。"

阿公说："杨老师你就直说。"

杨树平说："还是老规矩，剪刀石头布，哪个赢了哪个定规则，反正家家头上都是一块天，公平的。"

杨树平又赢了。他俩同时喊"剪刀石头布"，喊到"布"的时候应该同时出手，但杨树平出手还是慢了一点点。

杨树平说："半个月一轮换怎么样？"

阿公说："没有问题。"

杨树平说："羊子去了哪家，人也跟着去，怎么样？"

阿公以为听错了，杨树平经常会有一些稀奇古怪的想法。阿公说："我要先去你家住半个月吗？"

杨树平说："不是商量吗？多个人，多点照看，是吧？"

就这样，第一个十五天，阿公和小黑住杨树平家；第二个十五天，杨树平和小白又住进阿公家。晚上，他俩经常会喝两盅。一天晚上，杨树平喝多了点，说："其实我们这个家是四个人。"

阿公觉得有一定道理——如果把小白小黑也算上的话。

杨树平说："可惜小白和小黑不会打长牌。"

阿公说："羊子会打什么长牌？"

杨树平说："羊子不会打，人会打呀。三人可以打，为什么不能两人对打呢？"

阿公："你说可以就可以。"他也喝得口齿不清了。

冬天很快过去，春天来了。阿公和杨树平把小白小黑赶到山上，他俩想呼吸新鲜空气，也想让小白小黑呼吸新鲜空气，还可以让小白小黑吃上新鲜树叶。

杨树平在油菜地里顿足："还以为黑白分明，还是被你们搞混了。"

　　阿公也后悔，如果早一点到，也许在油菜地吃油菜的就只有小白了，那样，杨树平在刘干事那里说的话，就是黑白颠倒。

　　栽种油菜的主人是位中年人，他说："没有关系，我们也是闲得慌，栽种也是为了混时间。"

　　杨树平说："羊子吃了你家油菜，赔偿是天经地义的。"

　　一方说算了，一方又坚决要赔，大家都在等刘干事裁决。刘干事说："现在也分不清小白小黑糟蹋的比例，就五五开吧。"

　　杨树平和阿公都说行。刘干事估个大概，说："损失五百，各赔二百五，怎么样？"

　　大家都没有意见。阿公准备掏钱，杨树平说："我没有钱。"阿公知道杨树平有钱。他教书最大的成就就是把儿子送进了大学。儿子毕业后分在省城工作，每次回来都会给杨树平留下很多的钱。

　　栽种油菜的主人说："没有就算了，我栽种真是混时间的，没有图收成。"

　　杨树平把一个电话号码给刘干事，说："你叫他回来，说我吃官司了。"电话号码是他儿子的，他从来不给儿子打电话，有事也是请孙子转达。有时候孙子烦了，说："爷爷你不会直接打给我爸吗？"杨树平说："你爸工作忙得很。"他说的还是气话。儿子刚工作的时候，是经常回家的，渐渐地，回家的次数是越来越少了，每次回来就一件事，要求杨树平和他们一起进城。杨树平不去，说乡下人去城里住不惯。这么多年了，杨树平就在儿子家住过一次。儿子儿媳上班了，孙子上课了，他就一个人干瞪眼。他偶尔也下楼，在街上走一走。街上人多，但各走各的，连个招呼都找不到地方打。现在虽说搬到了移民村，打长牌的人是少了，但见到的每个人都是熟人，都是能打招呼的。杨树平不想进城的另一个原因，就是希望儿子带着孙子多回老家住住。走出去了，也不能忘本。按现在儿子回老家的趋势，杨树平担心自己哪天死了，儿子也就不回来了。

儿子回刘干事，可以把钱微信转账给刘干事，再请刘干事转父亲。杨树平把电话接过来，对省城的儿子说："你再不回来，我都要进班房咯。"儿子说："哪有这么严重？"杨树平说："现在是调停，调停不了不就进班房了？"儿子快快挂了电话，答应次日请假开车回来。

阿公认为今天的事，就是杨树平有意为之。阿公话少，有时候坐了半天也没有一句话。他俩住在一起的这几个月，晚上太安静，杨树平就会挑起事端；但两人吵吵闹闹，几杯酒后就像什么事都没有发生过。按约定，今晚小白住阿公家，杨树平也住阿公家。从骆驼山回到家，杨树平把小白拉进了自己家羊圈，他的气还未消。

阿公说："不过来你们就吃亏了哈。"

杨树平说："吃亏也比和你在一起安逸。"他确实很生气——去找刘干事的路上，如果阿公不跟着，当是个玩笑，就结束了。阿公脚跟脚，不是逼上梁山吗？

杨树平的儿子回到了移民村。全省县县通高速，从省城回来，开车也就是两个小时的车程。杨树平来到阿公家，说："我们的约定到此为止了。"

阿公想，又过去一天，杨树平的气早该消了。杨树平的气确实消了，他是来告诉阿公，儿子要杀小白。儿子说杀了小白，他爹去省城就没有什么牵挂了。屠户杀羊子的工具都带来了，砍骨刀、挂钩、刮毛刀就放在羊圈门口的提篮里。屠夫姓张，在法那乡街有些名气。他主要是杀猪，白刀子进红刀子出，再大的肥猪，都是一刀毙命，从没有失手过。张屠夫把杀羊刀横着叼在口里，进羊圈捉小白。他想杀"跑羊"，就是骑在羊背上，左手拉住羊头，嘴上的尖刀顺势到了右手，再顺势递进羊子的喉咙。杀跑羊有表演的成分，只有经验十分丰富的屠夫才敢这样操作。张屠夫拉小白的角，先要将其降服，才可能骑上它的背。小白先是往后退，和张屠夫势均力敌地拉扯着，又顺着张屠夫的拉扯，突然奋力往前一冲。张屠夫没有反应过来，被重重地抵在圈墙上。看杀羊的人不少，没谁同情张屠夫，他们继承着高溪人的信仰，崇尚力量和胜利。他们哈哈笑出了声，对失败者嗤之以鼻。初春的天气尚凉，张屠夫已经出汗了，他脱光上衣，再在光身子上套一件皮围腰，把杀羊刀从嘴上拿下来，在围腰上摩擦了几下，放在圈门口。

移民村的人实在看不下去了，众志成城把小白按在一根条凳上。张屠夫已经不想表演了，毕竟结果才是最重要的。他去羊圈门口拿杀羊刀，但怎么也找不着，头有些恍惚，又去提篮里翻，还是没有找到。最后杀羊刀刀把上的红布暴露了身份——它藏在杨树平扫在羊圈角落里的羊粪中。那段时间，屠夫之间疯传一个视频，说一个屠夫去杀羊，杀羊刀被一只小羊坐在屁股下，说羊都是有灵性的。张屠夫也是看过这个视频的，他把小白杀死后，说："再有灵性，羊都是拿来宰的。"张屠夫不知道，他的杀羊刀是被阿公一脚踢进羊粪里的。

苗族人都喜欢分享，羊肉炖好后，杨树平的儿子把移民村的人都叫来了。移民村人又一次向杨树平的儿子道贺，都说他是顺着高溪河走进大城市的巴诺。在苗语里，巴诺就是智者，就是英雄。高溪河是乌江的支流，最后都流进了长江，流进了大海，那是苗族祖先曾经居住的地方。

移民村的青壮年，大都在乡政府引资的金刺梨集团上班，和高溪相比较，收入稳定了，生活条件改善了，但他们没有去过省城，所以也来向杨树平道贺。吃了这顿羊肉，杨树平就该和儿子去大城市过更幸福的生活了。杨树平还是不想去，他的儿子就请刘干事去做父亲的工作。杨树平就没有作更多的坚持，他想明白了，好不容易把儿子培养出来，总不至于要求儿子不要工作回来住吧。况且，儿子已经答应他，只要有时间，一家人就开车回移民村，回高溪。儿子的母亲死得早，埋在高溪，那里离移民村有不算短的路程，如果有车就方便多了。那天，杨树平没有吃羊肉，阿公也没有吃羊肉，他俩一杯接一杯地喝寡酒。

杨树平坐着儿子的车走后，阿公睡了一觉，主要是酒喝多了。醒来，他赶小黑上骆驼山。小黑不走，他就找了一根绳子，拴住小黑的角，硬生生拉着它走。春天的树芽长得很快，也就是两天的时间，新芽又长长了一些，但小黑不吃。阿公把小黑拴在一棵树上，对它说："不要搞成什么都奈何不了你的样子，日子不都是过出来的吗？"阿公其实也是说给自己听的，他沿着坡往上走，最后站在峰顶上。峰的一边是簸箕村，峰的另一边是法拉乡街，再近一些就是移民村。从骆驼山上看不到高溪，阿公想，高溪应该就在一个又一个山的后面。阿公发了一会儿呆，就去了两个山峰之间的油菜地。他搬起一块又一块的石头，把油菜地的两个缺口都堵住了。

晚上，小黑咩咩咩地叫得厉害。小黑一天没有进食了，阿公想它可能饿坏了，就去给它喂玉米粒，想让它安静一些。小黑闻了一下，没有吃，扬起头又开始咩咩咩地叫。移民村人反映到村委，刘干事给阿公晓之以理，说移民村的物质文明要建设，精神文明也要建设。阿公说："我马上把它卖了。"小黑一叫，阿公的心就像被猫抓了一样。赶场天，阿公把小黑拉到乡街的家畜市场，越来越多的卖家要找好位置，把阿公和小黑挤到一个角落里。有一个买家看到了小黑，过来掰小黑头上的角。买家是个小平头，看小黑的眼光有点如张屠夫。阿公说："不用看，我不卖了。"

买家用同样的眼光看阿公一眼，转头说："莫名其妙，不卖来这里干什么？"

又有一个买家看到了小黑，他问价格："怎么卖？"

阿公问："你买去干什么？"

买家很践，说："我买了就是我的，你管我买去干什么呢？杀来吃不可以吗？"

阿公说："不卖了。"

买家说："神经病。"他没见过未谈价钱就不卖了的卖主。

阿公把小黑卖给了第三个买主，那时候都到下午了，买卖都快结束了。买家先看了小黑的屁股，说："你这个大黑没有骗过吧？"

买家把小黑叫成大黑，很合阿公心意。小黑在阿公眼里总是小的，但在买家看来已经很强壮了。买回来的这段时间，它又长高了一些，又长肥了一些。买家又看了小黑的头，小黑把头低下去，两个羊角对着买家，那是羊子准备战斗的姿势。买家点点头，很满意，说："我就想买只种羊。"

阿公说："不杀吗？"

买家说："做种的，怎么能杀？"

阿公说："哦。"

买家问："多少钱？"

阿公说："你给多少就是多少。"

成交后，买家说："没有见过你这样的卖主。"

阿公回头就走，怕听到小黑的叫声。回到家，没有胃口，饭也不打算吃了，坐在凳子上，就看到了放在桌子上的长牌，阿公想，自己也可以和自己打牌啊。他给自己摸了一张牌，又给另一个自己摸了一张牌，全部摆在桌子上；阿公开始出牌，又给另一个自己出牌。那晚上，阿公赢了很多盘，也输了很多盘。

自己和自己打了几晚上牌，阿公觉得没有意思了，想出去走走。他围着乒乓球台转了几圈，又围着篮球场转了几圈，还尝试去使用扭腰器、跷跷板、跑步机，还是觉得没有意思，就走到了刘福贵家门口。移民村的房屋，门都敞开着，刘福贵正在打麻将。刘福贵一边出牌一边问："阿公，现在都在做些什么呢？"

阿公想，不是什么都没得做嘛，但他答非所问："我要去高溪。"

高溪一年一度的苗寨娱乐活动开始了。高溪是苗族聚居村，包括高溪、大河等五个苗寨。高溪苗寨海拔最高，最不适宜人居住，整体易地搬迁了，村就还剩下四个苗寨。娱乐活动在村小举行，村小建在大河，那里是几个苗寨的中心地带。

娱乐活动内容极多，有唱山歌、跳竹舞、吹芦笙等，最高潮的部分是下火海上刀山。那天，两个年轻人表演结束后，主持人问："有谁想自愿表演吗？"这是活动快结束时的客套话。主持人刚说完，阿公说："我试试。"主持人是苗寨里刚选拔出来的年轻姑娘，不认识阿公，所以愣住了。寨老把话筒抢过去，他已经看到了阿公，他说："高溪的巴诺王来了。"还没有移民前，五个苗寨，几乎没有人不认识阿公。那些年的春季娱乐活动，也是苗寨"巴诺王"选拔赛，会从表演者中选出一名公认的英雄，就是巴诺王。那时候的阿公经常蝉联。娱乐活动总是放在村小举办，所以活动期间学校放假，但学生们都来观看。村小里面的学生都是苗族，他们都有可能是高溪苗寨未来的巴诺王。

下火海上刀山前先祭祀。阿公念咒语、烧纸钱、洒酒水、拜四方。祭祀完成后，主持人把草纸丢在六个烧红的烙铁上面，草纸立即燃烧起来。阿公要用脚把这六堆燃烧的草纸踩灭。下火海考验的是速度，只要速度够快，脚就不会受伤。阿公顺利完成了。

接下来是上刀山。刀山是一根绑了三十二把长刀的手臂粗的木柱，立在一个坑里，共十六级，每一级，木柱两边各有一把长刀，也就是说，每爬一级，左右脚都要放在长刀上。阿公开始一级一级往上爬，到最后一级，阿公要表演难度最大的金鸡独立。他右脚踩在长刀上，左脚弯曲，与右脚呈三角形，身体前倾四十五度。木柱是活动的，阿公站在刀锋上开始旋转，转了几圈，他就看到了高高举起的一双手。举起的那双手其实是刘福贵的，他在给阿公加油。阿公爬上去的时候，刘福贵一直在阿公的背面。阿公不知道他会来，搬至移民村后，前几年还有人来参加活动，近几年已经没有人来了。由于分了心，失去重心，阿公的右脚划开了一个小口。快摔下去的时候，他凭着经验顺手拉住了木柱顶部的牛头骨，两个弯弯的牛角死死地钉在木柱上。因为惯性，阿公以身体为轴，在柱顶又转了两圈。下面的掌声如雷。

阿公瘸着腿走出村小。还在高溪的时候，阿公和儿子打猎，被野猪弄伤了左腿，落下残疾，从此走路总是高低不平。瘸着的左腿正好掩盖了刚才惊险的一幕，没有人发现，此时的阿公比来时更瘸了一些。

回移民村的路上，刘福贵说："阿公，你是我们永远的巴诺王。"

阿公说："人老了，腿脚已经没有年轻人灵便了。"

我 们

老罗在电话里和桂英吵了一架。老夫老妻三十多年了，吵架还是头一回。也不是没有顶过嘴，顶归顶，气不过一支烟的工夫。去年孙子上幼儿园了，桂英就去儿子家帮着带孙子。之前孙子是外婆带，儿子给桂英来了电话，谈了困难，又谈了希望母亲能帮助解决困难。桂英随口问："外婆呢？"儿子说："他外婆也要带孙子。"儿子的口气生硬，把孙子和外孙分得很清。桂英估计是小两口拌了嘴，说到底还是因为儿子收入不高，请不起保姆。老罗和桂英就一个儿子，特别怕儿子委屈。桂英去了一年，现在又动员老罗也去。桂英在电话里说，和儿子儿媳商量好了，孙子上幼儿园要接送，儿子儿媳晚上回家要吃饭，如果老两口在一起，各司其职，生活打理得会更好一些，一家人就更像一家人了。老罗说："去了怎么住得下？"老罗说的也是实情，儿子的住房不到一百平方米，虽然有三个卧室，但除了主卧，另外两间都是小开间，只能放一米二的床。孙子早已分床睡，占去一间；桂英又占去一间；自己再去，就只能睡沙发。老两口一起去过儿子家，老罗睡的就是沙发，大家睡了他才能睡，大家醒前他又得先醒，很不方便。

————————————巴诺王

桂英说："一大个贵阳，就没有你睡的地方？"

儿子的单位说起来在省城，工资却和在乡镇上班差不多，工作十多年了，才买下现在的这套住房。省城的房子不一定都贵，但便宜的偏远不说，关键没有配套。儿子儿媳一咬牙，买了学区房，因为贵，算来算去，只能买小平米。

老罗说："一大个贵阳都是儿子的？"

老罗这话是咬文嚼字，扯远了，扯着扯着就和桂英吵起来了。吵的内容从点到面，五花八门。桂英把以前的老皇历又温习了一遍。老罗最讨厌她纠缠往事没完没了，气不打一处来，说："我就是不想去贵阳怎么了？"

这样的反问是火上浇油，桂英说："是守着小妖精不想走了吧？我不在，说不定和隔壁家墙都打通了呢。"

老罗说："胡扯。"迅速挂了电话。老罗家的隔壁是芷伊家，老式砖房不隔音，他担心芷伊听见。

老罗和桂英吵完就去后园摘菜做饭，架要吵，饭更要吃。这个小区是县水泥厂的家属楼。都说当初厂长也不是一无是处，把水泥厂搞垮了的同时，也为职工办了一点实事，沿 210 国道一字排开修了三十套家属楼。厂里完全有理由不修：虽然厂子建在田坝村，但离县城很近，上下班又有大巴接送。大部分人把家安在县城里，所以住家属楼的是极少数。家属楼是小平房，楼顶搭了木梁，成伞形盖了青瓦，多了一层遮挡，住起来冬暖夏凉。其实修这三十套家属楼厂里并没有花太多钱。水泥厂与砖厂、瓦厂同属建材行业，或多或少都有联系，厂里以物换物，再动员职工自力更生，家属楼就建起来了，支出成本几近为无。厂子还红火的时候，家属楼的门就从现在的后院进。每户人家又用砖做了隔断，成了独门独院，有点别墅的味道，羡煞周边村民。芷伊就是那个时候嫁到厂里的。能嫁到水泥厂，也说明芷伊有独到的优势，比如形象。将近二十年过去了，有时候老罗会调侃："看不出你都是两个大孩子的妈了。"

好景总是不长，厂子说倒就倒了。刚倒的那会儿，有人把门改到朝国道的这边，住宅就成了门面。大家一致效仿，进门的院落反而成了后院。老罗把后院挖了，足有两分地。他种了葱姜蒜，也种了小白菜、青菜、西红柿。做饭的时候，去后院摘一把，既方便又绿色环保。

芷伊也去后院接水。修家属楼的时候，厂里考虑一楼潮湿，自来水管只接到门外的院落。听到流水声，老罗伸直腰，不自觉往芷伊家这边看，芷伊也往老罗家那边看。老罗想起刚才和桂英的吵架，好像桂英无中生有的胡搅蛮缠被芷伊听到了似的，一米左右高的隔断确实连心虚都隔不了。老罗的脸一下子红了，背心直冒虚汗。

芷伊其实是在看老罗种的菜。白菜包心了，青菜长个了，西红柿红了。老罗还栽了四季豆，每窝四季豆旁都插有长长的竹竿，相邻的四根竹竿用绳索捆紧，密密麻麻的四

巴诺王

季豆就吊在竹竿上。有鸟在捆着的竹竿上搭窝，刚出生的小鸟叽叽地叫，扬着的小嘴如一个个精致的漏斗。

芷伊说："罗哥种的菜长得多好呀。"

老罗说："你家后院的地荒了多可惜，也可以挖来种种菜。"

芷伊说："种什么呢？"

老罗说："想种什么就种什么。"

"那就种萝卜吧。"芷伊是故意一语双关，老罗的外号就叫"萝卜"，然后哈哈哈笑了，"你来挖，你来种，我只负责吃哈。"

老罗又想起了桂英说的话。虽然不是把两家的墙打通，但是把后院的隔断撤了，这也是对桂英最好的回击。顾客好像也特别配合，一整天老罗和芷伊都没有生意。老罗穿着背心挖地，背心后面还印有"水泥厂"字样，这是他特意比照以前的队服印上去的。这说明不了什么，偏好嘛，与在衣服上印泰森、刘德华的相片是一个道理。老罗搬了一个靠凳到后院，累了可以坐，又可以放茶缸。茶缸是厂里开运动会的时候发的，那时候老罗是厂里的篮球队员，绝对主力。运动会开了很多次，茶缸也发了很多个，留下来的只剩这一个，老罗格外珍惜，出门也经常抱着。芷伊看老罗挖地，也适时地给老罗续开水；老罗也适时喝茶水，借此休息。后院毕竟多受自来水管滋润，挖起来并不怎么费力。

老罗挖完地，天就快黑了。芷伊要去县城接女儿和儿子。也不是非接不可，反正坐中巴就两站路，但只要没有特别急的事，芷伊都会去接。女儿和儿子相差三岁，女儿念高三，儿子念初三，都是毕业班，很关键。芷伊老公去广东的时候，女儿还小，儿子更小，她把孩子拉扯到这么大，很不容易。

芷伊对老罗说："我顺便在城里买点菜，晚上就在我家吃餐便饭。"

老罗说："肉我家冰箱里有，蔬菜都是现成的，还是我来做。"芷伊没有再推辞，因为自己做的菜并不好吃。

开饭时，老罗说："把吴师傅也叫上，好久没有喝酒了。"芷伊认为老罗是挖地挖累了，想喝酒解乏。喝酒的就老罗和吴师傅两人，老罗举杯，吴师傅也举杯，碰一下，一饮而尽。芷伊不喝酒，晚上经常会有顾客找她出车。芷伊的一对儿女吃完饭又去复习了，老罗说："孩子多乖。"

芷伊说："我只能创造条件，学习的事我帮不了，就靠他们自己。"

老罗转移了话题："我有个提议，看你们同意不？"

吃点菜，搭个胃，吴师傅举杯，老罗也举杯，碰一下，又一饮而尽。有酒流到嘴角上，吴师傅手一横，边夹菜边回老罗："你说。"

老罗说："以后你们就到我家搭伙。"

吴师傅还在嚼菜，问："不是酒话吧？"吴师傅在国道对面修车，忙不过来的时候，不是蛋炒饭，就是面条，都吃成面黄肌瘦了。

老罗说："一个人的饭是做，两个人的饭也是做。"又说，"生活费我们按三股平均出，三家各一股。芷伊家虽然是三个人，但孩子有两餐在学校吃，况且芷伊减肥，吃得少。"

芷伊说："这哪行，我不是占大家便宜了。"

老罗说："那就大家表态决定。"

吴师傅说："我没有理由不同意。"吴师傅人闷，但偶尔冒出一两句，还有点冷幽默。

老罗说："芷伊就不用表态了。毛主席说了，少数服从多数，个人服从组织。"

芷伊和吴师傅一起敬老罗。老罗说："我们还是建一个群，群就是组织，以后吃饭就群里通知。"大家都说好，发一条信息总比打两个电话或者吼两嗓子简单。

老罗酒喝多了，睡不着，起床喝水。他突然想给桂英打个电话，以前顶顶嘴都是老罗先妥协。但该说些什么呢？说自己错了？好像很勉强。说在这边挺好的？不是正好证明她的胡乱猜忌有道理吗？最终还是没有打。手机就在手上，顺手刷刷朋友圈。年纪大了，朋友少了，几分钟就把没有看过的朋友圈浏览完了。老罗看到了晚饭时建的群，既然群就是一个组织，就该有个名字，他想了想，然后点开右上角的三点，在三个头像下的群聊名称后面敲了两个字：我们。

老罗在做殡葬用品买卖。水泥厂的范围包括家属楼、办公区和生产区。办公区与家属楼就隔了一条国道，生产区在家属楼后面的山上。山很大，山的后面还是山，水泥厂的人称其为前山和后山。水泥厂倒闭后，政府在前山和后山之间的凹地建了火葬场，办公区那边的 210 国道旁立了一块牌子——火葬场前行 100 米左转。由此可见，火葬场离家属楼不远，说具体一点，就十分钟的车程。老罗很敏锐地嗅到了商机，第一家做起殡葬用品买卖。政府有规定，凡公职人员或公职人员亲属必须火化，一段时间的适应后，政府循序渐进又有了新的要求，"殡葬改革没有特例，移风易俗从我做起"。换言之，境内凡逝者，最后都得与火葬场作最后的道别。火葬场是这样打广告的，"我是你的最终，我是你的唯一"，广告词就张贴在火葬场的围墙上。送亲人来的人悲悲戚戚，难免手忙脚乱，不是忘了买香蜡纸烛，就是忘了买爆竹烟花。没有关系，来老罗这里，应有尽有。

做好了早餐，老罗在群里发消息，吴师傅和芷伊姗姗来迟；做好了中餐，老罗又在群里发消息，吴师傅和芷伊还是姗姗来迟。这两餐大家都吃得囫囵。老罗调整营养搭配计划，把好吃的尽量安排在晚上，这也是充分考虑芷伊正在长身体的两个孩子。晚上吴师傅没有修理任务，芷伊也没有接送任务，芷伊的两个孩子总是吃了饭就去复习功课。老罗拿出瓶老酒，又开始和吴师傅喝，然后三人天南海北地聊。

老罗说起水泥厂的辉煌："那阵子，大大小小的奖杯奖状实在无处可摆，你们猜厂里怎么着？"吴师傅和芷伊对水泥厂也有了解，就等老罗揭晓答案。

老罗吃了一颗油炸花生米，说："工会专门建了一个荣誉室，比我们这种住房还大。"老罗到了水泥厂后就分配到工会工作，他棋下得好，球也打得好，合适的人用到了合适的地方。

吴师傅说："记得你象棋得过厂里冠军。"

老罗已经提起酒杯，说："也得过全县第三名。不说这些，来来来，走一个。"

"走一个"就是喝一杯，芷伊喝水陪着。又走了一个后，老罗来劲了，他说："那时候还是水泥厂的篮球队厉害，打遍全县无敌手。"

吴师傅说："关键是你，得分王，远投准，三步上篮也拿手。"

老罗说："是团队配合得好。嘿嘿嘿，别忘了，你也是厂篮球队的呢。"

吴师傅也嘿嘿嘿笑："替补，替补。"

老罗想起了什么，把夹菜的手收回，顿了顿说："如果厂子不倒，你都转正了。"

厂里有很多货车，当然就需要修修补补。肥水不流外人田，厂里成立了大修厂。那时候大修厂有句口号，"修自己的车，干自己的革命"，说明厂里修车任务不轻。吴师傅也是因为篮球打得好，才被推荐到修理厂当电工的，虽然是临时工，但转正的机会很大。大修厂的老员工说："把球打好了，打出成绩，打出风格，转不转正，还不是厂长一句话？"全县或厂矿之间经常有体育比赛，厂长很看重名次，厂里因此招了很多体育特长生。老罗就是从体校招聘过来的。

老罗又说："也没有什么可惜了。来来来，喝酒。"

吴师傅说："就是，厂子倒了，转不转正都一个样。"这话对老罗有点刺激，优势和劣势，只不过是具体时间具体地点的评判而已，换了地方或者放长时间看，优势可能变成劣势，劣势也可能变成优势。或许是酒精的作用，老罗又开始红脸，从额头一直红到脖子根。

厂子倒了后，吴师傅就在家属楼对面的角落里开了汽车修理厂。那块场地还属于田坝村，因为是一块荒地，家属楼用来堆垃圾。最先，吴师傅的修理厂是简易工棚。刚开张那几天，田坝村有人干涉，担心地盘被水泥厂占了去。他们不知道，不可一世的水泥厂正如火如荼地减员。许多人买断工

巴诺王

龄拿到可怜的几万元卖身钱，再拿领导长辈的有关器官出出气，远走他乡了。住家属楼的职工仿效老罗，一窝蜂也做殡葬服务。他们就是这样想的，别人能做，我为什么不能做？开的人多了，生意自然就不景气。可恨的还是火葬场，见有利可图，直接成立了殡葬服务中心。所有家属楼能卖的，服务中心都有。有人撑不下去了，自寻出路；又有人撑不下去了，还是自寻出路。出路在县城，在省城，在更远的东南沿海。家属楼做殡葬服务的，最后只剩下老罗。

没有人明白为什么老罗要坚持留下来，因为连老罗自己也没有想明白。如果仅从经济层面考量，老罗早该走了。最先走的那拨人，比如芷伊的老公，都成企业家了。做殡葬服务，说到底还是小本生意，是在夹缝里求生存。四十多万人的一个县，天天都有死人。某些日子，就像约好了的一样，老死的，病死的，意外死亡的，一起往火葬场赶。服务中心忙不过来，就有了老罗的可乘之机。所以老罗的生意坏不到哪里去，但也谈不上好，维持生计而已。与老罗家这边的门可罗雀相比，国道斜对面，以前水泥厂的临时工吴师傅开的汽车修理厂，忙得不可开交。

吴师傅的修理厂后面都是水田，挨得最近的那块是岳母家的。建修理厂的时候，未来的岳母帮了大忙。未来的岳母说："小吴，你尽管修，只要我同意，就没有人敢说二话。"修好后，吴师傅才知道未来的岳母有一女儿待嫁。未来的岳母看重的是吴师傅的手艺，天下饿不死手艺人。虽然没有成为水泥厂的正式职工，但是能在水泥厂办公区的旁边扎根，吴师傅很满足了。吴师傅给水泥厂修车的时候，不求客户，现在单干，什么都得从头再来。他没有想到的是，农村买车的人越来越多，买的还都是廉价车，买起容易坏起来也容易，这就得修。修理厂是自己的，不用付租金，所以吴师傅的收费低，连县城的人都跑到他这里来修车，生意很好。忙得心烦的时候，吴师傅也会抱怨几句，但一看到老罗无所事事地坐在国道边喝茶，他的心情就特别好。他逐渐养成习惯，再忙也时不时往老罗家的方向瞅瞅，让好心情保持得更久一些。生意做大了，吴师傅还兼做二手车买卖，用相对低廉的价格购入，该焊的地方焊了，该补灰的地方补了，该换的零件换了，喷漆翻新，再以相对高的价格卖出去。

夜深人静，老罗也反思，让自己坚持下来的力量是什么呢？他想不明白。有一次他想到了芷伊。这个想法冒出来的时候，他恨不得钻进地缝里去，打开一瓶酒，咕咕咕倒进肚子半瓶，醉得人事不省。老罗曾经偷偷拿自己和芷伊老公比，比来比去，好像也没有什么可比的。

芷伊的老公也是水泥厂的工人，厂子倒闭后，意志坚定地去了广东。刚开始，他把打工换回的部分钱寄回家属楼，后来越寄越少，再后来就不寄了。芷伊打电话问为什么，老公说准备办一个厂，正在筹启动资金。芷伊说："办厂也该先解决肚子问题吧？三娘母又不是神仙，喝西北风可活不了。"老公说："马上寄。"老公寄回来的是一份离婚协议书。老公特意从广东回来办离婚手续。去民政局的路上，老公说，只要儿女都跟他，他可以给她一大笔钱。芷伊说："婚可以离，但儿子和女儿不能跟着没有良心的人。"老公说："你可以再考虑考虑，现在有点本事的，谁还愿意待在水泥厂这种鬼地方？"老公给出的数目很大，可以用一小部分在县城买一套房，剩余的足够她一辈子衣食无忧。芷伊赌气，说："不用你操心，就是死，我也要死在水泥厂里。"

芷伊办完离婚手续的那天，晚上去老罗家，她问老罗："罗哥，现在什么能赚钱？"

老罗说："现在做什么都不赚钱。"老罗正在看棋谱下象棋，自己和自己下，他站在楚河这头下一步，又跑到汉界那头下一步。

芷伊"哦"了一声，转身出了老罗家大门。老罗立即收起棋子，也出了门。有两辆货车正在会车，国道有一定弧度，灯光都射到芷伊的脸上。老罗看到她正用纸巾擦拭眼睛，知道自己给出的答案让她失望了。芷伊已经进了自己家的门，老罗追上去想把答案重新修正，犹豫了一下，就走到对面的吴师傅家。老罗和吴师傅又一起去芷伊家。芷伊没有请他们坐，只是说："不用可怜我，车到山前必有路。"

老罗说："路子倒是有的，不晓得你敢做不？"

芷伊说："两个小娃等着吃饭呢，还有什么不敢的。"

老罗说："当'送仙客'。"

芷伊说："我没有车。"

吴师傅说："我有。"

芷伊说："贵了我可买不起。"

吴师傅说："两千五。"

芷伊又说："这也不行，这样成交，我以后还不起你人情。"

吴师傅说："就两千五，我没有亏本，也没有赚你。"

这是一辆五菱面包车，别的单位淘汰下来的。吴师傅就是以两千五的价格买进的，维修的成本出在手上，没有算进去。

"送仙客"是这一带发明的新名词，也是火葬场建成后的新职业。刚强制火葬那会儿，偷偷棺葬的不在少数。火葬场在各村发展信息员，其实就是线人。死人毕竟是大事，敲敲打打总得有的。哪里有了动静，信息员都会知道，等于是逝者落气的时间、下葬的时间，火葬场也知道了。下葬的头一日，火葬场的车早早开到，他们用优质服务打动了死者亲属的心。火葬场的规矩多，其中之一就是只接不送。火化了，总得送回老家去。公车早已不能私用，私车又不愿帮这种忙——装包骨灰，毕竟晦气。这就有了"送仙客"。

搭伙吃饭的好处是增进了团结。老罗有事无事会去吴师傅的修理厂，有时还会帮忙递一下扳手，或者打个千斤顶什么的。吴师傅也经常帮助芷伊。她每次出车前，他都帮她查看水箱里的水有没有，刹车好不好，轮胎有没有破损。尽管面包车已经卖给了芷伊，吴师傅还在修理厂专门给她留了车位。

天刚擦黑，吴师傅的生意又来了。来人补胎，补完后就打听附近有没有晚上出车的"送仙客"。吴师傅就帮芷伊答应了，之前芷伊只做白天的生意。

吴师傅对芷伊说："晚上出车单价高，划算得多。"

芷伊面带愁容，一个弱女子晚上出车，是有安全隐患的。

吴师傅说："我给你搭个伴。"

吴师傅平时话少，讲起开车和修车，话就多了。他以老师傅的口气给芷伊讲了五菱面包车的特点，又讲了其他车型的特点："开车就是要适应车的特点，急转弯怎么开，下雨天怎么开，下坡打滑又该怎么开。"

老罗觉得，这是共同就餐形成的互相帮助的良好氛围，是好事情。但是后来，吴师傅晚上基本就不修车了。原因不难理解，但老罗还是问了为什么。吴师傅说，晚上光线不好，修车事倍功半，效率低下。芷伊接晚上的单越来越多了。吴师傅反正家里就自己一个，又没有了修理任务，总能清闲地陪着。听到面包车在夜晚启动的声音，老罗抱起茶缸，把茶水喝上一大口，然后走出家门，站在漆黑的夜里，看远处山脚下的万家灯火。

吴师傅的女人跟着一个来修车的小车司机跑了。他一直想不明白，还钻了牛角尖，认为是修车惹的祸，准备把修理厂关了。老罗开导他："这与开不开厂子没有关系，女人有了跑的心，你开不开厂子她都会跑。"吴师傅想不通也是有道理的。这么多年，什么困难都挺过来了，简易工棚都变成大房子了，儿子也自食其力了，偏偏什么负担都没有了的时候，老婆跑了。外人更想不通，纷纷猜测是吴师傅的问题，并添油加醋，搞得他抬不起头。老罗说："管别人怎么想，自己活自己。你就是太实诚，没有花花肠子，女人总是喜欢被哄的。"老罗还建议吴师傅给他女人去个电话，"有了沟通，可能什么问题都解决了。"吴师傅真给女人去了电话，女人的电话也没有如他猜测停用。这次他没有冷幽默，干瘪瘪的就几个字："你会后悔的。"女人回："结婚前，是我妈做我的主；结婚后，是你做我的主；这次，我自己做一回自己的主。"

开导吴师傅的有些话，老罗现在想收回来，可是无法收回。

国道边每隔七八米就有一棵洋槐树，是国道开修的时候栽种的，都齐抱粗了。洋槐树也是路界。家属楼离路界有四五米，是沙子地面。老罗用水泥灰浆硬化，一不做二不休地把芷伊家那边也一并硬化了。两家的门前成了一个整体，一块长方形坝子。他再在坝子四个角立了四根钢柱，上面盖了钢化玻璃，搭成了棚子。老罗引以为豪——吴师傅家的坝子虽然宽，但到处都是机油，黑黢黢的难闻，最关键的是吴师傅家的坝子没有棚子。老罗对芷伊说："以后面包车就可以开在棚子里停了，车子也是有寿命的，日晒雨淋多了，寿命就短了。"

老罗还在芷伊家门口的洋槐树上钉了一颗铁钉，又在自己家门口的洋槐树上钉了铁钉，一根尼龙线把两颗铁钉连起来，两家刚洗的衣服、被子都搭在尼龙线上晾晒。

下午四点，正是老罗开始做饭的时间，芷伊接到新活儿，要送一个"老仙"到流长。她第一时间告诉老罗，说流长离水泥厂远，一时半会儿回不来，晚饭她和吴师傅就不吃了。意思明显不过，吴师傅还是给她搭伴。老罗也没有了胃口，想出去走走。太阳还没有落山，老罗出了屋，朝右。斜对面就是吴师傅的厂子，今天提前关门了。厂子旁边有一座铁路桥，斜阳西下，一辆绿皮火车哐哐哐地经过。恍如隔世啊，老罗不自觉想起南斯拉夫那个有名的电影。桥下的石墩坚如磐石，但火车走过时的震动，总让老罗担心桥会塌下来。老罗走到吴师傅的厂子，站了一会儿，然后回头朝左。一直向前，十公里就是县城。年轻时老罗跑过。每遇大型比赛，厂篮球队员都会拉练，从水泥厂到县城北门进行折返跑，一去一来二十公里。一天两次，他跑得轻轻松松。老罗去了水泥厂的办公区，办公楼还在，以前的工会也在那栋楼里。办公楼前是灯光球场，水泥坝还没有坏——那都是厂里生产的标号425水泥的功劳——只是堆满灰尘，毕竟多年没有人打扫了。那时候的篮板是五块木板镶在一起的，有三块已经不见踪影，篮圈也不见了。月亮已经出来了，老罗拐到去火葬场的路上。火葬场没建之前，这里是厂区的内部路，直通生产区。老罗谈恋爱的时候经常去生产区。桂英是生产车间的缝纫工，水泥装进袋子后，她和同事负责缝边。老罗走着走着就到了火葬场，里面站了很多人，是逝者的亲人和亲戚，都在等着拿骨灰。这是老罗第一次到火葬场，他在想象芷伊开车送骨灰是什么样子。都说"送仙客"是逝者入土为安的最后一位传递者。老罗回到家属楼已经很晚，但他还不想睡觉，因为吴师傅和芷伊也还没有回来。他有点担心。

之后，老罗陪芷伊送过一次"老仙"，那天老罗自告奋勇。

吴师傅说："你又不会修车，万一路上车坏了怎么办？"

老罗说："你不是天天都检查这辆车的车况吗？保质期还达不到一天？"

　　　　　　　　　　　　　　巴诺王

吴师傅就不好再说什么了。火葬场上班的时间是早上八点到晚上十点，要送的"老仙"是次日早上七点下葬，时辰是请做道场的先生看好了的，所以得头天火化。去之前芷伊并不知道。到了坟山后，"老仙"的亲人说："老人家的事就麻烦你们了，我再加些钱。按风俗，火化后骨灰是不能放回家里的。""老仙"的亲人的意思是骨灰就放在车上，让芷伊和老罗帮忙守着。离早上七点还有不少时间。未等芷伊回答，老罗就替她回答了："好的，你放心忙你的事去。"芷伊也不是不答应。服务行业什么样的顾客都有，考验的还不是能不能做到为客户之所想？单独在一起的时候，两人都不知道该说些什么，有一搭没一搭地乱聊着打发时间。

芷伊先问："罗哥，他们为什么叫你'萝卜'？是因为你姓罗，还是因为你长得高皮肤又白？"

老罗说："老咯，是萝卜也空心咯。"

老罗很开心，那晚他也问了芷伊一个问题："怎么就没想再去找一个人依靠呢？"

芷伊回："打铁都得靠自身硬。"

深夜，芷伊靠在驾驶室眯着了。老罗睡不自在，想着身后还有一盒骨灰，后背凉飕飕的，第二天就感冒了，咳咳喘喘半个月。后来老罗再要求陪芷伊去"送仙"，她都不答应。

冬天已经来了，老罗栽种在芷伊家后院里的萝卜已经长成了拳头大，青白色的一截露出了土。老罗挖了两个出来，准备晚上做排骨炖萝卜。芷伊就是这个时候接到电话的。对方问："到大塘送吗？"这么问，对方一定也问了其他"送仙客"，肯定被拒绝了。芷伊想都未想，说："我就是做这行的，为什么不送。"

吃完饭后老罗负责收拾。吴师傅也有修车任务，客户是个熟人，忙用车，吴师傅怎么都推不脱。芷伊一个人就出车了。临出发前，毛雨大了起来。吴师傅说："晚上路滑，面包车又不稳，要不就不要接这单活儿了。"芷伊犹豫了，一个人跑这么远的夜路，害怕是难免的，钱又赚不完，也不在乎这一单两单。这时客户的电话又来了，听得出很焦急，凭芷伊的经验，估计骨灰快从火炉里送出来了。这个地方的说法，骨灰从烧出来到下葬，就只能在送行的路上，不能停顿，否则去了另一个世界，坎坷就多，不顺利。芷伊见过一个"老仙"的亲人，那天联系的"送仙客"没有按时到，亲人就抱着"老仙"走前面，亲戚跟在后面，一起朝家的方向走。亲戚中也有妇女，她们一边走一边哭。哭丧本来只在家里进行，她们是触景生情，哭得人心疼。

客户继续在催："师傅你什么时候到啊？如果你放鸽子，老人就回不到老家了。"放鸽子是很难听的话，就是说话不算数。芷伊想，我什么时候放过鸽子？

火葬场所处位置高，接到"老仙"的时候，路面已经有了凝冻。面包车出了火葬场大门就打滑，越滑越快，越滑越快，最后撞在左边的山上。交警出了现场，说没有冲下山也是奇迹，坐副驾驶的客户安然无恙更是奇迹。

芷伊火化后，吴师傅亲自开车送行，老罗陪同。路上，老罗说："我为什么就没有再坚持陪她一次呢？"吴师傅说："要是不接那单修理，有我陪同，一切就都变了。"有一件事吴师傅没有说，第一次陪芷伊接夜活儿，他教她怎么开车，"如果遇到下坡打滑，千万不要冲下山，尽量往旁边有实体的地方撞，才可能有一线生机。"

安葬好芷伊，芷伊老公把女儿和儿子安排去住校，他来和老罗、吴师傅道别，说来年就把儿女接到广东，待中考、高考时再回来。老罗说："你如愿了。"芷伊老公说："她就是偏，就是不听我的话，给钱她都不要，偏偏要起早贪黑做'送仙客'，把自己也送走咯。"

家属楼更冷清了。吴师傅断定，最后一位水泥厂职工也该走了。老罗也是这么认为的，他的店铺已经不再进货，做好了随时走人的准备。但他终究没有走，自己也不明白，为什么下不了走的决心。这样一晃又过去了些时日。老罗还是一日三餐地做饭，饭做好了，就到门外吼一声，叫吴师傅过来吃。老罗天天做炖菜，萝卜炖肥肠、萝卜炖牛肉、萝卜炖火腿、萝卜炖鸡。

吴师傅问："怎么顿顿都少不了萝卜呢？"

老罗说："你看后院这么多萝卜，再不吃都空心了。"

春节就要来了，水泥厂办公区开始维修。老罗不知道这些废弃多年的房屋维修来做什么。通过和装修工人交谈，老罗才知道，田坝村支两委将接管这里，成为新的主人。老罗走进了装修中的办公楼，走进曾经的工会办公室。门窗已经不在，透过空空荡荡的窗口，他看到收割后的稻田一片萧瑟。

灯光球场也在维修，新式篮板已经安装好了，场地已经画好了线，四个角上的灯光也安装好了。镇上组织迎新春运动会，场地就选在这里。老罗已经习惯了晚上散步，只要不下雨，他雷打不动地会到灯光球场，有时候围着球场外道跑几圈，有时候手痒痒地做做投篮动作。

田坝村组建篮球队参赛，他们邀请了吴师傅，吴师傅又邀请了老罗。第一场比赛，田坝村队不出意外地赢了，但对手举报到仲裁组，说老罗和吴师傅都不是田坝村人，是水泥厂的员工，是作弊。一番调查，因为吴师傅在水泥厂是临时工，况且其房屋建在田坝村的土地上，当然算田坝人；老罗不是田坝人的认定毫无悬念。仲裁组遂改判田坝村负。老罗还报名参加了象棋赛，他自己给自己取消了。

老罗给桂英去了电话，他说想孙子了，近日就可出发。

桂英说："想一个问题要半年？"

老罗说："有些问题一辈子都还想不清楚呢。"

临走前一晚，老罗把店铺里没有卖完的香蜡纸烛全部拿到芷伊家后院烧了，又把没有卖出去的烟花爆竹拿到国道边放了。吴师傅说："真有点春节来了的味道呢。"

老罗坐上高铁，就在"我们"群里发了消息：相见不如怀念。老罗一路上回忆起在水泥厂的日子，他想起厂长、工会主席，想起篮球队，想起芷伊，当然也想起吴师傅。想着想着，车就到贵阳了。吴师傅看到群信息的时候在忙，忙完准备回信息的时候，"我们"已经提示解散。

游　戏

舟山和猴子去村活动中心捡废纸。新老干部工作交接，丢弃了很多废弃资料和不用的包装纸壳。舟山想不通猴子的信息为什么总是这么灵通。这个村虽然管着他俩所居住的西屯，但中间还隔着一个新寨，有不少距离。猴子也没有解释，到了村活动中心，他俩佝着腰杆就开干。但他们遇到了竞争对手，疯子也来抢生意。疯子他俩都认识，经常在周边审来审去，头发常年未洗，蓬松发黄。没见她打过人，算文疯子，所以他们都不怕她。好在她只捡废纸，不要纸壳。疯子的行为，难以用常理理解，舟山和猴子都不奇怪，懒得理她，各捡各的，井水不犯河水。他俩战果不少，在乡街收购废品的驼背老头那里换回了屈指可数的钞票和足够的自信，之后理直气壮地进了同样在乡街才有的游戏厅。

老板问："多大了？"

猴子说："十八岁。"

"聪明。"老板说，然后拉住猴子的书包，很诡异地一笑，"这个东西能证明你才十来岁。"

猴子轻车熟路地把书包交给老板，向舟山一努嘴。舟山也把书包给了老板。到乡街本来就晚，又玩高了，深夜才回到家。舟山家里的搓衣板早早地被外婆放在了进门的位置，他知趣地咕咚跪下去。自从他家买了洗衣机后，这是搓衣板唯一的用处了。

舟山没有舅舅。他爸非常看重这一点，和他妈结婚后，出钱把他外婆家的老房子翻新，鸠占鹊巢，心安理得做起了上门女婿，之后处心积虑对还未出生的舟山作了预安排，以找钱为由堂而皇之去了浙江。舟山从小跟着外婆。外婆对他极严，稍不按她要求行事，就搓衣板伺候。视他犯错的大小，有时用痒痒挠抽屁股，鞭挞其肉体；有时是喋喋不休地给他洗脑，摧毁其精神。今天外婆是双管齐下。她问他跑哪里去了。舟山懒得强词夺理，跪在搓衣板上不说话。外婆就哭了："待你妈回来，我叫她打断你的腿。"这些吓人的话舟山听得多了，无所谓。他对妈妈的记忆，仅限于她带他去县城看过电影。舟山能记住这事儿，完全是因为那个《侏罗纪公园》确实吸引人。除此之外，他只知道父母一直在外打工，年关才回；有时也不回。

周六，舟山家后门一大早就有画眉叫，啾啾啾，啾啾啾。猴子学得并不像，每一个"啾"之间的停顿不均匀，听起来生硬，但能骗过舟山的外婆。舟山说："我要去猴子家做作业。"外婆将信将疑，看了他好几眼。舟山淡定地与外婆对视，眼睛坚持不眨。外婆相信了，她说："谅你也不敢骗我。"外婆一定在想，几天前才叫他跪搓衣板，伤疤未好，怎能忘了疼？舟山说："我为什么要骗你？马上就要期中考试，学习要紧。"

他俩在寨子口相聚。猴子神秘地对舟山说："今天带你去一个好玩的地方。"舟山必须无条件同意。他俩达成的游戏规则：输家在又一次游戏到来之前，一切行动听从赢家的指挥。事实上，舟山在当输家的这段时间，很乐意对猴子言听计从。干瘦的猴子总能找到一些有意思的去处。比如，他用网兜网东屯人喂养在池塘里的鱼；又比如，他用鱼钩去钓新寨人散养的鸡。

天气闷热。他俩过了新寨，就沿着一片葡萄林走，这是近路。葡萄已经成熟，由一位同样干瘦的外地人看守。只要跟着猴子，就能顺利躲过东张西望的看守，顺手牵羊摘几粒葡萄放进嘴里。

舟山问："还是偷葡萄吗？"

这事儿他俩几天前就干过，倒不是为了偷那几粒葡萄，而是为了享受玩弄看守于股掌之间的那份得意。

猴子说："成了输家，就该少问，一会儿不就知道了？"

沿葡萄林一直向前，就看见了许多法国梧桐和一片红砖楼房。这是一座废弃的工厂，几个寨子的人都叫它老厂。厂子建于二十世纪六十年代，比舟山妈的岁数都大。那时候它的名字叫贵州省拖拉机电机厂，是响应三线建设从东北搬迁过来的。

舟山问："还是捡废纸吗？"

其实舟山更希望听到的是去捡拖拉机。舟山很好奇，一大坨铁巴，怎么就跑得比马还快？对舟山喋喋不休的提问，猴子懒得回答。

老厂呈东西布局。猴子和舟山所在的西面，以前是厂子的家属区，厂子红火的时候有职工四千多人，就住在这里。家属区的地基是从山坡上硬挖出来的。山坡很大，依山而建的房屋高高低低，鳞次栉比，错落有致。每一幢房屋都是四层，红砖，平顶。从西往东穿过厂子，就得走"之"字形的道路。水泥地面坏得很严重，到处坑坑洼洼，露出许多花生米大小的碎石，路两边的蒿草和狗尾巴草有半人高。

到了一个楼道口，猴子说："疯子就住那里。"舟山顺着猴子所指的方向去看那栋废弃的楼房。一楼挨近河道的地方围着一圈篱笆，篱笆里的废纸堆成了一座山。

猴子说："捡来又不卖，真是疯子。"

舟山说："她本来就是疯子嘛。"

猴子说："把那些废纸弄到废品收购站，一年的游戏钱都有了。"

说话间，疯子就出来了，站在篱笆边，念念有词。

猴子说："我们躲猫猫，你往疯子家那边躲，我来找。"

舟山明白猴子的意思，他是想侦查一下，看疯子家究竟有多少废纸。一条小河从厂区穿过，河岸的平坦处建了办公房和家属房。建厂的时候，对穿厂而过的这段河道进行过清理，河岸都用石头加固过，河底也用混凝土找平。河水是山里的地下水汇聚而成的，水量极小，盖不住河底。泥沙慢慢淤积，越积越多，上面长出了水葫芦。水葫芦长得茂盛，遮住静悄悄流淌的河水。岸边还修了花台，现在已经没有花了，长出来的还是艾蒿和狗尾巴草，还有芭茅。疯子家在河那边。过河有三座桥可走，都是拱桥，桥上还有亭子。

猴子说："咱从上面的那座桥过去，亭子正好可以挡住疯子的视线。"

舟山问："这次躲猫猫还算输赢吗？"

"当然算。"猴子突然转过头看看舟山，觉得舟山的问题已经跳出了他的频道。

老规矩，剪刀石头布。猴子赢了，该舟山藏，猴子找。舟山和猴子无聊的时候经常躲猫猫。之前，他们也滚铁环、打纸板、丢钱窝，那都是猴子的强项。躲猫猫的好处在于互有输赢，有趣一些。之前，他们躲猫猫的地方局限在学校和寨子里的篮球场，那都是空旷的地方，其实无处躲藏，对找的一方来说，胜利来得过于容易。

舟山到了临近上面那座桥的一栋楼。楼梯口下面曾经堆放过煤炭，黑色的煤粒零零碎碎地嵌入泥灰里。这栋楼有两个楼梯口，从舟山所在的这个楼梯口上楼，每层有两套结构一模一样的房子。舟山一直爬上四楼，朝楼下的猴子喊：

　　　　　　　　　　　　　　　　　　　巴诺王

"开始咯。"

　　猴子漫不经心。路线都是他设计好的，怎么躲，怎么找，都应该只是做做样子。但猴子错了，舟山已经下定决心不按猴子的套路走——今天得赢猴子一次。猴子见舟山不朝河对面走，急了，匆匆忙忙上楼。四楼靠中间的那套房子的墙有一个洞，猴子上楼的时候，舟山从洞口钻到了另一个单元。猴子采用的地毯法搜索，每一层的每一个角落都要搜查到。当他到了四楼，舟山已经顺着河这边跑向另一栋楼了。两栋房子间的距离就七八米，窗子又都是空空荡荡的，猴子的一举一动舟山尽收眼底。猴子站在四楼的窗口往下看，他想不通舟山是怎么插翅逃跑的。舟山故意干咳一声气他。猴子抬头看向舟山所在的这栋楼，舟山把头躲在了墙后，有意把衣服露出来。这是他们的把戏，不想把游戏弄成一边倒，少了刺激。猴子急急忙忙往下跑。舟山也往下跑，又跑到侧面的一间房屋。这里是曾经的理发室，门楣上"职工美发馆"五个字还在。舟山从墙上裂成几块的镜子里看见猴子朝这边来了。不能走回头路，那样就会被猴子发现，前功尽弃。理发室的窗只剩下一个窗框，舟山爬过窗框，穿过一片广阔的灯光球场，又进了另一栋楼。这栋楼只有两层，房子如风筝状，欲飞的样子，房顶上有钢架，支撑着五个大字——职工俱乐部。舟山上了不矮的台阶，走了进去。俱乐部的容量，超乎舟山想象，不仅大，还高。里面也是阶梯式的，从上而下，到达倒数第三梯，有一个侧门。出了侧门，有两个红色的箭头，往左是厕所，往右是候场室。候场室也很大，窗子的位置极高，舟山试着往上爬，爬不上去。要出俱乐部只能原路返回，那就可能被猴子截住。舟山靠在墙角，看到灰尘被从窗口射进来的阳光卷成圆柱，聚光灯一样顶在墙上的一张电影海报上。一张蜘蛛网正好网住海报上紧紧相拥的男女主人公，他们的身体上停满了已经死去的蚊虫。舟山想起了他妈带他去县城看电影的情景，满脑子全是恐龙——它们见什么都咬，每走一步都山摇地动。舟山模模糊糊听到猴子在喊他的名字，他屏住呼吸，不应。只要不出去，猴子就找不到他。

候场室很凉快，舟山睡着了。他做了个梦，先是和妈妈坐车。妈妈搂着他，妈妈很胖，肩膀很宽，手很大。接下来，就是许许多多的恐龙"呃呃呃"地向他袭来。他一直跑，恐龙一直追，追着追着恐龙突然就变身成了猴子，他拉住舟山说，你输了。舟山还梦到自己在一个漏雨的电影院里，他往左边躲，雨就往左边飘；他往右边躲，雨又飘向右边。舟山醒过来。从窗子飘进来的雨点打在他脸上。天已经黑尽。

舟山摸着黑出了职工俱乐部。雨只是象征性地下了几滴，但是月亮是出不来了，黑统治了一切。眼睛刚刚适应，远方突然有了雷鸣，电闪划过头顶，眼前如墨一般。电闪的那一瞬间，不知从什么地方跑出来的一只黑猫，就站在他的面前，睁着绿莹莹的眼睛盯着他。又一个电闪从头顶划过，他朝黑猫踢去一脚，想吓跑它，也给自己壮胆。黑猫非但不跑，眼睛睁得更大，背弓起来，嘴张开，露出四颗獠牙，朝他低吼。舟山害怕极了，他希望的电闪没有继续到来。现在，唯一的光源就是远处的疯子家。舟山慢慢朝光的方向移，每走一步，喵喵喵的声音就跟着近一步。他花了很长时间才到疯子家门口。

疯子家的窗子是打开的，尽管这样，还是没有风。疯子埋头吃饭。一个平头男人伏在桌子上写信封，然后把放在桌子上的纸一张张折好，装进写好的信封里，用皮筋捆住，再装进一个背包。平头沿屋子转了一圈，又把信封从背包里取出来，抽出之前装进去的废纸，展开来念道："亲爱的桂香，你好！近来一切可好？我这边一切顺利，待我把事情安排好，就来接你。国平。"

念毕，平头又取出另一个信封里的废纸，再念，念的内容和之前的一模一样。平头每念一次，疯子就嘿嘿嘿地笑。舟山知道平头是乱念的，信封里装的都是些学生用的作业纸，平头念时并没有看上面的字。

疯子吃完。平头说："明天信来了，再给你送过来。"

疯子还是嘿嘿嘿地笑。平头端起疯子吃过饭后的空碗，出门。舟山躲躲闪闪地跟着。过了桥，穿过灯光球场朝东，很快就出了厂区大门，那里有一个汽车修理厂，就是平头开的。铺子是老厂的门卫室改的，还把围墙拆了一部分改建。铺子外还有一块坝子，虽然在围墙外，也属于厂区。老厂以前有很多拉进拉出的货物，车子进厂区之前都得在这块坝子排队。坝子和210国道相连，所以过往车辆不少。坝子上立有四根钢柱，搭了雨棚，雨棚下是几条沙发，沙发中间有一张八仙桌，上面已经摆好饭菜。

"真是太闷热了。"平头说。八仙桌旁还坐了一个男人，舟山看清楚了，就是葡萄园里的干瘦的看守，年纪较大，下巴上都有了白胡子。

瘦男人说："是热，怕是要下大雨。"

瘦男人腼腆，舟山坐到桌旁，他也没吭一声，大概以为舟山和平头是一道的。舟山把一副碗筷轻轻往自己面前移。平头发现了舟山，突然多出一个人，也出乎他的意料。他问："你是从哪里钻出来的？"舟山觉得他看起来很凶，说话倒是柔柔的，至少和外婆比较起来是这样。舟山已经不害怕了，甚至想一会儿是否可以麻烦平头送他回家。

舟山说："我们躲猫猫，和伙伴走散了。"

"在大厂躲猫猫，肯定会走散。"看得出平头有些得意。

少了一副碗筷，平头又进厨房拿了来。雨棚上挂着一颗瓦数很大的灯泡——车要坏又不会挑时候，修车也就不能分昼夜。从八仙桌的位置，可以看见平头的厨房。厨房就是门

巴诺王

卫室改造的，里面还有一张床。

平头转向瘦男人，说："没有办法。我敢肯定，如果我不给她送饭，她肯定会饿死。"

舟山不知道瘦男人是否明白平头讲的是疯子。从他们的交谈中，舟山知道瘦男人来自不算近的地方。

瘦男人说："现在很难见到像你这样心善的人咯。"

厂矿到新寨的这片地被人承包，建成葡萄园。葡萄快成熟的时候，瘦男人被老板请来看守，也帮着做一些零卖。瘦男人卖葡萄，就在修理厂的坝子上。葡萄成熟的这一个多月，他用剪刀把葡萄剪出来，装进塑料箱，放在平头的八仙桌下面。有过往车辆停下来，问好价格，瘦男人就给过秤。瘦男人的电子秤很小，上面有一个白色的长方形盘子。过往司机买葡萄也就十斤八斤的事，葡萄就放在盘子上称。买卖也就几十块钱，买的卖的都不太当回事。一买一卖，司机还可以加加水。司机要加喝的开水，货车要加降温的冷水，平头都不收钱。做生意嘛，何必过分计较。经过国道的车辆大都是货车。货车走高速过路费不少，出门挣钱不容易，节约一分是一分。货车容易坏，有时候胎就爆了，门就坏了，雨刮器就不左右甩了，这都得修。平头的电话号码贴在修理厂的门牌上，如果有人打电话求救，他也会视情况外出修理，关键是看远近——平头修车，但没有自己的车，作为一个修理厂老板，确实少见。更少见的是，老板和工人都是他。也就是说，他不仅会喷漆，还会钣金、电工。机修他最在行。周边地区都知道，在"拖电厂"上过班的人，修发动机的技术都好。以前厂子就是干电机这行的，厂子红火的时候，发展多种经营，电机一改装，套个外壳就成了摩托，叫山鹰牌，当初与本田齐名。

平头又讲起他的故事。其实舟山和瘦男人都没有问他。

"有人问我为什么不搬出去？搬去哪里呢？"平头说，"厂矿搬到贵阳，几年前不也倒闭了？倒是不怕找不到饭吃，有技术哪有找不到饭吃的？"平头就讲起了他的身世。他来自沈阳，跟着父母来的，父母也是这个厂的工人。他在贵州出生，后来读技工学校，就进了厂子。再后来父母都去世了。"人老了都得去世。"平头说得轻描淡写。父母就埋在后面的山里，平头指了个大概，修理厂的灯再亮，也照不到山上的坟堆。

"现在沈阳也没有多少亲人了，留在这里，还可以陪陪父母。"平头说。

他俩喝酒，舟山吃饭，边吃边听他们海吹。

平头说："在贵州，难得有这样的热。"平头穿的是T恤衫，他捞起T恤，上上下下地扇，显然无济于事，又把短袖往肩上挽了两圈，也是徒劳，汗水依然从头发里冒出来。平头是个麻子，脸和厂区的道路一样坑坑洼洼，汗珠要先往麻子里汇集，再溢出来，流得蜿蜒曲折。

平头喝一口，好像怕舟山受冷落似的，问舟山："家住哪里？"

舟山说："西屯。"

平头和瘦男人碰了一下杯，又开始说他的女朋友。

平头说："我女朋友就是西屯的。她叫陈小敏，唉，你们小娃娃肯定不认识。"舟山不知道他"唉"那声是什么意思，似乎也不是叹气。

瘦男人也说到天气："我这种怕冷的人都觉得热，晚上肯定要下大雨。"

平头说："管他下不下雨，来来来，喝酒。"两人举起酒杯，又干了一杯。

舟山已经吃饱了，除了看他们两个喝酒，就想着如何找机会开口请平头送他回家。

瘦男人突然来一句："后来你们吹了？"

"厂子就是这么个样子，都待在这里养不活人。"平头说，突然又问起瘦男人，"你老婆呢？你来这里她也不跟着来？哈哈，你不会和我一样是处男吧？"

瘦男人干笑，嘿嘿嘿，嘿嘿嘿。

"都不容易，都不容易。"平头说，又开始扯到他女朋友，"小敏以前在职工美发馆工作。虽然是临时工，但和厂里是签了劳动合同的。"

瘦男人说："可惜了。"

平头说："是可惜了，如果厂不倒闭，都转正式了。不是后来修改的《劳动法》有规定嘛，临时工多少多少年就该签订长期合同。"

瘦男人说："国家的政策多好啊。"

平头说："厂子倒闭，什么都是空话。"

瘦男人说："嗯。"

平头突然又讲到疯子，他说："你想不到吧，以前疯子是我们厂的厂花。她是上海人，也是随父母来的。你看上海人多会取名字，邱桂香。桂花就是这个季节开吧，那时候厂办门口就有两棵桂花树，香死了。厂子倒闭，桂花树也没了。"

瘦男人说："是被人挖走了吧？"

平头说："人都养不活，还养得活树？"

瘦男人说："是是是，有道理。"

这次是瘦男人先端的杯，他们还是又碰了一下。他们每喝一杯都碰那么一下。酒喝急了，瘦男人的舌头已经大了。

平头的舌头也大了，他说："桂香在上海还有舅舅。她舅舅说上海遍地都是黄金，她就辞职去了上海，没有见到黄金，又买不起房子，在舅舅家住了几年，受不了气，又回来了。回来时厂都倒闭了，她那个叫国平的男朋友也不知去哪里了。"

瘦男人说："也可能是疯子变成疯子后，她男朋友不想见她了。"

平头说："这么大一个厂子说倒就倒了，还有哪样事是不可以发生的？你看小敏，技术多好啊，厂子倒闭，不都要出去自谋生路？那时候全厂几千人，都争着要小敏理发。喏，像我这种头，只有她剪得又快又好。现在这些理发师傅，就是一匹马，理的头发就像马啃的一样。"平头还故意把头转过来。平头的后脑勺弯得像张弓，因为过于弯了，后脑勺的皮都挤成四五条皱褶，皱褶里的头发又密密麻麻挤成一堆。

平头又说："关键是小敏人好，我妈也爱找她理发。理完后只要不忙，小敏就送我妈，还帮她提东西。你不知道，我妈买东西都是大包大包的，就怕东西被别人买光了似的。"

瘦男人说："她没有你的电话吗？"

平头说："那时候厂子都快倒了，哪有钱买电话？来来来，不说这些了，喝酒。"

瘦男人说："以她的技术，在县城开个发廊也是可以的呀。"

平头忙打断："现在的发廊都是乌七八糟的，小敏不是那种人。"

这时候落雨点了，瘦男人要走。他说："真是闷热，再不走就要下大雨了。"葡萄园是村里引进的项目，村里给了办公场地，瘦男人就住在村活动中心，从国道上绕一个弯就到了。

瘦男人一走，平头也不喝了，开始收拾桌子。舟山准备开口请平头送他回家。这时候，一排灯光从废厂里钻出来。舟山听到外婆在喊他的名字，又听到猴子也在喊他的名字，一排灯光都在喊他的名字。他朝那排灯光跑去之前，对平头说："你怎么不出去找找你的小敏呢？"

平头话都说不清了："我走了，如果小敏正好回来怎么办？"

舟山说："你是怕走了疯子没有依靠吧？"

平头说："我敢肯定，如果我走了，她得饿死。"

舟山回到家，外婆破天荒没有收拾他。她只是哭："跑丢了，我怎么向你爹妈交代。"舟山很快就睡着了。

瘦男人和平头喝高了，回到宿舍，倒下就睡，到了凌晨，口干舌燥，起来喝水，又撒了泡尿，睡不着了，想着工作还没有做完，又拿起手电筒出了门。作为葡萄园的看守，每晚需到葡萄园周围查看，看是否有人偷葡萄，是否有动物偷葡萄。

瘦男人朝南走，经过平头的修理厂。平头已经睡熟了，隐隐约约能听到他的鼾声。沿国道继续往新寨方向走，每走一步，他就将手电筒朝葡萄园照几下。手电筒装三节一号

　　　　　　　　　　　　　　　　巴诺王

电池，电量很足，所照之处白晃晃一片。到了那块"千亩葡萄园"的广告牌前，瘦男人右拐。国道上有两块葡萄园的广告牌，一块在平头的修理厂旁，另一块挨着新寨，这是葡萄园的南北边界。沿葡萄园转了快一圈，一个多小时就过去了，瘦男人来到了老厂的西面。老厂围墙边有一条小路，平时，瘦男人查看完葡萄园，会沿小路回宿舍。此时，他破天荒第一次穿过老厂，暴雨就是这时候下来的。瘦男人已经爬上了老厂陡峭的大坡，到了平缓地带，他的手电筒照见了一个亭子，那里正好可以躲雨。

亭子下面是一条小河，雨越下越大，山上的雨水都往河里涌。河水已经漫过了河堤。亭子旁边，一间房子的灯亮了。从与平头的交谈中，瘦男人已经知道，那一定就是疯子的家。

疯子每晚都会半夜醒来，有时候唱歌，有时候玩废纸，或者对着夜色说些没有人听得明白的东西。这会儿，她打开门，让河水漫进屋里。疯子起床时鞋都未穿，光着脚板边走边踢水，水化飞起来后，她就嘿嘿嘿地笑。

瘦男人进了疯子的家，他说："快走。"

疯子往后退，说："你是坏人。"

瘦男人说："再不走就会被水淹了。"

疯子说："去上海吗？那里到处都是黄金。"

瘦男人说："是的，我们去上海。"

疯子说："你是坏人，我不和你去。"

瘦男人停了一会儿，说："我是国平，事情已经安排好了，我是来接你的。"

疯子说："你真是国平？"

瘦男人说："嗯。"

猴子又来舟山家后门学画眉叫。舟山想，无论如何外婆也不会让自己出去了。哪知外婆却说："一起出去就要一起回来。"

他俩直接翻过老厂的围墙。翻之前猴子对舟山说："我侦查好了，疯子的废纸有两堆，房前一堆，房后一堆。"又说，"把房后的那一堆往围墙外一丢，就可以弄到乡街上。"

猴子双手抓住墙，舟山在后面推他的屁股。到了墙上，还未伸手拉舟山，猴子就大喊大叫："废纸呢？废纸不见了。"疯子家周围都是烂泥。

尽管河水已经消退了，但它漫过河道的痕迹清晰可见。因为他俩实质上并没有做成什么坏事，所以理直气壮地走到疯子家屋前——前面那堆废纸也不见了。他们过了桥，两岸的艾蒿、狗尾巴草、芭茅草垂头丧气，歪歪倒倒，还没有从一场大雨的摧枯拉朽中缓过神来，挂满废纸屑的枝条就像死人后挂出的灵幡。

猴子也没有缓过神来，说："可惜这些废纸了，如果卖

巴诺王

到乡街，一年的游戏钱就都有咯。"

回去时他俩走的国道，多绕一些路，但少一些泥泞。舟山和猴子并排穿过厂区，经过平头的汽车修理厂时，平头正在打扫坝子。有一辆车停下来，司机问："今天没有葡萄卖吗？"

平头说："卖葡萄的还没有来。"

汽车开走了，平头抬头看天，太阳已经老高。平头说："是呢，都快中午了，那家伙怎么还没有来呢？"

又一辆汽车停下来。司机把窗玻璃放下来，伸出头往坝子上看了看。一个转弯，车又走了。

平头继续清扫坝子。坝子的坑洼处还有积水，修理厂里流出来的机油覆盖在积水上面，泛出绿光。平头一边打扫一边自言自语："疯子也不晓得跑哪里去了。"

舟山和猴子继续气急败坏地往家的方向走。舟山说："昨天躲猫猫你输了。"

猴子转头看舟山一眼。

舟山又说："你输了就得听我的。"

猴子又转头看了舟山一眼，说："有屁快放。"

舟山说："假期你和我去浙江。"

要求是过分了一点，猴子以为听错了，说："你说哪样？"

"我想去看我妈。"舟山说，"我妈好得很。"

猴子说："没有人会说自己的妈妈不好。"

舟山说："不是我说的，是刚才扫坝子的那个男人说的。"

舟山觉得他对猴子说多了。昨天他一直没有跟修理厂的平头讲，他妈就叫陈小敏。昨晚睡之前，舟山把全寨的名字又过了一遍，没有重名。

瓦　房

挂职之前，单位人事部门对我说，村支书是个闲差事，想去就去，不想去的时候可以随便请假。其实不是这么回事，上任第二天，我就马不停蹄地到镇里开"关于清明期间严防死守、杜绝山火的紧急会议"。镇领导说了，形势严峻，任务艰巨，那些冬季掉下来的松针、柏木枝，还有枯萎了的杂草，正欢迎随时到来的丁点星火，所以各村必须严防死守，所辖各山头绝不能听到一个炮仗响，绝不能看到一支蜡烛亮。镇里和村里明确分工：镇里管源头，要求烟花爆竹持证销售，实名购买，谁卖谁负责，谁买谁也要负责；村里的工作更具体，仅有的几名村干值班靠前，包干到组。我负责的李山坡两个进山路口已经设了关卡，组员拿着录好音的喇叭循环播放："烧山坐牢，懒职下课。"前一句的目的是，希望躲藏在后备箱或被青草之类掩盖的背篼底的烟花爆竹、香蜡纸烛主动投案，回头是岸。后一句的对象就两个，我和十五，支书和组长，一根绳子上的蚂蚱。喇叭是我从村里带来的。组员由十五安排，从群众中来，他们是周山和余海，两个关卡，各守一个。周山和余海年轻，精力正旺，站在关卡旁，对欲蒙混进山的小车和背篼都是威慑。

＿＿＿＿＿＿＿＿＿ 巴诺王

周山和余海是李山坡仅有的没有外出打工的两个年轻人。周山会建筑，在周边承包一些修路建房的活路做，请余海帮其管理，干半年，吃一年，绰绰有余。上一任支书和我移交工作的时候说，周山曾经是他考虑的村民组长人选，但周山不干。他说："我好歹也是个包工头，哪有时间干仕途？"老支书又动员余海。余海说："周山只负责找活儿。买钢筋，拉水泥，哪样活路不是我干？"老支书还对我说，当支书最难的不是解决邻里纠纷、协调家庭矛盾，也不是执行镇里布置的任务，而是给各村民组配组长。组长不好选。一是没有人愿意干，二是想干的人又未必合适。老支书向我交底，十五并不是李山坡最理想的村民组长人选，开布置会的时候，大家一致推荐我这个一把手负责李山坡很能说明问题。

　　关于十五的事情，我知道一些。他锲而不舍地念了十多年初中，一而再再而三地被中等专业学校拒之门外。回到李山坡后，他不屑与同龄人出门打工，也不屑于干农活儿，大部分时间关在他家的瓦房里看书，或者收拾院落。很长一段时间，他家院坝边沿栽种的花花草草，就是李山坡人所能看到的他的所作所为。这些花草栽在宽六十公分高八十公分的花台里，次第盛开，成了李山坡人嘴边的笑话："一个农村人装得像吃公家饭似的，栽花养草能填饱肚子？"李山坡人的说法很快得到印证，十五爹留下的积蓄很快被他坐吃山空。就在大家准备继续看他接下来更多笑话的时候，情况发生了反转。十五组建了"李山坡宴席服务队",自任总经理。六名年轻留守妇女应聘入队。办酒席是件体力活儿,以前都是大家互相帮忙,现在青壮年都走空了,服务队正好填补空白,生意极好。

老支书退而求其次,找到十五说:"李山坡就你书读得最多,组长非你莫属了。"老支书也是试试看,恐怕生意如日中天的十五未必答应。哪知十五答应得很爽快。老支书又试探:"当了组长是不能又干总经理的。"十五说:"总经理人人都可以干,组长却不是谁都可以当的。"

北边的乌江一带已是黑压压一片。经验上,乌江下雨,多则半天,少则几分钟,雨就会来到李山坡。

十五说:"雨要来了。"

我说:"来了不更好?"

十五说:"关卡是不是可以撤了?"

只要大雨一来,山火就不可能发生,关卡就是多此一举。

十五又说:"乡下又没有公墓,坟东一个,西一个,守住了这边,守不住那边,防得了初一,防不了十五。一切都看运气。"

十五书读得多,点子也多,李山坡的"防火工作群"就是他建的。每天早上,架起关卡后,十五就和周山打足精神照相,又去另一个关卡和余海打足精神照相,第一时间把

巴诺王

照片发到群里，以此证明在岗并且状态正好。得此启发，周山在乡街买了各种颜色和包装的香、纸、烛，与余海一起抱着，摆各种姿势，换不同衣服，也是照相，每天选一张发到群里，冒充设卡之斩获品。

李山坡这个地名，搞不清来龙去脉，既没有成片的李子树，也没有李姓人家。连接乡镇的公路从东面过来，穿过龙虎二山垭口进寨，又沿龙山腰拐直角朝南到大竹林、猴场、陈家寨、猪场、牛场。陈家寨居中，是村委所在地，也就是我平时工作的地方。龙山不大，坡度缓，适宜建房，所以居住了两大姓，公路上面的姓周，公路下面的姓余。公路直角的那个位置，有一条路朝反方向通虎山脚。虎山陡，到了山脚才平缓，那里又住了十多户人家，姓肖，那地方也有个名字，叫大坪上。去大坪上经过的第一家就是十五家。

今天的关卡已撤，雨扭扭捏捏就是不来。离下班时间尚早，我们就一起去十五家，那里是我们的临时就餐点。

幺嫂在厨房磨豆浆。幺嫂以前也是宴席服务队的成员，十五当上组长后，村里、镇里检查组或工作组到了李山坡，十五就请幺嫂做饭。幺嫂蹲在豆浆机旁，将泡好了的黄豆一小瓢一小瓢舀进豆浆机顶端的方形漏斗。黄豆被飞速旋转的刀片打磨，豆浆就从呈四十五度倾斜的凹槽流进提前放好的盆里。工作组的菜品都是十五安排，今天肯定是吃豆花饭了。

幺嫂磨了大约三分之二，周山说："大家这么辛苦，组长就做个马料鸡吧。"做马料鸡的原料除了油盐酱醋外，最主要的当然是鸡，其次就是泡过的黄豆。

余海也怂恿："支书还没有吃过组长做的马料鸡呢，最好吃了。"

我说："反正餐费足够，你们就看着办吧。"工作组每天每人八十元生活费，一周打两三次牙祭没有问题。

十五亲自操刀。他在县城读了多年初中，都是租房住，就得自己做菜，所以有一定基础；成立宴席服务队后，又经过专业培训，不断实践，经验日积月累，就做出了水平。十五杀了鸡。八斤多重的公鸡，鸡冠又红又大。十五把鸡骨头剔出来砍成段，和鸡爪、鸡头、鸡胗、鸡肝、鸡腰子一起用电饭锅炖。当然还要放生姜。生姜用筷子头刮皮，刮出味道后，再用菜刀拍扁。

炖鸡一个半小时，电饭锅上有倒计时。我和周山、余海在院坝里吹牛，海阔天空，国事家事。

十五家前面有一个塘，是取土烧瓦留下的一个深坑，真是很深很深的坑，雨水流进去就流不出来了，积成了水塘。今年也干了。

周山说："乌江都浅了很多。"

余海说："河水浅了，河面看起来就窄窄的，不像一条著名的大江。"

周山和余海做建筑活儿之前，在乌江河面上养鱼，就在李山坡正下面的河湾里。那时候镇里倡导靠河吃河，一方水养一方人；现在不允许养了，说污染大得很。

周山说："计划没有变化快。"

余海说："什么都靠不住。"

两人有点牢骚，都怪这鬼天气，闷热，气都出不来，影响心情。

水塘里以前还有鱼，还有荷花和金水藻。荷花和金水藻是十五从县政府前面的景观池塘偷移过来的。周山和余海在河里养鱼的时候，十五向他俩要了一些鱼苗。李山坡除了十五，没有人有养花养鱼的闲心。

周山说："组长以前做的糟辣鱼可好吃了。"

余海说："塘干了，哪里来鱼？"

周山说："守着一条大河，鱼哪里不可以买？主要是幺嫂不吃鱼，她说腥味重，闻起来就想吐。"

余海说："这你也知道？"

聊到此时，大家气氛才高涨起来。周山哈哈哈笑，余海跟着哈哈哈笑，还不忘用眼瞟在厨房做饭的十五。

我和嘻嘻哈哈的周山、余海又到厨房看十五做菜。这会儿十五正在炒鸡。菜油已经烧熟，十五把剔了骨头的鸡肉放进锅，"刺"一声，火苗已经蹿上来了。十五用锅铲翻过来，又是"刺"一声，音量比之前小很多，有气无力的样子，火苗熄了。混合着的水雾和油烟冒出来，还是"刺刺刺"的声音。虽然都是"刺"音，但又有区别，最后的"刺刺刺"是水分被火力挤掉的声音，所以听起来好像水分在哀怨。待鸡肉里的水分炒干后，十五把肉铲出来。锅底里有些许肉炒煳是正常不过，需把锅重新洗过。先用洗锅刷擦，放洗涤净，再用洗锅帕抹，最后用清水冲后抹干。又放菜油，再烧熟，放大蒜，也要放生姜，然后放黄豆，就是刚才幺嫂磨豆浆泡的那种细颗的土黄豆。这地方把黄豆叫马料。马要驮运前，就要喂黄豆。黄豆放进马槽，与铡成段的青草拌匀，是马最爱的美食。吃黄豆爱打屁，是因为肚子里气多了，所以有一种说法，马吃黄豆才有力气。黄豆炒熟了，把炒过的鸡肉回锅，过一道火后，就该放辣子了。一般是放糍粑辣椒，就是干辣子用水泡后再用擂钵擂细。十五用的是糟辣，这就是他的特别之处。十五用饭瓢舀了两瓢。红红的糟辣椒是放在冰箱里的，突然和热乎乎的鸡肉混在一起，很不适应，又是"刺刺刺"的声音。待糟辣里的水分炒干，就入味了。最后是放清水，盖上锅盖，文火焖。这道菜就是马料鸡。

十五家侧面是自留地，周围用指头大小的黄荆条木围起来。十五清洗鸡的水就倒在自留地里。在院坝里闲逛的鸡可能闻到了鸡血的味道，试着朝围栏那边飞，一次，两次，三次，一次比一次飞得低，毫无悬念地都失败了。从不节食的鸡们已经一肥二胖，长在背上的翅膀徒有虚名，也因此，自留地里的苞谷、四季豆免遭破坏，长势良好。苞谷苗已经长出四五十公分，四季豆冒出拳头那么高。

十五去自留地里摘小白菜。这个季节的小白菜又叫旱菜。小白菜没有苞谷和四季豆长势好，叶片被虫蛀成大大小小的洞。十五能用木栏拦鸡，却没有能力拦住糟蹋蔬菜的小虫。就像我们设卡，能拦住人祸，还能拦住天灾？如果天继续干下去，不说庄稼，就是成片的森林也会被干死。

我们站在围栏外看十五摘菜，就看到了瓦窑。前面那个干水塘里挖走的黄泥，最后都要进瓦窑。黄泥和瓦窑的关系，看起来就像是互相成就，瓦窑让黄泥实现了华丽转身，黄泥又让瓦窑名声大振。周边乡镇，没有不知道这个瓦窑的，它就叫"卓家瓦窑"。十五家的所在就不能简单地说在大坪上了，要称"瓦房"。李山坡一百来户，只有十五家单独配有地名的待遇，这一切都是因为十五爹，他是远近出名的瓦匠。

那时的村民组还叫生产队，土地还没有承包到户，农活儿是大家一起干。瓦匠不干农活儿，他做瓦。那时每个生产队都有几个匠人，弹花匠、补锅匠、木匠……他们每年上交规定数额的收入款，就能得到一个男劳动力的工分。工分就是一家人的口粮。做瓦是门技术活儿，拌泥、踩泥都要掌握力度。瓦坯做成后放进瓦窑，一层瓦坯，一层煤，一层一层放好，烧足四五天，黄瓦坯才能成为青瓦。前几道工序没有做到精益求精，或者最后烧瓦时火候没有把握到恰到好处，一窑瓦就会成为次品、废品。

瓦匠技术好，每年做瓦的收入，除了上交给生产队的部分，还有很多盈余。瓦匠婚后生了卓然，也就是十五，几年后又生了二儿子卓越。按瓦匠的想法，他还要信心百倍地一直生下去，可是卓越两岁多的时候，他老婆跟一个养蜂人走了。瓦匠想不明白，收入不菲的自己还不如一个四处奔波的养蜂人？老婆走的时候是黄昏，生产队刚收工不久。老婆去给卓越买蜂蜜。卓越肠胃不好，喝蜂蜜能更好排便。养蜂人正借着晚霞的余辉把一个个蜂箱抬进面包车里。买到蜂蜜的瓦匠女人问："师傅要去哪里？"养蜂人朝北方一指说："去油菜花正在盛开的地方。"瓦匠女人想起做姑娘时在油菜地里摘猪菜的情景。老家偏僻，穷困，但每到油菜花开，漫山遍野一片金黄。她和瓦匠结婚后也是东奔西走，直到在李山坡安定下来。想来，离开小时候居住的地方已有七八年了。她问养蜂人："你知道麻山吗？"养蜂人说："东西南北中，就没有我不知道的地方。"

十五把八仙桌抬到院坝，又去找插板，把电引出来。

十五说："在外面吃凉快点。"

余海说："我看你就不热。"十五穿的是长袖衬衣，里面还有一件篮球运动员穿的那种红背心。

菜很丰盛。麻辣豆腐、炒小白菜、炒鸡杂、炸花生米，这四个菜用盘子盛；豆花蘸油辣子，豆花用大碗盛，油辣子是十五在超市买的老干妈牌，每人一碟，放葱姜蒜，盐少许，再放花椒油和木姜子油；鸡汤，也是用大碗盛；马料鸡放进不锈钢耳锅，再放到电磁炉上，煮着吃。

十五让我坐上席，就是紧挨瓦房的这一方。我的右边是十五，左边是幺嫂，周山和余海坐我对面。

周山说："组长给我们做的是一桌婚宴呀。"

宴席服务队办婚宴，马料鸡是必备，这是十五的发明。马料鸡不同于辣子鸡的地方就是多了黄豆和花椒。花椒是花轿的谐音，黄豆又叫黄豆子，有多子多福的意思。这些都是服务队办婚宴刻意注入的文化内容。

气氛让我也乐了："就差新郎新娘了。"

余海不知怎么就冒了一句："新娘就是幺嫂啊。"

都是玩笑话，本来没有什么。幺嫂不吃了，丢了碗就进了瓦房。

情况尴尬起来，我以为幺嫂开不起玩笑。周山说："幺嫂不在也好，可以光着膀子干了。"说完，一双手已经交叉抓住了 T 恤的下摆，往上一伸，T 恤就脱下来了，干净利落。周山把 T 恤搭在条凳上，还摸了一下肚子，又开始吃菜。男人脱掉上衣没有什么，就算幺嫂在，也算不上失体面。天气本来就热，加上吃火锅，更热了。余海脱了上衣，我也脱了。除了十五，我们都光着膀子。

周山说："这么热的天气，只有女人不脱衣服。"我还以为十五会生气。周山点到了他的痛处。十五一直未娶，李山坡人都说他像女人，没有阳气。

老规矩，三杯过后就该划拳。喝酒喝的就是气氛，闷起一杯一杯地喝总会少了点意思。大家请十五先走一圈，他是主人家，是这个礼数。

十五说："走一圈可以，我们猜谜语。"

周山和余海的脸色有点难看。十五又不是不会划拳，他是故意显摆书读得多。十五初中一共读了十五年，初一两年，初二又两年，到了初三，他想考中专，第一年没有考上，就一直补习，又补了十年。

十五先从我开始，我不好扫兴。十五出谜面：世上千万家，种些无叶瓜，不论冬与夏，到夜就开花。我猜不出。十五提醒："晚上什么会开花？"我知道有一种花叫晚饭花，就是晚上开花。十五摇头，又提醒："柱头上挂的是什么？"十五家的木房，承重的是柱头。我抬头看了看，对着我们的这根柱头上，有罩子的电灯呈喇叭状正在放光。我猜着了。这是十五给我面子，当然也是给他自己面子，否则，大家都输，他多无趣。所以轮到周山和余海，结果就可想而知了。

该周山走一圈了。他先与我划拳，又和余海划拳，吆五喝六，甚是尽兴。走到十五，周山说："我不会出谜语，要么划拳，要么剪刀石头布。"

十五说："唐诗接龙也可以。"

周山是真生气了："你有文化我们可没有文化。"

我打圆场，并帮周山出主意。

我对周山说："在网上搜索就可以了。"

周山也给我面子，在手机上输了"唐诗"二字，出来了九个词条。周山点第一个词条"唐诗三百首"，又出了很多词条。周山选了最下面的一个，点开，故意选了中间的一句，问："'举杯邀明月'的下一句？"

周山不知道这句很简单，他又输了。

又到余海走一圈了。他也先与我和周山划拳，还是吆五喝六，欢声笑语。走到十五，两人又起了争执。余海坚决不猜谜语，也不玩唐诗接龙，他退了一步，说可以用苞谷籽猜单双。

十五说："周山都会，你不会？"

余海反问："我们会划拳，你就不会？"

他俩打酒官司的时间，周山就吃菜。鸡汤里两个白色的鸡睾丸没有人吃。鸡睾丸也称"蛋"，大家也清楚，此蛋非彼蛋。"蛋"已经炖成弯月状，弓面已经绷破，看起来就像放大版的虾仁。

周山对我说："把蛋吃了吧，大补呢。"

还以为余海只顾和十五吵架没有听到，结果他接了话："一个挂职干部，吃了有什么用？"

我说："是的是的，吃得太饱了晚上睡不着。"

余海说："就应该给组长吃，吃了看有点男人样不。"

我担心十五发火，更担心闹僵后余海不守关卡。说到底，周山和余海是临时凑数加入我们工作组的，李山坡还真没有什么人可选。

幺嫂的再次出现解了十五和余海的围。她身穿红衣红裤，头顶红毛巾，扭扭捏捏地到了院坝。

她先弯腰看了看周山，说："脱了衣服差点认不出来了，你是余海。"

周山说："我是周山。"

幺嫂又弯腰看了看余海，问："那你是哪个？"

周山说："他才是余海。"

转了一圈，幺嫂到了我背后，说："你以为背对我就不认识你了。"然后拉着我的右手，"到我们拜堂了。"

我蒙了。

十五帮我解围："胡扯，拜什么堂？"

幺嫂说："哪有这么便宜的事，只打证，不拜堂，也不办婚宴。"

——————————————— 巴诺王

幺嫂的另一只手拿着一本结婚证，她展开给我看，说："想离婚？我去政府问过了，门都没有！"

我不知所措地听幺嫂喋喋不休。十五比和余海吵架时还生气，稀疏的几根头发本来被汗水粘在头皮上，手把汗搓走后头发就立起来了。他拉着幺嫂说："该吃药了。"

十五差不多是提着幺嫂走了，幺嫂一边踉踉跄跄地走，一边嘟哝："每次都吃药吃药，什么时候才吃婚宴？"

十五和幺嫂走后，周山和余海就给我解释。

瓦房家的失望是一连串的。十五失望地从学校回到李山坡。瓦匠也失望了，当初老婆跑的时候，他想，只要有个把儿子有出息，也就报了女人的一箭之仇。

十五回到李山坡的那天晚上，瓦匠对他说："我们是仁至义尽了，明天我就出门找你妈去了。"

卓越哭了，他问瓦匠："你走了，我的婚姻呢？"

十五读书，是瓦匠和卓越烧瓦供的。十五读了二十来年书，硬生生把自己读到近三十岁，因为一直想着吃公家饭，没有考虑婚姻大事。瓦匠在家境越来越殷实后，也越来越好面子。他说，老大没有结婚，老二就得等着。卓越到了三十岁，已经过了找媳妇的最佳年龄。有人给他介绍幺嫂，幺嫂是从很远的地方跑来的。相互见面后，都没有更好的选择，就定下了。在李山坡，自己跑到男方家的媳妇都是不办婚宴的，住下来就是默认。结婚两年，卓越想生个小孩，迟迟生不出，追问幺嫂，才知道她已经做了结扎。

卓越现在在景德镇一家陶瓷厂打工，因为有做瓦的基础，混得得心应手。他通过微信问过十五："我这种婚姻还算婚姻吗？"十五回："自己同意了的事，就是一坨屎也要把它吃了。"卓越不问十五了，他三番五次问幺嫂什么时候离婚。那天，十五的服务队在陈家寨办婚宴。新人拜堂，一拜天地，二拜高堂，到夫妻对拜的时候，幺嫂不知什么时候擅离职守，跑到主人家堂屋，把新娘撞开了。新郎也是虔诚，拜堂时一直紧闭双眼，所有人都看到了和他对拜的是一位戴着围腰、袖套的厨子。

酒喝不下去了，各自回家。我回村委，半个小时的路程。刚到宿舍，先是狂风，大雨就来了，电闪雷鸣，还下了多年难遇的冰雹。

新的一天到来，两个喇叭又开始在李山坡的两个关卡重复着喊："烧山坐牢，懒职下课。"差不多同时，群里收到了周山、余海发的到岗照片，但没有十五。

我到了周山所在的关卡，问："组长呢？"

周山答："你们当领导的都不知道，我怎么知道？"

我又去另一个关卡问余海："组长呢？"

余海答："可能昨晚整麻了吧。"

整麻了就是喝酒多了，这说法我赞成，昨晚我们都喝多了。到了中午，该去十五家吃工作餐了。我们推开了十五的门，整屋都是积水，锅碗瓢盆被冰雹砸得东倒西歪。

十五家这幢房子是长五间的木房。中间为堂屋，是一个大通间，后面的木墙安了香火，立"天地君亲师位"。左右各有两个进出，一个进出两间屋。十五和幺嫂各住两个进出。

我们又去拍幺嫂的门，门没有关，和十五这边看到的一样，到处都是积水，锅碗瓢盆同样被砸得东倒西歪。能得出的结论是，昨晚，十五和幺嫂都没有住在这幢房子里。打十五的电话，没有人接。我们理不出头绪，站到昨晚吃饭的地方，努力回忆有什么地方不对。

房子周围都找过了。周山搬了一条凳子到院坝，坐下来不想动了。他说："大不了就是两人私奔了，有什么大惊小怪的。"

我说："不要乱讲，卓越回来听到这些话，会找你的麻烦的。"

昨晚的冰雹实在是太大了，十五家的鸡舍和自留地的围栏也被冰雹砸坏了，那群一肥二胖的鸡正肆无忌惮地啄着自留地里的玉米、四季豆叶。余海去赶鸡。他从角上往院坝方向赶，似乎有了惊人发现，说："你们看瓦窑像什么？"

周山懒心无肠地坐在凳子上，说："像什么？就是个土包包呗。"

余海说："你们说像不像个坟堆？"尽管干旱，瓦窑上面还是长满了茂盛的青草，确实像个坟堆。

我们就是在瓦窑里找到十五的，和他一起的还有幺嫂。幺嫂穿的还是昨晚闹腾时的红衣红裤，手里抱着一本结婚证。十五的旁边有两本书，一本《唐诗三百首》，一本《中国谜语大全》。窑门口有一把黑色大号雨伞，窑墙上有十二根燃尽了的烛把。

他们报了警，警车很快到了瓦窑。警察拉起警戒线，用尺子在窑顶上量量，又到窑下面量量。后来我们才知道，来的还有一位法警。法警进了瓦窑很长时间，出来后和其他两位警察交流后，把我叫过去。我把在窑里看到的和昨晚的经过都说了。法警又分别把周山和余海叫过去问了一遍。到了晚上，警察宣布：系缺氧窒息死亡。又职业性地补充：无打斗痕迹，也无中毒，排除他杀。

警察临走之前说："如果早点打开窑门就好了。"

警察又说："这么小的空间，点了十多支蜡烛，不缺氧才怪。"

十五在瓦窑里点的蜡烛是周山买的。他特意买的农村自制的那种蜡烛，中间是干篾签，裹草纸，再裹牛皮纸，烛心粗，易燃。

瓦房又热闹了一回。瓦窑被推平了，埋两个坟绰绰有余。李山坡人叹息，说瓦房家走的走，死的死，就这么完了。正和余海砌坟的周山突然来气："你们懂什么？人死在哪里，根就留在了哪里。"

以上这些经过，在我被免职前，已经以《情况报告》的形式报给镇里，后来我稍作处理，改成了小说。下面这部分是小说里增加的内容：

大雨就要来了。十五把锅碗瓢盆收进屋，取插板，又把桌子搬进屋。开始有几颗雨点，一瞬间，大雨倾盆。十五想，大雨来得正好，地太干了，庄稼都快干死了。他一边为一场春雨的到来兴高采烈，一边洗碗。十五有当天事当天毕的好习惯。

屋外电闪雷鸣，屋顶叮叮当当，冰雹来了。冰雹太大了，大的有鸡蛋大，小的有米粒大。说得这么具体，因为是十五亲眼所见。瓦房的顶已经被冰雹砸坏，叮叮当当，叮叮当当。冰雹就从屋顶掉下来，十五往木墙边躲，冰雹越来越大，都躲不住了。住的要是砖房就好了，十五在心里责怪瓦匠，老固执，老固执。十五读第一个初三的时候，土地都下户了，大家都有吃有穿了，就开始考虑住了。李山坡人都开始修砖房，就算是节约的，也把柱头之间的木板撤了，用砖封。砖既是隔断，又是承重，在顶上再打现浇板。瓦匠不修砖房，他说瓦匠都住砖房，还有哪个会来买瓦？这么一想，就想到瓦窑。瓦窑可以躲冰雹啊。

突然断电。农村但凡有暴雨都会断电。十五听到"当"

的一声，接着是幺嫂的惊叫声，可能她被冰雹砸中了。十五点上周山用来冒充战利品的那种蜡烛，打着伞接起幺嫂往瓦窑里走。十五希望幺嫂也能拿一把伞——面对这么大的冰雹，两人共用一把伞是有风险的——但幺嫂双手紧紧抱着结婚证。需要说明的是，结婚证上的卓越已经不叫卓越了。十五读初中时，考中专是有年龄限制的，不能超过十八岁，或者二十岁？反正补习到第三个初三时，十五已经超龄了。他把自己的名字改成卓越，现在他的身份证上也是这个名字；而在景德镇打工的那个卓越，身份证上的名字叫卓然。也因此，身份证叫"卓然"的那个"卓越"想离婚却离不了。

　　到了瓦窑问题又来了，一个是大伯，一个是弟媳，怎么睡？十五再次打着伞回屋，又拿了几根蜡烛，拿了两本书，一本是《唐诗三百首》，一本是《中国谜语大全》——在农村，有这两本书，足以应付各种彰显文化的场面。书看过几遍，现在是再温习，十五准备看一晚上。

　　窑顶有一个烟囱，由四块砖头支撑，上面再盖一块石板，既不影响通风，还能防雨。瓦窑的结构十五是知道的，所以就算点一晚上的蜡烛，安全也是没有问题的，不然多年的物理课就白上了。十五不知道的是，瓦窑荒废多年，烟囱早已堵塞。快天亮的时候，十五眯着了，幺嫂也已眯着了。他俩不是瞌睡，是缺氧。

钥　匙

林城东路有三个比较大的小区。西端与金阳北路交叉的东南角是金元国际新城；东端与西二环交叉的西北角是大关城市花园。房开商喜欢把棚户区取名为花园。大关城市花园旁边又有个阳关城市花园，一字之差，出租车经常弄混，把去这个花园的人带到那个花园，或者把去那个花园的人带到这个花园，一折腾就多了几公里，时间耽误了，计程表上显示的费用增加了。争吵不可避免，你指责他带错了地方，他指责你讲错了地方。这倒和棚户区的气质很配。

　　曹医生的中西医诊所就开在大关城市花园里。西医是中医的补充，总有一款适合你。这里大都住着回迁的农民，他们有了三病两痛，特厌恶医院里繁琐的流程和小题大做的机器设备，习惯到小诊所接受望闻问切，然后买花花草草熬汤调理。曹医生算是找对了人群。

　　其实曹医生开诊所主要是因为赌气，和自己赌。刘燕玲那天忙着彩排，就叫曹医生去接孙子曹曹。刘燕玲退休后，很快理顺了生活的规律。八点起床，早餐后到菜场遛一圈，买腰条肉和花菜，或者买一些筒子骨。小菜是不用买的，她家住的是别墅区，有八十平方米的独立园子，种有葱、蒜、西红柿，还有青菜、白菜、南瓜和棒豆。午餐很简便，有时候是在小区的包子铺买两个肉包子。包子铺左边是遵义羊肉粉，右边是水城牛肉粉。有时候到了包子铺，突然改变主意，往左，吃一碗羊肉粉，或者往右，吃一碗牛肉粉。然后午休。如果是下雨天，下午就收拾家里，房子宽，收拾收拾一个下午就没有了。家里没有请保姆，是不愿请，有个外人住在一起，很别扭。如果天气好，两点左右铁定去观山湖公园，遛一圈，三公里，差不多一个小时。再到公园广场，与合唱队的队友会合，打开"小蜜蜂"，甩几嗓子。批评与自我批评，哪些音走调了，哪里感情不饱满了，哪里肢体不协调了。又甩几嗓子。有了上一次的批评与自我批评，该互相鼓励了——音准了，感情丰满了，肢体恰到好处了。看一下手表，该接孙子了。把孙子接到家，先给孙子做饭。这关系到下一代的健康成长，得慎重，马虎不得。孙子爱吃花菜炒腰条肉。刘燕玲先烧油。油是混合油，猪油是肥肉炼的，菜油是乡下亲戚自己榨的。油烧熟了，把火调小，放蒜片和姜片。这时候得铲两铲，再把火调到最大，都能感觉得到燃气在管子中争先恐后地像风一样突然吹过，"呼"的一声。这也是一种提醒，该放腰条肉了。这时候得颠两勺，让肉均匀地达到八分熟。放水豆豉，又铲两铲，放西红柿。味道已经出来了，香味就在蒸汽里，用手扇两下，头伸向前，得用鼻子去体会。最后把焯熟了的花菜倒入锅，放生抽，放葱段，再铲两铲，即可出锅。孙子吃饭时喜欢用勺子。刘艳玲不准："这里又不是外国，得用筷子。"那种专门用来练习的筷子，有一根线连着两只筷子头，用起来不顺手。刘燕玲看着孙子手忙脚乱，摇了摇头，开始做自己吃的了。无非就是筒子骨白菜汤或者素瓜豆，这可以随便。但蘸水是有讲究的，白菜汤的蘸水放老干妈牌水豆豉，素瓜豆的蘸水一定要放旧州牌豆腐乳。吃完，就是儿子来接曹曹的时间。儿子住金元国际新城，从单位所在的老城区过来，正好在一条线上。对刘燕玲来说，这些都是几年前曹医生尚未退休时的日常。

曹医生退休后，刘燕玲试着做一些改变，比如准备把接孙子放学的活儿大度地让给曹医生。曹医生不说接，也不说不接，到接的点儿，就把自己关在书房里，要么看书，要么写书法，看或写都很认真的样子，让打发时间的刘燕玲无法开口。机会还是来了，刘燕玲所在的合唱队有一个节目被选送参加区五一晚会。他们在观山湖公园演练了很多次，这天要去省大剧院彩排。这是特殊情况，刘燕玲中午就得出门。她把书房门推开一条缝，把老师对她说的话再一次转达给曹医生："提前十分钟到幼儿园，养成孩子守时的好习惯要从接送孩子的家长抓起。"没有商量的余地，这等于说，你接也得接，不接也得接。

幼儿园就在小区里，下午五点放学。曹医生算不准什么时候出门合适，四点四十就到了幼儿园。接孩子的家长都还没有到，曹医生就看手机，看刘力红所著《思考中医》的连载。老祖宗传下来的东西，越来越被边缘化，确实到了该思考的时候了。

李花这天来得也早，看到曹医生有点突然，问："你来接曹曹？"

"嗯，嗯，你也来接……孙子？"曹医生脸红了，一急，说话就吞吞吐吐，竟想不起李花孙子的名字。

李花说："退休了不接孙子还能做什么？"

曹医生是半个月前退休的。接替曹医生的新院长主持欢送晚宴，喝两杯，表示"人走茶不凉"。新院长把已经退休五年了的李花也请去了。李花退休前是曹医生的得力助手，医院的副院长，大家都叫她"花院"。曹医生坐新院长左手边。都说饭桌上右为尊，新院长就这么把位置定了，坐哪里不都是吃个饭？李花又坐曹医生左手边。

新院长说："花院可以给曹院传授一下退休心得。"

"退休不就是带孩子呗。"李花说，转过头，把嘴巴靠近曹医生耳朵，"带小孩可不比当院长轻松哟。"

曹医生把嘴巴也靠近李花的耳朵："让你失望了，我才不会带小孩呢。"

李花说："是不会带还是不想带？"

酒喝得有点多，驾驶员小高送曹医生和李花回家。他俩都住美的林城，这也是林城东路较大的三个小区之一。小区开盘的时候，曹医生毫不犹豫地出手。和儿子家选在同一条路上，这是他长期以来的预谋。李花买美的林城，曹医生没少动员，从户型、发展趋势、居住环境各方面动之以情。那时候，两人都还在市中西医结合医院上班，小高接曹医生时，顺便把李花也接了。

这是小高最后一次为曹医生服务了，过了今天，他的服务对象不出意外应该是新院长了。车到西二环，小高突然说："曹院今后有什么事尽管吩咐。"小高的语气听起来很伤感。

曹医生在后座仰着睡觉。李花在看路边的万家灯火，她接过小高的话："退休了，除了有时间，还有什么事呢？"

从西二环下桥就进入林城东路。曹医生醒了。他在车上睡着的次数不多，有时是累了，有时是醉了。无论哪种情况，车一进林城东路，他就会准时醒来。

曹医生叫小高停车。小高把车靠边停下，按下 P 键，拉上手刹，下车转到右边。他以为曹医生要吐。

曹医生说："你回去吧，我们走一会儿。"

向前二十米，是大关城市花园的大门，再往前五百米就是美的林城。他们走了将近半个小时。曹医生提出走一走，是因为他有话问李花："退了休，除了带小孩就没有其他选择了吗？"

李花没有听出曹医生的失落，说："还能做什么呢？"

诊所低调开张，没有请乐队助兴，也没有放鞭炮张扬。游逛在小区的业主猛然抬头，才发现小区的繁华地段又多了一家店铺——曹氏中西医诊所。大关城市花园有十四栋楼，十一至十四栋居中，呈弧形修建，正好围成一个圆，内部道路垂直从四栋楼的间隔处穿过，所以，这个圆称"大十字"，是小区人流量最大的地方。曹氏诊所在十三栋的一、二层。一层约六十平方米，是中药房和西药房；二楼有五百多平方米，设有急诊室、专家门诊室、中医室、住院部。

忙乱是短暂的，几天后，大家都进入了角色。缓过气来的曹医生打电话给李花，约她到大关城市花园一叙。

李花问："叙什么？"

曹医生说："也算是讨论中医的发展吧。"

李花觉得曹医生还没有从院长的身份中走出来，心想应该好好劝劝他，退休了就应该有退休的生活。到达诊所，李花很吃惊，之前她压根就没有收到曹医生开诊所的点滴信息。

曹医生说："退休后不一定都只能带孩子吧？"

李花问："是炫耀吗？"

曹医生没有回答李花，而是说："为什么五脏里，肝脾肺肾都有月字旁，只有心没有？"

　　李花也不回答曹医生，因为这个问题本来就是以前李花考曹医生的。在医院，除了李花，没有人敢这样为难曹医生。答不上来的曹医生，几天后提出了差不多的问题："为什么'五行'里金木水土都是往下走，只有火往上行？"后来医院里疯传，两位院长经常单独聚会，谈心谈命。

　　曹医生也不是要李花回答，只是把以前李花说的话又重复一遍："肝脾肺肾都是肉身，所以有月旁，而心不是，它有思想。"

　　曹医生带李花看诊所的设置，他指了指院长室旁边的空房子，门牌显示是副院长室。

　　曹医生问："退休后我们是不是也可以成为搭档？"

　　李花说："我该接孙子了。"

　　孙子被儿子接走后，天下起了小雨，气温急剧下降。李花找了一件外衣披在身上。退休后的她和刘燕玲一样，带孙子成了最主要的日常。说起来，刘燕玲比她还要好一点，毕竟有合唱队，多了个爱好。他们的合唱队真是不错，《红梅赞》《团结就是力量》唱得真是好，尤其是唱《我和我的祖国》，唱功、力道、指挥、动作、情感，都是没得讲的。

　　雨越下越大，还伴有闪电雷声。安全起见，电视是不能看了，其实也没有看，电视就自个儿播着。关了电视，李花去书房找了两本书，《本草纲目》《伤寒论》。这都是大学里必修的两门功课，还是没有看进去。她在等她家老赵。尽管她目前还没有去诊所上班的想法，但这么大的事情，得和他商量。时间过得很快，转眼就到了深夜十二点，她给老赵拨电话，尚未接通又迅速挂断。她家住的也是别墅区，客厅外面就是院子。又一个电闪。透过落地窗，她看到雨点窸窸窣窣打在栽种的花草和蔬菜上，接下来就是一段时间的静，静得可怕起来。她又拨了老赵的电话，又迅速挂断。老赵退休后，他的同学也相继退休。志同道合的几个同学建了一个群，叫"快乐就要动起来"。他们的运动叫"打太极"，典故出自赵本山的小品，其实就是打麻将。手最痒的呼，手也痒的应，几乎天天都会动起来。李花把手机调到飞行模式，睡了。第二天起床，不见老赵。不会出什么事吧？她拿起电话，取消飞行模式。信息来了，老赵凌晨发的：雨大，只好熬夜了。是告知的、生硬的口气。李花气不打一处来，不准备和老赵商量了，毫不犹豫地拨通了曹医生的电话："我可以先试试。"

　　刘燕玲尝试着改变一下退休生活，但失败了。她其实是做足了功课的。曹医生刚退休那几天，不吃她煮的面条。她厚着脸皮去问李花："以前你们医院的早餐吃的是什么啊？"市中西医结合医院有两个食堂，对内的那个食堂负责医务人员的伙食，早餐做到了每周七天不重样。为此，刘燕玲学会了炒肉末。肉要带肥瘦，炒出来的肉末才香。又学会了做西红柿酱。西红柿煮熟后剥皮，揉碎，一定不能再用菜油炒，否则会抢味。还学会了蒸馒头。做馒头的工艺最复杂，面粉、酵母粉、白糖的比例要拿捏好，最关键的是揉面团，要揉匀至表面光滑，不然蒸出来少了卖相。医院里每周都有牛肉粉、羊肉粉、豆花粉。刘燕玲早早起床，去小区的门店打生包，待曹医生起床后再烫。诊所开业后，曹医生对刘燕玲说："少操那些心了，大关城市花园里到处都是餐饮店。"

刘燕玲又恢复至以前的样子，逛菜场，游公园，唱红歌，接孙子。李花到诊所上班后，刘燕玲又多了一项日常，就是每天晚上散步到大关城市花园，接曹医生下班。刘燕玲想不明白，曹医生开诊所，李花去凑什么热闹呢？更想不明白的是，曹医生总是很晚回家。医院都有下班时间，一个小诊所有什么可忙的？

合唱队名气越来越大，已经开始接商演了。刘燕玲演出回家，已是晚上九点半，尽管天气已经变冷，她还是照例去接曹医生。刘燕玲习惯先沿大关城市花园中间的大十字走上十圈，既达到了每天对自己步行的频次要求，又能近距离地感受曹医生的诊所气息。见有人从诊所里出来，刘燕玲第一反应是，这人是诊所的员工还是患者。如果是女的，刘燕玲会借着路灯看得真切一些，看会不会是护士。诊所虽然设有住院部，但也只是供患者输液什么的，病人是不会住在诊所里的。刘燕玲总是待诊所很静的时候，才进入曹医生办公室："就你一个人？"

曹医生还是在写书法，已经写了好几幅放在茶几上，分别是"书山有路""学海无涯""上善若水""天道酬勤"。曹医生总觉得几间办公室的玻璃墙上缺点什么。缺什么呢？曹医生恍然大悟，哦，缺的不就是员工的精气神吗？他准备把这些书法裱好后挂上去，让员工时时警醒，响鼓不用重槌，但快马还需鞭催。

曹医生说："你希望是几个人？"

刘燕玲说："大家都会下班，就你不会。"

两人到家后，刘燕玲怎么也找不到开门的钥匙。曹医生说："我说安装密码锁，你偏不，现在好咯。"

曹医生从不带钥匙。以前在医院，专门有办公室的人员负责给曹医生开门关门；现在的诊所，安装的是密码锁。曹医生觉得，无论把钥匙挂裤腰带上还是装在兜里，都很不适。搬新家时，曹医生本来也主张安装密码锁。刘燕玲偏不："六个数字，怎么能实现安全？"曹医生从排列组合给她做解释。刘燕玲很生气，说："我懂。但为什么电脑的密码要区分英文大小写，还需要有特殊符号？不就是说明六个数字不保险吗？"刘燕玲平时是很惯着曹医生的，曹医生也没有从恃宠而骄的状态中回过神来。不就是这点破事吗？曹医最后做了让步。

曹医生不知道，刘燕玲坚持不装密码锁，是因为关于钥匙她有一块心病。曹医生在市中西医结合医院有一套福利房，搬到美的林城之前，他和刘燕玲就住那里。刘燕玲退休后想把老房子卖了。反正又不住，闲着也是闲着。曹医生说，又卖不了几个钱。刘燕玲觉得不卖也好，中午曹医生正好可以在老房子休息，总归比在办公室睡沙发强。有天刘燕玲要去老城区，想去老房子看看，找啊找啊，就是找不到老房子的那把钥匙。她记得很清楚，钥匙就放在阳台君子兰的花盆下面。她没有去老城区，整天都在想钥匙的事。几个月后，刘燕玲收拾客厅，移动那盆君子兰，钥匙又在盆底出现了。关键是，那会儿李花正好退休。之前，刘燕玲听到过一些所谓曹医生与李花谈心的传言。两件事结合着看，这事就变得复杂了。刘燕玲决定敲打一下曹医生。她用拇指和食指捏住钥匙，问："都说一把钥匙开一把锁，为什么我家里几把钥匙都能开一把锁？"曹医生刚进家门，正准备把外衣挂在落地衣架上，被刘燕玲的话逗笑了，衣服没有挂住，掉在地上。刘燕玲说："你还没有回答我的问题。"曹医生用手在刘燕玲眼前晃了几下："没毛病吧？"这些都是几年前的事了。

　　现在最重要的是如何进家。僵了几分钟，刘燕玲说："钥匙是不是掉在诊所里了？"

　　曹医生明显不悦："回去看看不就知道了。"

去诊所也就半小时路程。曹医生办公室的密码锁设置了指纹，手指一按，"嗒"的一声，门开了。曹医生特意回头看了眼跟在后面的刘燕玲，意思显而易见，密码锁就是方便。

还是没有找到钥匙。

"也可能是匆匆出门的时候掉在家里了。"刘燕玲说。

要想进家，还有一个办法，就是叫儿子过来开门，儿子也有美的林城这边的钥匙。拿起手机，屏幕显示时间已快到十一点了，估计儿子早带曹曹睡了。刘燕玲说："就住酒店吧。"

诊所的楼上就有个雅斯特酒店，与旅行社有合作，天天有大巴载来五湖四海的旅客。诊所里治伤风感冒、胃痛、拉肚子之类的常用西药，有一部分就是被他们吃掉或跟着游览文化古迹、名山大川。曹医生和刘燕玲下楼，转过弯坐电梯上三楼，开了房。

深夜两点，曹医生和刘燕玲被服务员吵醒。服务员提前来通知，派出所查房。那时正是大关城市花园夜生活最丰富的时候，在烧烤摊边喝啤酒的人都目睹了曹医生和一个涂脂抹粉的女人被警车带走的一幕。那天，曹医生和刘燕玲都没有带身份证，酒店见是熟人也就没有坚持。曹医生和刘燕玲是和衣而睡，不是舍不得脱，是担心酒店不干净。刘燕玲甚至连演出时的妆都未卸，脸上的粉很厚，还涂了红嘴唇儿。警察把刘燕玲推上警车时，许多人都听到了警察的话："几十岁了，涂得花眉花眼，也不害臊。"很显然，曹医生夫妇已经被疑神疑鬼的警察毫无怀疑地归类，并想当然地以为逮了个正着。

家里来亲戚了，是曹医生的姐姐。曹医生有四姐弟，来的是大姐。小时候家里穷，父母生了大姐后，心想如果老二是个儿子就打住，结果又生了二姐和三姐。这让家里更穷。大姐没有念过书，二姐和三姐也只上过二、三年级，这不仅节约了书费、学费，还一下子多出了三个劳动力。牺牲所有，都是为了供养曹家小儿子。曹家小儿子也没有让家里失望，最后考上了中医学院。长姐如母，大姐最疼小弟。曹医生念大学的时候，大姐已经出嫁了，出嫁一个月就和公婆分家，目的就是确保能控制开支，把省出的一部分给小弟零花。

大姐来给曹医生送腊肉。大姐每年都喂两头肥猪，冬至过后，先杀一头，用柏木枝熏好，给曹医生带过来。曹医生喜欢吃腊肉，细究起来，其实是喜欢吃大姐喂养的猪。大姐是用熟饲料喂猪，每天把苞谷、红薯和切碎的白菜叶放进大锅里，烧柴火煮。大姐栽了很多白菜，人吃不了多少，大部分用来喂猪。加入白菜喂出来的猪，肉香而不腻。

大姐每年都会来看曹医生。在大姐看来，曹家小弟不仅仅是院长，还是无所不能的存在。家里修房子要征求曹医生的意见；孩子考大学、找工作也要征求曹医生的意见；考不上大学的孩子，找媳妇还是要征求曹医生的意见。这些意见是有代价的，有可能是曹医生工资的一部分；有可能是他权力的一部分；也有可能是他人脉的一部分。比如，曹医生就建议大姐每年做身体全面检查，都是出在手上的事。大姐年纪大了，身体一年不如一年。大姐说："庄稼人，天天干活锻炼，会有什么病呢？"曹医生说："病毒又不认识你是庄稼人，不防一万得防万一。"这次大姐的身体真是出了问题，声音沙哑，咽喉疼痛，说话时嗓子像被什么堵住了似的。凭直觉，曹医生知道大姐得了声带息肉，需要做CT进一步确诊。诊所没有CT设备，曹医生自然而然地就想到市中西医结合医院，老东家嘛。省了网上挂号的程序，也免了排队，上午抽血化验，下午结果就出来了，立即安排手术。这都是前院长的面子。小手术，术后输了一天消炎药，就出院了。曹医生来接大姐，顺便到各科室走走，问候大家一声，也算感谢。虽说自己曾经是这里的院长，但礼数还是应该有的。新院长不在，去看望来住院的一位市领导的亲戚去了。曹医生理解，院长和一般医生的区别就在于还要维护各种关系。曹医生和几位副院长打过招呼。副院长们也要坐诊，都很忙，理解万岁，都是老部下，就是看一眼，心里也是热乎乎的。接下来就是去办公室，这可是一个没少受委屈的部门，公文会务，端茶倒水，时不时还要洗梨子削苹果。大家形容，办公室只有水果刀没有手术刀，其地位不言而喻。曹医生站在过道就停下了，几个月没来，这里变得陌生了。好一会儿他才明白过来，过道变样了。办公室主任正好过来，见到曹医生明显尴尬。这一层楼有三个科室，除了办公室，还有针灸科和中医科。办公室主任知道曹医生看的是什么，说："老领导的字，我们都收好了，正准备抽空给您送过去呢。"曹医生最擅长的书法作品还是那几个字——上善若水、厚德载物、天道酬勤、学海无涯……这些字以前就挂在每个科室的过道上，现在没有了。墙重新粉刷过。过道的尽头是厕所，厕所门口的拐角处堆放了一些杂物。从曹医生所在位置，透过过道里的人群，依稀能见到杂物堆里的一个大纸箱。曹医生明白，新院长已经把他的书法当垃圾了，也许就丢在厕所门口的那个纸箱里。

曹医生一晚没有睡意，天亮了才眯着，到诊所已破天荒是中午了。他在诊所里写的书法，已经被一位刚招进来的护士挂在急诊室、中医室、专家门诊室、住院部的玻璃墙上了。

"什么破玩意儿。"曹医生非常恼火。

护士说："这不是你写的字吗？"

曹医生说："马上给我撤下来。"

护士刚上班几天，从来没有受过这种气。她说："我不

巴诺王

干了。"

曹医生说："不干了你也得先把东西撤下来再走。"

护士没有听从曹医生的话，直接下楼走人，到了楼梯口，气冲冲道："太把自己当回事了，一个小诊所，还设什么院长、副院长。"

大姐在曹医生家养了几天后，要回家了。大姐不识字，每次来省城都是搭便车，回去由司机小高送。曹医生给小高打电话，想再麻烦他一次。小高很为难，吞吞吐吐道："领导您理解一下，我现在是身不由己。"曹医生确实理解了。没有你小高送，莫非大姐就回不了家？他决定让大姐坐高铁，到达县城后再打出租。曹医生给了大姐几千块钱，这比之前的预算多出了一些。他嘱咐大姐千万不要舍不得，"受钱的气也不要受人的气。"到了晚上，曹医生给侄子打电话，例行公事地问大姐到了没有。省城到县城就六十来公里，坐高铁只要二十分钟；从县城到大姐家二十公里，县级公路，弯道大，也不过半个小时的车程。也就是说，按时间推算，大姐早该到家了。

大姐没有到家。当晚，侄子就到县城去找，第二天才在高铁站附近的一个小旅馆找到。问明原因，是出租车不愿带大姐。大姐刚做完声带手术，说不出话，招停过几辆出租车，司机无一例外都骂骂咧咧地踩上油门又走了。一个哑巴说不出去向，没有哪个司机会为此浪费时间。曹医生坐在书房里自责：还是考虑不周全，就算小高不送，也可以叫儿子送嘛。虽说儿子忙，哪有一点时间都挤不出来的？

心情糟糕，曹医生今天不准备去诊所了。他还是躲在书房写书法，写了撕，撕了写，甚至连之前满意的作品也撕。撕撕写写，写写撕撕，五天过去了，曹医生都没有去诊所。

刘燕玲到书房问曹医生："是不是哪里不舒服了？"

除了打扫卫生，刘燕玲很少去书房。曹医生除了吃喝，基本上都在书房。书房不小，配有卫生间，还有一张沙发床。刘燕玲心里记着的，曹医生退休后，除了那次两人一起住雅斯特酒店，他晚上都睡在沙发床上。

曹医生说："现在舒服了。"

刘燕玲说："那你为什么不去诊所？"

曹医生说："我不去，诊所不也照常运转？"

刘燕玲说："就是，缺了谁地球都照常转。"

曹医生与李花推心置腹地谈了几次。

曹医生说："为什么龟、蛇、仙鹤寿命都比较长？而狮、虎、狼寿命却较短？"

曹医生的问题是间接默认了李花刚加入诊所时讲的道理。曹医生和她商量，两人轮流二十四小时值班。私人企业不比国家单位，革命尚未成功，同志还需努力。李花说："《素问》里讲'四气调神'，每个季节都有相适应的气。道家讲静笃，儒家讲知止，佛家讲禅定。善养生者，必奉于藏。"李花的话曹医生当然明白，从中医上讲，就是养藏之道。该释放时释放，该收藏时收藏，该运动时运动，该休息时休息。往俗了说就是，该上班时上班，该下班时下班。龟长寿是因为它善静，蛇长寿是因为它会冬眠。

曹医生和李花一拍即合，把诊所的管理放手给一位年轻人。两人只作为专家坐诊，曹医生一三五，李花二四六，周日两人都休息。诊所也就是看些小病，其他医生都能应付。

几场冻雨过后，省城下了大雪。这个城市很少下大雪，小雪也就一年下一两天表示点意思。雪是从头晚开始下的，从书房看出去，地上铺了厚厚一层。小区花园里的松树、桂花树、斑竹都被压弯了，七八个人在堆雪人、打雪仗。触景生情，曹医生写下陈毅元帅的《青松》："大雪压青松，青松挺且直。要知松高洁，待到雪化时。"

曹医生是信手写来，字大小各异，竟十分协调；前两句和后两句之间似乎断开，但感觉又意味相连。曹医生自己也吃惊，写了这么多年，只有这幅有气象。是真写好了，还是自我感觉良好？曹医生也吃不准。

刘燕玲来叫曹医生吃饭，曹医生说："来来来，吃饭是小事，先看字。"

刘燕玲说："我又不懂书法。"

曹医生说："凭感觉，随便说说。"

刘燕玲说："老曹啊，你觉得好就是好，觉得不好就是不好，何必在乎别人的意见呢。"刘燕玲第一次称曹医生为"老曹"，一个"老"字，让曹医生心里"咯噔"一下。

曹医生问："退休和不退休是不是不一样？"

刘燕玲说："当然不一样，上班是拿工资干组织要求干的活儿，退休了是拿工资干自己想干的事。"

曹医生说："对啊，生活也是一把锁，每个人都要找到打开它的方式。"

刘燕玲说："有个事我正想问你？"

曹医生说："你讲？"

刘燕玲说："合唱团差一位宣传员，我看你合适，不会占用你坐诊的时间。"

除了商演，合唱团每月还有一次固定演出，区委宣传部把区文化宫无偿提供给合唱团使用。每次演出前，合唱队都会张贴演出通知，内容包括演出时间、演出地点和曲目。演出通知写在一张大红纸上，曹医生的书法就派上用场了。

除了书写演出通知，曹医生还参与合唱。有演出的当天，曹医生和刘燕玲总是提早到达文化宫，演出结束后，又双双回家。

巴诺王

这天到家后，刘燕玲摸包，又一次找不到钥匙。

曹医生说："时间还早，叫儿子过来开门吧。"

刘燕玲说："住酒店。"又说，"要住就住最好的，不要像上次那样，脏兮兮的，脸都不敢洗。"

附近就有个凯悦酒店，五星级。进入房间，刘燕玲去冲澡，没有拉上拉链的手提包就放在床头柜上。包里装的是化妆品、纸巾、梳子、手机，一串钥匙就在拉链口，犹抱琵琶半遮面。